CLAUDIA VILSHÖFER | Schrei in der Dunkelheit

Über dieses Buch

Das Leben könnte perfekt sein für Anne, die sich fern ihrer Heimat Deutschland in den New Yorker Noah verliebt hat. Doch ihre Mitbewohnerin Amber neidet ihr das Glück und versucht ebenfalls, Noahs Gunst zu erringen. Als dieser erfährt, dass Amber die Tochter eines reichen Ölmagnaten ist, wittert er seine große Chance und schlägt ihr eine Scheinentführung vor. Mit dem Lösegeld ihres Vaters wären Noahs finanzielle Sorgen auf einen Schlag gelöst, und Amber würde endlich die ersehnte Aufmerksamkeit aus dem Elternhaus bekommen.

Als Anne einwilligt, die beiden auf eine Fahrt durch die USA zu begleiten, ist dies ein folgenschwerer Entschluss. Doch es müssen beinahe zwanzig Jahre vergehen, bis ans Licht kommt, was damals wirklich geschah …

Über die Autorin

Claudia Vilshöfer, 1968 in Brasilien geboren, begeisterte sich schon während der Schulzeit fürs Schreiben. Doch erst Jahre später begann sie, inspiriert durch ihre Tätigkeit in der Touristikbranche und diverse Auslandsreisen, mit der Arbeit an ihrem ersten Psychothriller, *Schrei in der Dunkelheit*. Heute lebt Claudia Vilshöfer mit ihrer Familie in der Nähe von Köln.

CLAUDIA VILSHÖFER

Schrei in der Dunkelheit

Psychothriller

Diana Verlag

MIX
Papier aus verantwortungsvollen Quellen
FSC® C014496
FSC www.fsc.org

Verlagsgruppe Random House FSC-DEU-0100
Das für dieses Buch verwendete
FSC®-zertifizierte Papier *Holmen Book Cream*
liefert Holmen Paper, Hallstavik, Schweden.

2. Auflage
Originalausgabe 01/2011

Redaktion | lüra – Klemt & Mues GbR, Wuppertal
Umschlagillustration und -gestaltung | © t. mutzenbach design, München
Herstellung | Helga Schörnig
Satz | Leingärtner, Nabburg
Druck und Bindung | GGP Media GmbH, Pößneck
Printed in Germany 2011
978-3-453-35402-9

www.diana-verlag.de

PROLOG

Sie erwachte von einem gellenden Schrei, mitten in der Nacht. Und sie hörte seinen Atem nicht.

Es war wie damals. Auch an dem Morgen, an dem Europa das neue Jahrtausend begrüßte, war der Traum wieder da. Jener Traum, in dem sie mitten im Nirgendwo in der Wüste lag, nackt und wehrlos, mit dehydriertem Körper. Wo sie spürte, wie die Glut der Sonne sie versengte, sie geradezu ausdörrte. Sie wollte mit der Zunge ihre spröden Lippen befeuchten, mit letzter Kraft einen Schrei hervorpressen, aber es war zu spät. Denn da regnete es bereits Erde auf sie herab. Dicke Brocken, so schwer wie die Schuld, die sie auf sich geladen hatte. Dunkel wurde es und kalt. Ihr Grab.

Mit weit aufgerissenen Augen, schwer atmend, starrte sie nun in die Dunkelheit, suchte verzweifelt das unter der Tür hereinfallende Notlicht. Da war sie wieder – ihre Angst vor der Finsternis. Die Furcht, dass Amber zurückkehrte und es ihr heimzahlte, so wie die Hexe es mit Noah getan hatte.

Noah – noch immer sah Anne ihn vor dem Höllenloch stehen, schweißüberströmt und erbarmungslos, zu allem entschlossen. Die Szene zog wie in Zeitlupe an ihr vorbei, so lange, bis das Bild schließlich zu flattern begann und Noah mit blutunterlaufenen Augen auf sie zu taumelte …

In ihrem Hals kroch ein Schluchzen hoch, ihr Herz raste panisch, dann erst begriff sie, dass die Gefahr nicht mehr unmittel-

bar drohte. Wie hatte alles nur so falsch laufen können, so fürchterlich falsch … Darüber würde sie grübeln, bis der Morgen graute. Tag für Tag ging das so, Woche für Woche.

Man sagte, der Mensch gewöhne sich an alles, an den Zustand des Wartens, an den Zustand der Ohnmacht. Man sagte auch, dass stille Buße einen reinwusch. Aber nichts davon entsprach der Wahrheit.

Der Raum, vor dem sie sich am meisten fürchtete, glich einer Mönchszelle – nackt, grau und kalt. Ausgestattet war er mit dem Nötigsten: mit einem Feldbett, einem Waschbecken und einer Toilette, aus der beißender Kanalgeruch drang. Darüber befand sich ein vergittertes Fensterchen, gerade mal groß genug, um ein wenig Tageslicht hereinzulassen, jedoch zu winzig, als dass sich ein Mensch, gleich welcher Statur, hätte hindurchquetschen können. Es wäre ohnehin zwecklos gewesen, es zu versuchen. Spätestens der Wachturm verhinderte die Flucht. Sie saß fest in diesem Kerker, aus dem es kein Entrinnen gab.

Ihre Gedanken kreisten und kreisten. Wieder und wieder stellte sie sich vor, wie es sein würde, in dieser kargen, grauen Zelle Besuch zu empfangen. Jemand würde kommen und kurz darauf schon wieder gehen. Manchmal Paul, ein anderes Mal ihr Anwalt – beides Männer, denen sie seit Jahren vertraute und die nun nichts mehr ausrichten konnten. Wie es Tobias gehe, würde sie fragen, und die Antwort würde stets lauten, dass der Junge wohlauf sei. Aber Paul könnte sie an der Nasenspitze ansehen, dass es gelogen war.

»Du brauchst mir nichts zu verschweigen«, würde sie dann sagen.

»Du verheimlichst mir doch auch etwas.«

Das war richtig. Paul kannte sie eben besser, als sie vermutet hatte. Und er liebte sie. Vermutlich war er der Einzige, der das je getan hatte.

TEIL 1

KAPITEL 1

Etwas verloren stand Anne in der wogenden Masse schwitzender Körper, dicht an dicht mit den anderen Gästen der Studentenparty. Bisher war sie nur hin und wieder in ein oberflächliches Gespräch verwickelt gewesen. Die aufgeheizte Wohnung erzitterte buchstäblich unter der dröhnenden Musik, und man konnte sich nur schreiend verständigen.

Anne bemerkte, dass sie langsam Kopfschmerzen bekam, und wollte eigentlich gerade gehen, als sich auf einmal ein sehr großer, athletisch gebauter Typ neben sie quetschte und ihr eine frische Dose Bier in die Hand drückte. In ihrer Erinnerung würde jener Augenblick stets etwas Unwirkliches haben, jener schicksalsträchtige Moment, in dem sie Noah Berry zum ersten Mal gegenüberstand. Nachdem er ihr ein gewinnendes Lächeln geschenkt hatte, fischte er mit den Lippen ganz cool zwei Zigaretten aus dem Päckchen. Dabei fiel ihm eine Strähne seiner braunen Lockenmähne ins Gesicht.

»Auch eine?«, fragte er. Anne zuckte wortlos mit den Schultern und stöhnte innerlich auf. Wie sollte sie reagieren? Sie ging in New York nicht oft auf Partys, da sie die feste Absicht hatte, sich in ihren beiden Auslandssemestern an der Uni in erster Linie ihren Studien in Geschichte und Politik zu widmen.

Der Typ reichte ihr den Glimmstängel, den er gerade noch selbst zwischen den Lippen gehabt hatte. Dabei bemerkte Anne, dass seine Augen von einem tiefen, bodenlosen Meeresgrün waren, eine Augenfarbe, die sie noch nie zuvor bei einem Menschen gesehen hatte. Sein Blick war selbstbewusst, vielleicht sogar ein wenig überheblich. Ganz offensichtlich war er es gewohnt, das Interesse der Frauen auf sich zu ziehen. Aber Anne war in der Regel nicht leicht zu beeindrucken. Dennoch nahm sie nach kurzem Zögern die Zigarette an, und ihre Hände berührten sich kurz. Als er ihr Feuer reichte, standen sie so dicht beieinander, dass sie sein Rasierwasser riechen konnte, einen herben, unverwechselbaren Duft, der sich mit dem würzigen Geruch von Tabak vermischte.

»Danke«, sagte sie und nahm einen tiefen Zug.

»Übrigens heiße ich Noah Berry«, bemerkte er und blies ein paar makellose Rauchringe in die Luft. »Ich spiele im Columbia-Basketballteam.«

Anne hatte bereits von ihm gehört. Die Mädels, die sie im Studentenwohnheim getroffen hatte, wenn sie gemeinsam vor den verschmutzten Waschräumen auf freie Plätze warteten, hatten häufig von ihm erzählt. Er hatte den Ruf, Bälle und Mädchen gleichermaßen zu jonglieren und das ganze Leben nur für ein Spiel zu halten. Ein solcher Typ hatte ihr gerade noch gefehlt.

»Willst du mir nicht verraten, wer du bist und woher du kommst?«, fragte Noah.

Sie lächelte zwar freundlich, aber immer noch verhalten. »Und als Nächstes willst du bestimmt wissen, wohin ich gleich gehe.«

»Das würde mich tatsächlich interessieren«, konterte er spontan. »In Wahrheit weiß ich nämlich schon, dass du Anne heißt und aus Deutschland stammst.«

Sie sah ihn perplex an.

Er grinste. »Ich habe mich durchgefragt. Das ist eigentlich nicht meine Masche, aber gelegentlich hilft es, um zum Ziel zu kommen.«

Widerstrebend musste Anne zugeben, dass Noah ihr gefiel. Vor allem schien er witzig zu sein und überhaupt nicht befangen, wie es andere Typen häufig waren, wenn sie ein Mädchen ansprachen und dabei möglichst cool wirken wollten. Dieser Typ hier *war* cool.

Die Zeit verging nun wie im Flug. Noah und Anne sprachen über Manhattan und die zahlreichen Möglichkeiten, die es bot, über das ferne Europa, das Noah nie gesehen, aber in Gedanken hundertmal bereist hatte, und über Politik, für die sich beide interessierten. Anne erzählte ihm von ihrem Leben in Bonn und wie sehr sie es vermisste – vor allem ihre Freunde, aber auch ihren Vater, der ein französischer Diplomat war, und ihre Mutter, eine elegante, herzliche Frau, die an Wochenenden mit Vorliebe Stehpartys ausrichtete. Ihre Eltern waren es gewesen, die die Columbia University, eine der traditionsreichsten Hochschulen der Vereinigten Staaten, für sie ausgesucht hatten, weil sie glaubten, Anne damit den Weg in eine aussichtsreiche Zukunft zu ebnen. Anne berichtete Noah auch von ihren Plänen, später in Deutschland ein Journalistikstudium zu absolvieren, und sie sprachen über ihre anfänglichen Probleme mit der fremden Sprache hier in den USA, bei deren Bewältigung sie zum Glück von Amber, mit der sie sich inzwischen ein kleines Apartment teilte, bereitwillig unterstützt wurde. Eigentlich hatte Amber sie auch zu dieser Party begleiten wollen, aber dann bekam sie plötzlich Fieber. Anne mochte zuerst nicht allein gehen, aber auf Ambers Drängen hin hatte sie sich schließlich doch auf den Weg gemacht.

Noah und Anne rauchten, tranken Bier und merkten gar nicht, dass sich die Party längst dem Ende zuneigte und sie zu den letzten Gästen gehörten. Es fiel ihnen erst auf, als Licht und Musik verloschen und sie auf die Straße gesetzt wurden.

Unschlüssig standen sie auf der 10th Avenue.

»Möchtest du noch mit zu mir kommen, einen Kaffee trinken?«, fragte Noah. Anne hatte unwillkürlich das Gefühl, dass Noah auch den Rest der Nacht mit ihr verbringen wollte, und diese Vorstellung gefiel ihr.

Sie nahmen ein Taxi, und Noah legte im Wagen den Arm um ihre Schultern. Anne war beschwipst, aber nicht betrunken, und genoss seine Körperwärme und die vorüberhuschenden Lichter der Stadt. Plötzlich wurde ihr bewusst, dass sie überhaupt keine Ahnung hatte, wo Noah sie hinbrachte. Dieser Leichtsinn passte eigentlich gar nicht zu ihr. Sie kam aus einem geregelten Elternhaus, in dem viel Wert auf Disziplin, Verantwortungsbewusstsein und Vernunft gelegt wurde. Aber jetzt fuhr sie mit einem Mann zu seiner Wohnung. Mit einem Mann, den sie überhaupt nicht kannte. Und je weiter der Wagen in die unbekannte Gegend fuhr, desto düsterer wurde es. Als das Taxi endlich hielt, hievte Anne sich hinaus, ein bisschen schwindelig und benebelt von dem vielen Bier und der surrealen Situation. Die Luft war noch eisiger als zuvor. Sie sah auf den ersten Blick, dass sie in diese Umgebung unter anderen Umständen keinen Fuß gesetzt hätte. »Wo sind wir denn hier?«

»Auf der Lower East Side«, sagte er.

Noah hatte ihr von seinen Studentenjobs erzählt, davon, dass er gelegentlich die Mensa schrubbte und bei McDonald's Hamburger in Papier wickelte. Irgendwie gelang es ihm auf diese Weise, sich über Wasser zu halten. Hinzu kam noch sein Stipendium. Alles in allem führte er zwar kein komfortables, aber ein durchaus annehmbares Leben.

Seine Wohnung jedoch erwies sich als winzige, nach abgestandenem Qualm riechende Absteige, in der eine heillose Unordnung herrschte. Das Miniapartment im zehnten Stock eines alten Backsteingebäudes hätte dringend eine Renovierung nötig gehabt und ein paar Vorhänge gebraucht, um die neugierigen Blicke der zahlreichen Nachbarn abzuhalten. Im Badezimmer hatte Noah offenbar aus diesem Grund das Fensterglas schwarz getüncht. Überall lagen Fitnesszeitungen und Bälle herum – die Wohnung eines chaotischen Sportchampions.

Anne ließ den Blick über die zusammengewürfelte Einrichtung, die bekleckşten Wände und den fleckigen Teppich schweifen. Der Boden hatte wohl lange keinen Staubsauger mehr gesehen, an der Wand stand ein alter Schreibtisch, auf dem Papiere gestapelt waren, daneben gab es einen brummenden Kühlschrank, auf dem sich leere Pizzakartons türmten, und gegenüber stand ein vom Zusammenbruch bedrohtes Bücherregal. Die Menge der Bücher überraschte und beeindruckte Anne zugleich.

Sie bemerkte, dass Noah seine Klamotten in einem offenen Koffer unterbrachte. Viel war es nicht gerade: ein paar ungebügelte T-Shirts, Socken und ausgewaschene Jeans. Daneben lag ein Stapel Trainingshosen und Trikots. Mehr brauchte man als Sportstudent offenbar nicht, nicht mal ein richtiges Bett, denn auf dem Linoleumboden befand sich nur eine durchgelegene Matratze.

Als er Anstalten machte, einen Kaffee aufzubrühen, hielt Anne ihn zurück.

»Nach Kaffee ist mir gar nicht zumute«, murmelte sie.

»Wie wäre es mit einem Bier?«, bot er an. »Ich habe das

beste Heineken der ganzen Stadt. Frisch aus dem Kühlschrank und immer eiskalt.« Sie nickte.

»Pflanz dich irgendwo hin«, sagte er, während er leise Musik anmachte und aus dem mit Postkarten behangenen Kühlschrank zwei Büchsen Bier holte, die beim Öffnen laut zischten. Anne beobachtete ihn. Wie knackig sein Po war und wie unverschämt gut ihm die ausgewaschenen Levi's standen, die sich über seine langen, muskulösen Oberschenkel und sein durchtrainiertes Gesäß spannten! Sie blickte verlegen auf die zerwühlte Schlafstatt am Boden und wusste nicht so recht, wie sie die verfängliche Situation meistern sollte.

Die beiden ließen sich schließlich gleichzeitig auf der Matratze nieder und schlugen die Beine übereinander. Als Anne sich ein wenig bewegte, bröckelte Putz von der Wand und rieselte auf die Laken. Noah schien keine Notiz davon zu nehmen, und so störte sich auch Anne nicht daran. Sie war ohnehin viel zu aufgeregt. Schweigend rauchten sie eine Zigarette. Die Stimmung war irgendwie merkwürdig. Im Hintergrund lief leise »No woman, no cry« von Bob Marley.

Vielleicht hätte sie doch nicht mitgehen sollen?

Anne fiel auf, dass über Noahs Schreibtisch neben zahllosen Schnipseln und Zeitungsausschnitten aus Sportmagazinen zwei riesige Poster hingen. Eines zeigte Kareem Abdul-Jabbar, den bislang erfolgreichsten Basketballspieler der amerikanischen Liga, das andere einen indischen Tempel, riesengroß und weiß, eine leuchtende Pracht unter strahlend blauem Himmel.

Noah bemerkte, woran ihr Blick hängen geblieben war. »Das Taj Mahal«, erklärte er. »Ein marmornes Grabmal im indischen Agra, das ein indischer Großmogul für seine Lieblingsfrau errichten ließ.«

»Ja, ich habe davon gehört. Es ist sehr beeindruckend.«

»Was denn? Der Tempel an sich oder die Tatsache, dass ein Mann derart intensiv lieben kann?«

»Beides.«

»Hm«, machte er und ließ eine bedeutsame Pause entstehen. »Ob du es glaubst oder nicht, so etwas würde ich für eine Frau, die ich wirklich anbete, auch bauen wollen. Die ganze Welt sollte sehen, wozu ich fähig bin.«

Ihr kam es merkwürdig vor, dass er so etwas ihr gegenüber mit einer derartigen Ernsthaftigkeit sagte. Sie hatten sich doch gerade erst kennengelernt! Doch noch ehe sie weiter darüber nachdenken konnte, erklärte Noah mit leiser Stimme, dass nach Indien zu reisen einer seiner Träume sei.

»Erzähl mir mehr von deinen Träumen!«

»Vielleicht später«, sagte er ausweichend.

Anne dachte einen Moment lang nach, dann deutete sie mit dem Kinn auf das Regal, in dem sich Bücher über Buddhismus und Entspannungstheorien tummelten.

»Eine dumme Angewohnheit von mir«, erklärte er mit einem Schulterzucken. »Obwohl ich chronisch pleite bin, kann ich einfach nicht aufhören, solchen Quatsch zu kaufen.«

»Weshalb sollte das Quatsch sein?«

»Nun, es ist natürlich kein Quatsch, aber erstens kann ich es mir eigentlich gar nicht leisten, und außerdem halten mich manche deswegen für einen kompletten Spinner.«

»Ich nicht«, wandte sie ein. »Ich möchte mehr darüber wissen.«

Er schien überrascht. »Wirklich?«

»Ja, wirklich.«

Noah schien sich über ihr Interesse zu freuen und erzählte ihr von seinen vergeblichen Versuchen, die Kunst der

Meditation zu erlernen, und auch von seinen Beweggründen, die in seinem ruhelosen Wesen wurzelten. Überhaupt sei die Welt ruhelos, erklärte er. Der gesamte Kosmos und dieser Dreckskerl von Reagan, der sie gemeinsam mit seinem russischen Erzfeind zu einem Pulverfass mache. Er war der festen Überzeugung, dass die Welt, in der sie lebten, Gerechtigkeit und Frieden benötigte – und sonst nichts. Anne teilte seine Meinung nur bedingt, aber seine Eindringlichkeit gefiel ihr. Es war gar nicht so sehr, *was* er sagte, sondern *wie* er es sagte. Sie hielt ihn für einen Mann, der genau wusste, was er wollte.

Irgendwann verstummte er und sah sie an. Ein beredtes Schweigen legte sich über den Raum, eine unausgesprochene Forderung. Ihre Blicke versanken ineinander, und die Intimität des Moments war beinahe mit Händen zu greifen.

Es war fast sieben Uhr morgens, als Noah Anne schließlich zu sich heranzog und sie küsste. Später konnte sie nicht mehr sagen, wie sie in diesen sinnlichen, verrückten, wunderbaren Strudel geraten war. Es war eigentlich überhaupt nicht ihre Art, gleich am ersten Abend mit jemandem ins Bett zu gehen. In Deutschland hatte sie zwei feste Freunde gehabt, aber die Beziehungen waren nicht besonders erotisch geprägt gewesen, kein leidenschaftlicher Sex, mit Schwitzen und Stöhnen, mit Ungeduld, Begierde und ekstatischer Lust. Noah hingegen war ein geübter Liebhaber, der erregende Dinge mit ihr tat, die sie im Nachhinein noch zum Erröten brachten, die aber wunderschön waren. Als der Rausch vorbei war, spürte sie noch immer seinen festen Druck in ihrem Inneren, die unnachgiebigen Stöße und seinen gierigen Mund in der Feuchtigkeit ihres Schoßes.

Draußen war längst der Tag herangedämmert, ein sonniger, vielversprechender Morgen, und da Noah weder Gardinen noch Jalousien besaß, tauchte die aufgehende Sonne den Raum in leuchtendes Licht.

Noah spielte zärtlich mit Annes Haaren, während er ihren nackten Körper betrachtete.

»Das hier ist perfekt, nicht wahr?«, flüsterte er und sie merkte, wie er ihr Profil musterte: ihre Nase und den Mund, der eben noch Verrücktheiten gesagt hatte, die ihr zuvor noch nie über die Lippen gekommen waren. »Perfekt«, flüsterte er noch einmal und ließ seine Finger geschickt um ihre Brustwarze kreisen. »So wie du. Du bist wirklich wunderschön.«

»Das sagst du sicher jeder Frau, mit der du schläfst.«

»Wie kommst du darauf?«

»Ich weiß nicht. Ich habe Gerüchte gehört.«

»Was denn für Gerüchte?«

»Na ja«, sagte sie. »Du und die Frauen ...«

Er lachte leise auf. »Und daran glaubst du?«

»Keine Ahnung, was ich glauben soll. Es ist alles so – verwirrend.«

»Das mag ja sein«, antwortete er und zog sie gleichzeitig noch fester an sich. »Aber wir sollten uns das hier nicht von ein paar Dummschwätzern verderben lassen, oder?«

Anne seufzte und schmiegte sich noch enger an ihn, als könne sie damit die Möglichkeit, von ihm benutzt worden zu sein, aus der Welt räumen. Vielleicht war es einfach dumm, auf Leute zu hören, die man nur flüchtig kannte. Lästern lag in der Natur des Menschen, und womöglich war dieses Geschwätz von Verschmähten verbreitet worden, die in Wahrheit alles dafür geben würden, einmal in Noahs Armen liegen zu dürfen.

KAPITEL 2

Als Anne Stunden später nach Hause kam, erwartete Amber sie mit einem mürrischen Gesichtsausdruck. Sie saß kerzengerade in der Küche, mit einer Tasse heißem Tee vor sich und einem puterroten Kopf, der nicht vom Fieber zu kommen schien, sondern von irgendeiner tief greifenden Wut.

»Wo kommst du her?«, fuhr sie Anne an. »Ich habe mir Sorgen gemacht.«

Anne hatte Amber zu Beginn ihres Austauschjahres kennengelernt. Amber war im Studentenwohnheim mit leuchtenden Augen auf sie zugekommen und hatte Anne ihre kleine Hand entgegengestreckt, um sie in ihrem breiten, texanischen Akzent willkommen zu heißen. Amber redete, wie ihr der Schnabel gewachsen war, ein bisschen zu überschwänglich vielleicht, aber diese Begegnung war Balsam für Annes heimwehkrankes Gemüt gewesen. Amber zeigte Anne das gemeinsame Zimmer, ein düsterer Raum, in dem sich rechts und links vom Fenster zwei schlichte Stahlrohrbetten befanden. Gleich daneben standen die Schreibtische, zwar etwas angekratzt, aber zweckmäßig wie auch das Waschbecken und der einfache Kleiderschrank aus Holz. Die Wände hätten einen neuen Anstrich nötig gehabt, aber die Fenster waren augenscheinlich frisch geputzt. Amber war ganz offensichtlich jemand, der Wert auf Ordnung legte.

Doch schon bald stellte sich heraus, dass beide von den Zuständen im Wohnheim mehr als genervt waren, weshalb Amber Anne dazu drängte, sich ein gemeinsames Apartment zu mieten. Anne zögerte zunächst, aber Amber versicherte ihr wortreich, wie viel besser sie es in einem kleinen Apartment hätten, das zwar mehr kostete als das Zimmer im Studentenwohnheim, in dem sie aber auch mehr Freiheiten genießen könnten. Und so ließ sich Anne schließlich überreden.

In ihrer möblierten Wohnung in einem alten Brooklyner Backsteinhaus hatten die beiden nun getrennte Zimmer und genug Platz für all ihre Sachen. Sie fühlten sich wohl dort, und Streit gab es zwischen ihnen eigentlich nie, höchstens über Kleinigkeiten, die aber schnell geklärt wurden.

Anne war zu perplex, um auf Ambers Frage etwas erwidern zu können. Was sollte der missbilligende, fast schon herrische Ton? Und außerdem – was ging es Amber an, wohin sie ging und woher sie kam? Zudem war sie viel zu erschöpft, um Rechenschaft abzulegen. Am liebsten hätte sie eine heiße Dusche genommen und wäre dann unverzüglich für ein paar Stunden unter die Decke geschlüpft, um von der Nacht zu träumen, die hinter ihr lag. Ihr Körper stand jetzt noch in Flammen – vielleicht sogar ihr Herz, das sie Amber aber nicht ausschütten wollte.

Eigentlich verstanden sich Anne und Amber gut und unternahmen viel gemeinsam. Sie gingen zusammen ins Kino, einkaufen oder tranken Cocktails, nach denen Anne regelmäßig schwindelig war. In ihrer ausgelassenen Stimmung erzählte sie der Mitbewohnerin dann tausend kleine Geheimnisse. Doch alles musste Amber auch nicht wissen, und wirklich tiefgründige Gespräche führten die beiden nie.

Amber erzählte sowieso selten etwas von sich. Nur einmal holte sie ein kleines Fotoalbum hervor und zeigte es Anne. Es waren verwackelte Aufnahmen aus ihrer Kindheit und Jugend, die wenig glanzvoll aussahen.

»Was soll das?«, erwiderte Anne jetzt gereizt. »Bist du meine Mutter, dass du hier sitzt und auf mich wartest? Ich wusste gar nicht, dass wir irgendein Freizeitabkommen getroffen haben.«

»Haben wir ja auch nicht. Aber mir ging es sehr schlecht.«

»Geht es dir denn jetzt wieder besser?«

Amber ließ den Tee im Becher kreisen. »Ja, das schon. Aber es war nicht gerade nett von dir, mich die ganze Nacht allein zu lassen.«

»Du hattest ein bisschen Fieber, Amber. Du warst nicht todkrank.«

»Aber es hätte ja schlimmer werden können. Als du die Grippe hattest, habe ich auch an deinem Bett gesessen und dich mit Brühe versorgt.«

Das Gespräch begann Anne zu nerven. »Gestern wolltest du allein sein, erinnerst du dich nicht mehr?«

»Ja«, sagte Amber düster. »Aber als ich heute Nacht aufstand, warst du noch nicht da, und ich dachte, es sei etwas passiert.«

»Jetzt bin ich ja wieder hier und alles ist gut.« Beide schwiegen für einen Moment.

»Du strahlst irgendwie«, sagte Amber unvermittelt.

»Wie meinst du das?«

»Du hast einen Ausdruck in deinem Gesicht, der gestern noch nicht da war. Na, sag schon, wie heißt er denn?«

»Ach, Amber«, seufzte Anne matt. »Was soll das Ganze?«

»Ich bin ja nur neugierig.«

»Ja, das ist ganz offensichtlich.«

»Hey, wir wohnen zusammen, da darf ich doch wohl fragen, wer hier demnächst ein und aus geht.«

»Davon redet niemand. Es ist ja alles noch ganz frisch.«

»Also doch ein Mann«, stellte Amber fest.

Und was für einer, dachte Anne, während wohlige Schauer sie durchrieselten.

»Dich scheint es ja richtig erwischt zu haben.«

»Kann schon sein.«

»Aber du willst die Dinge auf dich zukommen lassen?«

»Wir werden sehen, was die Zeit bringt.«

»Wer ist es denn?«, drängte Amber weiter.

»Noah Berry«, sagte Anne und empfand dabei so etwas wie Stolz.

Es wurde totenstill. Ambers Lächeln verschwand, zurück blieb ein verblüffter Ausdruck auf ihrem Gesicht.

»Ach, der Campusstar«, sagte sie schließlich, nachdem sie sich wieder gefasst hatte. Es klang abwertend.

»Damit hast du wohl nicht gerechnet, was?«

Amber sah sie mit einer Mischung aus Mitleid und Spott an. »Ich will dir keine Angst machen, aber ich habe läuten hören, dass sich Noah Berry mit Frauen auskennt. Schöne Mädels, die ihm den Cheerleader machen und sich nachher als Betthäschen beweisen wollen. Wenn man so viele Körbe wirft wie er, hat man auch viele Freischüsse. Aber vielleicht sollte ich dir das gar nicht erzählen, du magst ihn ja schließlich.«

»Du offenbar nicht.« Und plötzlich erkannte Anne, was sich in Ambers Gesicht zeigte. Es war Neid.

»Ich sage nur, was ich gehört habe. Ich wollte ihn dir nicht madigmachen.«

»Beruht dein Misstrauen auf eigener Erfahrung?«

»Ich war auch mal mit jemandem zusammen, auf den

die halbe Highschool stand. Sein Vater besaß einen Rodeoturnierstall, er selbst war der beste Juniorbullenreiter von ganz Texas. Die Mädchen pilgerten am Wochenende in Scharen zu den Turnieren. Einige von denen vernaschte er noch in den Bullenboxen, gleich dort im Heu, und ich war natürlich die Einzige, die von all dem nichts wusste.«

Anne zuckte die Achseln. »Was ja nicht heißt, dass dein junger Rodeobulle etwas mit meinem Basketball-Noah gemein hat.«

»Mit *deinem* Basketball-Noah? Du meinst wohl den Casanova, mit dem du die Nacht verbracht hast.«

»Was auch immer er ist, ich würde ihn dir nicht schenken.«

»Man kann auch nur verschenken, was man besitzt«, erwiderte Amber. Sie lächelte. Anne nicht.

KAPITEL 3

Die Zeit raste von nun an in einem Strudel des Glücks an Anne vorbei. Vorher waren ihr die Wochenenden mit Amber genug gewesen, und ihr Leben hatte aus Studieren, Ausgehen und Stadterkundungen bestanden. Jetzt wollte sie jeden einzigen Augenblick mit Noah verbringen, keine Sekunde dieses ekstatischen Rausches verpassen. Und ein Rausch war es tatsächlich, denn wenn sie mit ihm zusammen war, fühlte sie sich voller Euphorie, beinahe so, als wäre sie das erste Mal wirklich lebendig.

Obwohl beide zwischen seinem Sport und Studium nur wenig Zeit fanden, verging kaum ein Tag, an dem Noah und Anne sich nicht sahen, und wenn es auch nur auf eine Tasse Kaffee in der Mensa war. Es sprach sich natürlich schnell herum, dass der Basketball-Star sie zu seiner neuen Freundin auserkoren hatte, und Anne war erleichtert, dass er kein Geheimnis aus ihrer Verbindung machte. An den trainingsfreien Sonntagen unternahmen sie lange Spaziergänge im Central Park, die meist in seiner schmuddeligen Bude endeten. Noah schien ein ehrliches, tiefer gehendes Interesse an ihr entwickelt zu haben und konnte offenbar nicht genug von ihr bekommen, nicht nur sexuell, sondern auch intellektuell. Immer wieder verstrickten sie sich in endlose kontroverse Debatten, die in den meisten Fällen mit einem Unentschieden und einem Akt der Versöhnung endeten.

Der Sex mit Noah hatte etwas Grandioses und erfüllte Anne mit Emotionen, deren sie sich nie für fähig gehalten hatte. Sie liebte es, wenn er sie dabei ansah, aber sie liebte auch seinen Geruch, wenn er vom Sport kam, liebte es, das Spiel seiner Muskeln zu beobachten, wenn er nackt aus der Dusche stieg und sich aus dem Kühlschrank ein kühles Bier holte. Zwischen ihnen bestand eine überwältigende körperliche Anziehungskraft, und sie wurde mit jedem Mal stärker. Annes ganzes Leben schien plötzlich auf das hungrige Aneinanderklammern ausgerichtet zu sein, auf die Momente, wenn Noah in ihr kam. Es war wie ein Wunder, das sie immer wieder neu erfanden.

Vor allem Noah war erfinderisch, nicht nur was den Sex betraf, sondern auch bei alltäglichen Kleinigkeiten. Er ließ sich immer wieder etwas Neues einfallen, versteckte zum Beispiel kleine Zettelchen mit Liebesbotschaften in Annes Schuhen, ihren Büstenhaltern, ihren Slips. Sie fand sein bisweilen anmaßendes Auftreten aufregend, und Noah mochte ihren Akzent und ihre Stupsnase, auf der die Sommersprossen tanzten.

In den ersten Wochen ihrer Beziehung trafen sie sich stets bei ihm, um ungestört zu sein, und ihr Zimmer in Brooklyn kam Anne schon bald vor wie ein Ort, an dem sie sich ab und zu sehen lassen musste, und sei es nur aus Pflichtgefühl ihrer Mitbewohnerin gegenüber. Anne hatte sich nie vorstellen können, für einen Mann die Wohnung aufzuräumen – jetzt tat sie es. Sie brachte Noahs schmuddelige Bude auf Vordermann, nahm seine verschwitzten Klamotten mit zum Waschsalon, füllte den Kühlschrank und kochte Spaghetti mit Sauce bolognese, die er mit Heißhunger verschlang. Die beiden saßen am Tisch und leckten sich gegenseitig die Nudelsauce von den Fingern. Sie duschten zusammen, seiften sich lustvoll ein. Anne trug beim Schlafen seine T-Shirts, er schlief nackt. Morgens, während er in der Küche stand und Kaffee kochte, rollte sie sich auf seine Seite und spürte die Wärme, die er in den zerwühlten Kissen hinterlassen hatte.

Noah machte Anne Komplimente, und ihr ging das Herz über, wenn er ihr Schamlosigkeiten ins Ohr flüsterte und sie gleichzeitig zum Lachen brachte.

Sie erkannte schnell, wie sehr er sich von den anderen jungen Männern auf dem Campus unterschied. Einerseits war da der humorvolle, schelmische Noah, der stets einen lockeren Spruch auf den Lippen hatte. Auf der anderen Seite gab es auch den ernsten Noah, der zu viel grübelte, gewisse Dinge zu eng sah und sich alles gleich zu Herzen nahm. Ein falsches Wort, und schon war er eingeschnappt. Man konnte es sich leicht mit ihm verscherzen. Auch die Politiker nahm er nur allzu gern beim Wort, ihnen verzieh er nicht mal den geringsten Fauxpas.

Anne hatte nicht gewusst, dass sich Noah tatsächlich politisch engagierte. Damit rückte er erst heraus, als er sich für eine Antikriegsdemonstration vorbereitete und sie bat mitzukommen.

»Wogegen soll ich denn demonstrieren?«, fragte sie verwundert. »Gegen einen Krieg, den es gar nicht gibt?«

»Den *wird* es geben, mein Engel. Wenn junge Leute wie wir nicht gegen das Vermeidbare protestieren, werden sich die Herren Reagan und Breschnew zu unseren Lasten die Köpfe einschlagen. Soll ich dir mal im Detail erzählen, welche Folgen ein Atomschlag hätte? Wie du und ich dann krepieren? Das ginge von einer Sekunde zur anderen, Baby. Ein paar wahnsinnige Machtgierige müssen nur auf ein rotes Knöpfchen drücken, und schon geht's los.«

»Das glaubst du doch wohl selbst nicht.«

»Und ob ich das glaube! Und wenn *wir* nicht unser Recht nutzen und gegen die Aufrüstungsbeschlüsse demonstrieren, wer sonst soll es dann tun?«

»Tut mir leid«, sagte sie ernst. »Damit kann ich nichts anfangen. Nicht, dass ich etwas gegen deine politischen Überzeugungen habe, aber das ist mir eine Spur zu unwirklich. Auch wenn ich den Weltfrieden befürworte, ich glaube nun mal nicht, dass er mit Demonstrationen herbeigeführt werden kann.«

Noah, der Rebell, akzeptierte knurrend ihre Meinung und zog allein los. Doch anschließend ließ er sich drei Tage und Nächte lang nicht bei ihr blicken und meldete sich auch nicht.

KAPITEL 4

Über das, was vor dem College gewesen war, hüllte Noah Berry sich in Schweigen, niemand wusste wirklich viel von ihm.

Er war im schäbigsten Viertel der South Bronx zur Welt gekommen und hatte seine Kindheit in einer heruntergekommenen Bruchbude verbracht, die kaum größer war als ein Rattenloch und mindestens ebenso finster. Seine Eltern stritten sich wegen jeder Kleinigkeit, genug zu essen gab es nie. Der Vater, den Noah nur noch vage in Erinnerung hatte, war ein versoffener Tyrann gewesen, der sich nur blicken ließ, um seine Frau zu verprügeln und sich ihr Geld unter den Nagel zu reißen. Irgendwann verschwand er auf Nimmerwiedersehen, doch Noah wurde die Angst nie los, er könne wieder auftauchen. Sein Leben bestand aus quietschenden Sprungfedern, wenn seine Mutter die Beine um die Taille ihrer Liebhaber schlang, aus Zigarettenkippen und Bierbüchsen, aus Schmutzwäsche und eingetrocknetem Essen – wenn es denn welches gab. Manchmal ging seine Mutter fort und sperrte ihn ein. Stundenlang. Tagelang. Das sei die Strafe, sagte sie. Nur wofür, das begriff er nie.

Er hätte sich jemandem anvertrauen können, aber wen hätte schon interessiert, wie es bei ihm zu Hause zuging? Er hasste sein Leben. Und er hasste seine Mutter – obwohl er sie gleichzeitig liebte. Mit seiner eigenen Zwiespältigkeit kam er nicht zurecht. Am liebsten wäre er ausgebrochen und einfach davongerannt, auch vor sich selbst.

Als er zum Teenager heranwuchs, begann er, sich nach Grenzenlosigkeit und Flucht zu sehnen. Er sehnte sich nach duftenden Wiesen und einer Gitarre und wäre gern mit den Hippies losgezogen, um Marihuana zu rauchen und Politik und freie Liebe unter freiem Himmel zu machen. Er träumte von Woodstock und von anderen großen Ereignissen, die sein Leben bereichern würden. Natürlich träumte er auch von Mädchen, die er sich nachts, wenn sich seine Hände heimlich unter die Bettdecke stahlen, in allen Einzelheiten ausmalte. Er stellte sich vor, wie es wohl wäre, sich in eins dieser gestylten Minirock-Mädchen von der Plakatwerbung zu verlieben und mit ihm Dinge zu tun, die er sonst nur im Verborgenen mit sich allein tat. Ein hübsches Mädchen sollte es sein, zart und noch unberührt, eines, das nichts mit einer Hure gemein hatte.

Und dann kam alles ganz anders.

Eines Nachts im Hochsommer wachte er auf, weil sich seine Bettdecke hob und jemand zu ihm ins Bett stieg. Er lag regungslos und merkte, wie sich ein erhitzter, nackter Körper an ihm rieb, sich von hinten fest gegen ihn presste. Starr vor Schreck spürte er einen erigierten, zitternden Penis an seinem Rücken.

»Komm schon«, kam eine gepresste Stimme aus der Dunkelheit. »Ich tu dir nichts Böses.«

Der Fremde hielt ihn fest umklammert. Und er war stärker als er. Er drückte Noahs Gesicht in die Kissen, sodass dieser keine Luft mehr bekam, und senkte seinen schweren Leib auf ihn. Dann spürte Noah einen reißenden Schmerz, der so höllisch war, dass er zu sterben glaubte. Er empfand die Schande, die über ihm zusammenschlug, als eine unendliche Erniedrigung. Als es vorüber und der Kerl fort war, stand er auf, schwach und benommen und mit schmerzendem Hintern, und wusste genau, dass er nie wieder derart wehrlos sein wollte. Er würde fortan ein Messer bei sich tragen, seinen Körper stählen und so stark werden, dass es niemand mehr mit ihm aufnehmen konnte. Unbesiegbar wollte er sein, damit sich so etwas Grässliches und Demütigendes niemals wiederholte. Der Nächste, der es dennoch versuchte, sollte es bitter bereuen.

Gleich darauf verschwand er aus seinem bisherigen Zuhause und trieb sich herum. Dass er nicht mehr zurückkehren würde, stand für Noah fest. Er ernährte sich von Essensresten, die er im Müll fand, und schlief in Hauseingängen oder Parks. Wie ein herrenloser Hund streunte er durch die Straßen der Bronx, ziellos und verwundert darüber, wie viel besser es sich unter freiem Himmel lebte als in dem düsteren Puff, in dem er viel zu viele Jahre verbracht hatte. Doch dann kam der Herbst, und es wurde kälter und schließlich gar unmöglich, die Nächte im Freien zu verbringen. Zerknirscht machte er sich auf den Weg zurück zu seiner Mutter. Sie saß gerade am Küchentisch und zählte Geld, als er auftauchte.

»Da bist du ja«, sagte sie, als sei er nur ein paar Stunden weg gewesen. »Setz dich!«

Er kam der Aufforderung nach und musterte die Frau, die ihn geboren hatte und die ihm dennoch so fremd vorkam. Sie sah abgezehrt aus, und ihre Augen waren bereits tot. Er bemerkte, dass ihre Armbeugen geschwollen und von eitrigen Furunkeln übersät waren. Irgendwann fand auch der geschickteste Junkie keine Einstichstelle mehr, und dann war das Ende nicht mehr weit. Noah betrachtete ihr fahles Gesicht und ihren hageren Körper, der nichts Schönes mehr an sich hatte, und alles, was er dachte, war, dass sie die Grenze überschritten hatte und er ihren Untergang beobachtete. Sie führte ein Leben, wie es auch ihn erwartete, wenn er nicht mit aller Kraft dagegen anging.

»Wo warst du?«, erkundigte sie sich schließlich. »Ich habe dich gesucht.«

Er wusste, dass sie log. Sie hatte ihn weder gesucht noch eine Sekunde lang daran gedacht, es je zu tun.

»Ich komme ab heute wieder zum Schlafen nach Hause«, erklärte er statt einer Antwort. »Aber ich werde mich einschließen.«

Sie tat überrascht. »Du hast dich doch früher nie eingeschlossen.«

Wusste sie etwas?

»Ich habe es nie für nötig gehalten, aber seit der Nacht im Sommer, seit …« Er konnte den Satz nicht zu Ende bringen, spürte, wie seine pubertierende Stimme zu kippen drohte. Alles in ihm bebte. Seine Fingerknöchel waren taub vor Anspannung. Sie hatte ganz sicher davon gewusst und ein paar Dollars extra kassiert. *Im Zimmer nebenan liegt mein Sohn. Den kannst du auch noch vögeln.* In Gedanken streckte er die Hände über den schmutzigen Tisch aus und umklammerte den dürren Hals der Fremden. Er spürte, wie er glühte vor Hass, während er immer fester zudrückte, bis sie röchelnd zu Boden sank.

Als er wieder zu Sinnen kam, hatte er sie kräftig geohrfeigt, und sie war bereits aufgestanden und dabei, die Küche zu verlassen. Sie trug ein löcheriges Nachthemd, das lange nicht mehr gewaschen worden war und nur das Allernötigste verbarg. Es wehte um ihre Knochen wie eine müde Todesfahne.

Mit brüchiger Stimme rief er hinter ihr her: »Sollte es noch einmal jemand wagen, bringe ich ihn um!«

Aber sie bekam schon nichts mehr mit und verschwand im Bad. Noah hörte, wie sie sich übergab und dabei fast erstickte.

Am nächsten Morgen fand er sie reglos und kalt in der Badewanne. In ihrer Armbeuge steckte noch die Spritze.

In der Anonymität der Großstadt fiel es nicht einmal den Nachbarn auf, dass jemand in der Wohnung nebenan fehlte. Noah war frei und musste an niemanden mehr denken, außer an sich selbst. Und daran, wie er die Leiche seiner Mutter verschwinden lassen konnte.

Marble Berry, die lange genug am Abgrund entlanggetaumelt war, versank im Tode wie in ihrem verkorksten Leben – unspektakulär und namenlos. Sie tauchte nie wieder auf, dennoch wagte sich Noah aus Furcht vor ihrer Rache nie wieder an das Ufer des Hudson Rivers. In Gedanken war er schon hundert Mal zu ihrem Mörder geworden, und dass sie letztlich ohne sein Zutun gestorben war, vermochte er einfach nicht zu glauben.

Was, so fragte er sich, würden die Behörden tun? Doch niemand fragte nach dem fünfzehnjährigen Jungen, der nun allein in der kalten Wohnung saß. Und die Freier? Zuerst hämmerten sie noch regelmäßig gegen die Tür, erst wütend, dann verhalten, bis sie irgendwann fernblieben.

Zwar war Noah nun mittellos, aber er kam ganz gut allein zurecht. Er hatte es auf der Straße geschafft, also würde er mit einem Dach über dem Kopf erst recht durchkommen. Er musste bloß sehen, wie er das nötige Geld für die Miete zusammenkratzte. Geld, dachte er verzweifelt, ich brauche Geld!

Als kleiner Junge war er zum Stehlen in Geschäfte geschickt worden, und das kam ihm jetzt zugute. Mit der Zeit entwickelte er eine gewisse Routine, die ihm Sicherheit verlieh. So stahl er beispielsweise teure Radkappen, die sich leicht an Hehler verkaufen ließen, oder er knackte Autos und räumte die Handschuhfächer leer. Verwundert stellte er fest, dass er das Kribbeln in seiner Magengegend, wenn er Verbote brach, geradezu genoss. Er liebte das Risiko, liebte es so sehr, dass er darüber die Gefahr vergaß, in der er bei jedem seiner Coups schwebte. Nichts schreckte ihn, kein Hindernis war ihm zu hoch, und das brachte ihn so manches Mal in Unannehmlichkeiten, die er jedoch fast immer mit seinen Fäusten beheben konnte. Er trainierte hart, stemmte alles, was ihm in die Finger kam, aber seine Spezialität wurde der Korbball. Auf einem heruntergekommenen Sportfeld vor der grauen Kulisse der Betonwüste lungerte er nachmittags herum und spielte mit einer ständig wechselnden Jungenclique. Eines Tages tauchte ein eigenartiger Unbekannter auf, ein großer, durchtrainierter Mann mittleren Alters, der ans Gitter gelehnt eine Zigarette rauchte und jede von Noahs Bewegungen zu beobachten schien. Irgendwann ging Noah zu ihm hinüber und sagte: »Was willst du, Mann?«

»Du bist gut«, antwortete der. »Ich sehe dir beim Spielen zu.«

»Das passt mir nicht. Verpiss dich!«

»Egal, ob es dir passt, ich bleibe. Mein Name ist übrigens Donovan Brown.«

»Und meiner geht dich einen Dreck an«, erwiderte Noah. Er war genervt, aber gleichzeitig beeindruckt von der Hartnäckigkeit des Mannes, der Ruhe und Verbindlichkeit ausstrahlte.

Donovan Brown kam wieder. Jeden Tag. Woche für Woche kreuzte er auf und stellte sich ans Gitter, rauchte und sah Noah und den anderen Jungs beim Spiel zu. Sie begannen, sich an ihn zu gewöhnen. Vielleicht war er ein Sozialarbeiter, der sie bekehren wollte, vielleicht aber auch ein Drogendealer, der dasselbe vorhatte – nur eben in die andere Richtung.

Eines Tages winkte Brown Noah zu sich heran und bot ihm eine Zigarette an. Noah beäugte ihn misstrauisch und sagte: »Ich nehme keine Drogen.«

Der Mann lachte. »Das weiß ich. Wenn du es tätest, könntest du nicht so spielen, wie du spielst. Die hier kannst du ruhig nehmen.«

»Du bist also kein Dealer?«

»Definitiv nicht.«

»Was bist du dann?«

»Ein Talentsucher.«

»Was meinst du damit?«

»Ich halte Ausschau nach Jungs wie dir. Die ein hohes sportliches Potenzial besitzen, es aber nicht nutzen können, weil ihnen die Mittel fehlen.«

»Woher willst du wissen, dass mir die Mittel fehlen?«

»Würdest du etwa hier in dieser Gegend abhängen, wenn es nicht so wäre?«

Das war ein Argument. Diese Scheißgegend war das Letzte, und hätte Noah gewusst, wie er es anstellen sollte, wäre er längst über alle Berge gewesen. Er malte sich aus, eines Tages am Meer zu leben, in einem hell getünchten Strandhaus mit Veranda, von der aus man den Sonnenuntergang beobachten konnte. Und wenn es nicht klappte mit dem Häuschen auf Long Island, dann hätte ihm fürs Erste auch ein möbliertes Apartment in Manhattan genügt. Hauptsache raus hier.

»Also, was willst du von mir?«, knurrte er.

»Ich will dir helfen«, sagte Donovan.

Voller Überzeugung, dass ihm niemand helfen konnte, sagte Noah: »Verschwendete Zeit.«

»Das glaube ich nicht – nach allem, was ich gesehen habe.«

»Und was genau hast du gesehen?«

»Dass du großes Talent hast und es weit bringen kannst, aber dass es dir noch an Technik mangelt. Du beherrschst den Sternschritt nicht in Perfektion, hast keinen Schimmer von Bodenpässen und der Pressdreckung und weißt nicht, wie ein ordentlicher Rebound auszusehen hat. Offensichtlich hast du auch nie etwas von der Fünf-Sekunden-Regel gehört oder einem unsportlichen Foul. Wenn hier ein Schiedsrichter pfeifen würde, säßest du nämlich ständig auf der Bank und wärst für die gesamte nächste Saison gesperrt.«

Noah funkelte ihn böse an und wandte sich ab.

Donovan Brown zupfte ihn am Ärmel. »Hey, Moment mal.«

»Was soll das? Ich brauche deine bekloppte Fünf-Punkte-Regel nicht.«

»Fünf-*Sekunden*-Regel«, verbesserte ihn Donovan.

»Na, wenn schon.«

»Es macht einen erheblichen Unterschied, wenn man spielt und sich dabei an die Regeln hält. Sie existieren nun mal.«

»Mein Leben funktioniert auch ohne Regeln ganz gut.«

Brown runzelte die Stirn, schien nachzudenken. »Hast du eigentlich die High School besucht?«

»Geht dich das was an?«

»Du musst es mir nicht verraten, wenn du nicht willst.«

»Okay, dann bin ich halt zur High School gegangen«, erwiderte Noah, und damit log er nicht einmal. In der Tat hatte er während der letzten Jahre kaum einen Tag versäumt, weil er den Schein der Normalität hatte wahren wollen. Und nun kam dieser Spinner daher und fragte ihm Löcher in den Bauch. Was wollte der eigentlich von ihm? Graste der wirklich die Straßen ab, in der Hoffnung, einen potenziellen Star aufzuspüren? Aber selbst wenn, die Chancen, dass so ein Kerl gerade ihn entdeckte, waren kleiner als die auf einen Lottogewinn.

»Hast du irgendeinen Abschluss?«

Noah nickte siegesbewusst. »Selbstverständlich.«

»Und jetzt?«

»Jetzt hänge ich hier halt rum.«

»Den lieben langen Tag hängst du also rum.«

»Ja, so in etwa.«

»Ich wüsste da etwas Besseres.«

»Und das wäre?«

»Geld verdienen«, sagte Brown. »Viel Geld. Komm«, sagte er und wies auf eine verwitterte Holzbank, die ein wenig abseits im Schatten einer Pappelgruppe stand. »Wir setzen uns, und ich erkläre es dir.«

Donovan Brown setzte Meilensteine in Noahs Leben, ebnete ihm den Weg aufs College und von dort auf die Columbia University, an der Noah ein vierjähriges Stipendium erhielt und mit Kusshand in die Basketballmannschaft aufgenommen wurde. Sein ehrgeiziger Coach erklärte ihm, dass er binnen kürzester Zeit den Sprung in ein Profiteam schaffen konnte, wenn er nur hart genug an sich arbeitete. Dazu war Noah wild entschlossen, obgleich er nun allzu deutlich zu spüren bekam, was es bedeutete, ein Berufsathlet zu werden: Verzicht und hartes, schweißtreibendes Training, mindestens sechs Mal die Woche. Der Spaß am Spiel war längst zur Besessenheit geworden, und schon bald kannte man Noah als einen schnellen und gefürchteten Flügelspieler mit gewaltiger Sprungkraft und einer Treffsicherheit, die ihresgleichen suchte.

»Du bist eine Ausnahmeerscheinung«, erklärte ihm sein Coach. »Ein exzellenter Vollstrecker.«

Der Begriff ›Vollstrecker‹ traf den Nagel auf den Kopf, denn sein Wurf war wie ein Säbel, pfeilschnell und präzise.

Beinahe über Nacht war alles anders geworden: Er, Noah Berry, war nicht mehr der Hurensohn aus der Bronx, der sich mit kriminellen Delikten durchschlug, sondern galt in der College-Liga als großes Talent und weißes Wunder.

Was ihn verwirrte, war die Tatsache, dass plötzlich auch im Privatleben alles blendend lief. Auf einmal klappte es selbst mit den gesellschaftlich besser gestellten Mädchen, die bisher außerhalb seiner Reichweite gewesen waren. Er wäre nie auf die Idee gekommen, dass er, abgesehen von seinen sportlichen Erfolgen, auch bei den Mädchen Erfolg hatte und sein sexy Noah-Berry-Schmollmundlächeln bis über die Campusmauern hinaus berühmt war. Er lächelte zwar nicht gerade oft, aber wenn, dann erstrahlte sein ganzes Gesicht, und alle schmolzen dahin.

Meist war das der Fall, wenn Noah nur zum Spaß bei den Leichtathleten zum Hundert-Meter-Sprint antrat und als Erster durchs Ziel ging. Laufen und punkten war sein Leben, und zu siegen war ein berauschendes Gefühl, das er bisher nicht gekannt hatte. Es war das Jahr der Olympischen Sommerspiele in Moskau, und er träumte davon, eines Tages selbst als gefeierter US-Spitzensportler in die Arena einzuziehen und eine Goldmedaille zu holen.

Es gab Tage, an denen er sich fragte, was wohl seine Mutter zu seinen Ambitionen und Erfolgen gesagt hätte. Ob sie aus dem Jenseits zusah und von dort aus einen Schlag vorbereitete? Nach wie vor ging er nicht zum Hudson, noch immer sah er sie im trüben Wasser treiben ... In seinen Träumen lief sie ihm nach, verfolgte und peinigte ihn wie ein bösartiger Tumor, der in ihm wütete, ihn geißelte. Nach dem Erwachen lag er oft schwitzend da und ließ in Gedanken ihre letzte Begegnung Revue passieren. Immer wieder sah er sich seine Mutter ohrfeigen, beobachtete, wie sie dürr und bleich ins Bad taumelte, hörte ihr verzweifeltes Würgen, das sich in seiner Fantasie zu einem wütenden Stakkato steigerte und ihm fast den Verstand raubte. Der schrille Ton ihrer Stimme, der drohend erhobene Zeigefinger ... Ihre toten, leeren Augen verfolgten ihn, wo auch immer er hinging.

Und früher oder später – da war Noah ganz sicher – würde die geliebte, verhasste Hure schon dafür sorgen, dass er seine Strafe verbüßte.

KAPITEL 5

Anne Dunant stammte aus ganz anderen Verhältnissen. Ihre Eltern verkehrten mit Anwälten und Bankdirektoren, mit Leuten, die Noah Berry nur vom Hörensagen kannte. Sie hatten ihrer Tochter eine glänzende Ausbildung zugedacht. Es stand für sie außer Frage, dass Anne eines Tages jemanden heiratete, der ihr finanziell und intellektuell das Wasser reichen konnte und der gemeinsam mit ihr standesgemäße Kinder hervorbrachte, die es wiederum zu etwas bringen mussten. Anne wusste ganz genau, dass ihr amerikanischer Boyfriend ihren Eltern gar nicht gefallen hätte, und so unterließ sie es auch, ihn bei ihren Telefonaten zu erwähnen. Sie wollte erst einmal abwarten, wie sich die Dinge entwickelten, schließlich kannten sie sich gerade mal ein paar Wochen. Noah ahnte wohl, dass er gewissermaßen verschwiegen wurde, aber es störte ihn nicht, zumindest sprach er Anne nie darauf an.

Auch Ambers Reserviertheit ihm gegenüber ließ er weitgehend unkommentiert, er nahm sie hin und gab sich Mühe, freundlich und nett zu sein, wenn er sich im Apartment der Mädchen aufhielt.

Dass er bei Amber nicht gerade hoch im Kurs zu stehen schien, war offensichtlich. Sie hielt eine sonderbare Distanz und verlor nicht viele Worte über Annes Lover, wobei ihr durchaus anzusehen war, dass sie sein Kommen und Gehen und die Selbstverständlichkeit, mit der er es tat, missbilligte. Noah ging inzwischen bei ihnen ein und aus, wie es ihm beliebte. Er bediente sich am Kühlschrank, brachte Jeans und T-Shirts mit und verlagerte seinen Lebensmittelpunkt im Laufe der Zeit in die Wohnung der Mädchen. Auch ihren Haustürschlüssel hatte er längst an seinem Bund befestigt. »Schmarotzer« nannte Amber ihn manchmal scherzhaft, aber Anne meinte, in ihrem Tonfall durchaus eine gewisse Ernsthaftigkeit zu entdecken.

Um Amber etwas milder zu stimmen, schlug Anne eines Tages ein gemeinsames Abendessen vor. Es war Samstag. Noah war beim Training, die Mädchen hatten frei, und während Amber unlustig das Apartment schrubbte, erstellte Anne eine Einkaufsliste. Ihre Vorräte waren erschöpft, nicht mal mehr ein Keks befand sich im Schrank, weil Noah den letzten verputzt hatte. Amber zeigte sich nicht gerade begeistert von der Idee, als fünftes Rad am Wagen mit zwei Verliebten am Tisch zu sitzen, sagte aber schließlich zu, weil sie für den Abend ohnehin nichts Besseres geplant hatte.

Noah erschien um sieben. Er trug seine engen Levi's und ein Sweatshirt mit Sportlogo, roch unverschämt gut nach seinem herben Aftershave und hielt einen kleinen Blumenstrauß in der Hand. Seine welligen Haare waren noch feucht von der Dusche, in seiner Jackentasche steckte die obligatorische Zigarettenschachtel. Amber, die sich fein herausgeputzt hatte, empfing ihn an der Tür und ließ ihn eintreten. Sie lächelte sogar und forderte ihn auf: »Setz dich irgendwo. Es gibt Chinesisch.«

Noah schob sich mit einem Gruß an Amber vorbei, begab sich schnurstracks in die Küche, presste sich an Annes Rücken, schob ihr die Hand frech unter den Pulli und hauchte ihr einen Kuss auf den Nacken.

»Umrühren nicht vergessen, Baby«, flüsterte er und hielt ihr die Blumen unter die Nase.

»Sind die für mich?«, fragte Anne überflüssigerweise.

»Für wen denn sonst?«

Anne hätte am liebsten den Herd ausgestellt und sich mit Noah erst mal eine schnelle Vorspeise gegönnt, aber das ging natürlich nicht. Amber war ja da. Sie stand noch im Flur, an der Schwelle zur Küche, und sah ausdruckslos zu ihnen herüber, bevor sie sich an den Tisch setzte und eine Zeitung zur Hand nahm, in der sie lustlos zu blättern begann. Sie machte keine Anstalten, die von Anne abgelegten Blumen ins Wasser zu stellen.

Bisher waren die Zusammentreffen von Amber und Noah eher flüchtiger Natur gewesen, hatten aus belanglosem Geplänkel zwischen Tür und Angel bestanden, aus einem Kaffee auf die Schnelle oder einem morgendlichen Hallo vor dem Badezimmer. Wie die folgenden Stunden verlaufen würden, war deshalb schwer abzusehen. Anne glaubte insgeheim, dass sich Amber mit der Begründung, noch Gesetzestexte lernen zu müssen, früh in ihr Zimmer zurückziehen würde. Dass sie eines Besseren belehrt wurde, überraschte sie, aber im Grunde freute sie sich darüber.

Während des Essens redete Noah zwar fast die ganze Zeit von sich selbst, aber das schien Amber nicht zu stören, da er es auf unterhaltsame, spritzige Weise tat. Sie hörte ihm aufmerksam zu, hing an seinen Lippen und aß mit großem Appetit, während Noah den beiden Mädchen immer wieder Wein nachschenkte. Die Arroganz, die ihn auf den ersten Blick umgab, verschwand wie durch einen Zauber, was Amber wohl nicht für möglich gehalten hatte, und zum Vorschein kam ein humorvoller Noah, der ganz und gar uneitel Episoden aus seinem Sportlerleben zum Besten gab und dabei seine Mitspieler auf amüsante Weise durch den Kakao zog. Auch Anne erlebte diese Seite an Noah zum ersten Mal. Aber sie gefiel ihr durchaus. Es gefiel ihr auch, dass er am offenen Fenster rauchte, nach dem Essen ungefragt den Tisch abräumte und beim Abtrocknen half, bevor sie sich auf seinen Vorschlag hin alle drei auf den Weg machten, um in einem Club am Broadway noch ein paar Bier zu trinken. Der Abend war ein voller Erfolg, eine rundum harmonische Geschichte, die erst irgendwann im Morgengrauen ihr Ende fand.

»Er ist nett, dein Freund«, sagte eine von Kopfschmerzen geplagte Amber am nächsten Mittag, nachdem sich Noah verabschiedet hatte und zu einer freiwilligen Trainingseinheit aufgebrochen war. Die Mädchen saßen am Küchentisch, tranken Milchkaffee und versuchten, ihre verkaterten Mägen mit trockenen Bagels zu beschwichtigen, während sie den vergangenen Abend Revue passieren ließen.

»Findest du?«, fragte Anne, einigermaßen überrascht über Ambers plötzlichen Sinneswandel.

»Ja, ihr passt wirklich gut zueinander. Und Noah ist durchaus amüsant, ganz anders, als man denkt, wenn man ihn nicht kennt. Ich hätte gar nicht geglaubt, dass er so witzig sein kann. Und er hat sich sogar nützlich gemacht. Welcher Mann tut das schon?«

Meiner, hätte Anne am liebsten gesagt, ließ es aber bleiben. Sie wollte die gute Stimmung nicht ruinieren und das Eis, das gerade zwischen Amber und Noah gebrochen war, wieder zum Gefrieren bringen. Es war ihr ja nur recht, dass sich ihre Mitbewohnerin und ihr Freund gut verstanden.

Natürlich war es nach wie vor eng im Apartment. Zu dritt ließ es sich wirklich nicht lange darin aushalten, denn man lief sich ständig über den Weg, und Amber nörgelte dann und wann, dass sie ihre Uniunterlagen nun nicht mehr ohne Weiteres auf dem Esstisch ausbreiten konnte und sie sich von Noahs Raucherei gestört fühlte. Sie konnte zwar zum Lernen in ihr Zimmer gehen, aber das half nicht viel – dort hatte sie keinen Tisch, und der Qualm zog durch die ganze Wohnung, nebelte sie ein und bescherte ihr Kopfschmerzen, mit denen sie ohnehin oft zu tun hatte. Außerdem störte sie Noahs Unordnung. Wo er ging und stand, ließ er etwas fallen, entweder seine getragenen Socken, seine verschwitzten T-Shirts oder irgendwelche Sportmagazine. In der Dusche lagen seine Haare, im Waschbecken seine Rasurreste, und da Amber meist das Putzen übernahm, war ihr das verständlicherweise ein Dorn im Auge.

»Er ist wirklich nett«, betonte sie erneut Anne gegenüber. »Aber bring ihm bei Gelegenheit etwas Ordnung bei. Und vielleicht beteiligt er sich demnächst auch an den Mietkosten. Ich will ja nicht kleinlich sein, aber hast du darüber schon mal nachgedacht?«

»Nein«, sagte Anne ernst. »Ich bin ja ebenso oft bei ihm, und er zieht schließlich nicht hier ein.«

»Manchmal scheint es aber so. Versteh mich nicht falsch. Wenn man einmal von der Raucherei absieht, stört er mich ja nicht. Ich meine nur, dass es vielleicht nicht ganz rechtens ist, wenn wir hier einen Untermieter haben.«

»Du mit deinem Rechtskram«, stöhnte Anne auf. »Er ist weder unser Untermieter, noch dürfen wir hier keinen Männerbesuch empfangen. Du tust ja so, als seien wir wieder im spießigen Studentenwohnheim. Schließlich warst du diejenige, die unbedingt da raus wollte.«

Daraufhin schwieg Amber. Sie stand auf, ging zum Küchenschrank, nahm ein Glas heraus, löste drei Aspirin in Wasser darin auf, trank das Zeug in einem Zug und verschwand, um den ganzen Tag nicht mehr aus ihrem Zimmer herauszukommen.

Es war Anfang Dezember. Annes Tage waren randvoll mit Vorlesungen, Politikseminaren und Noah, der sie, verrückt wie er war, eines Tages mit verbundenen Augen aufs Empire State Building entführte und ihr dort im eisigen Wind vor aller Ohren seine Liebe erklärte. Anne war das schrecklich peinlich, obwohl es sie andererseits mit einem immensen Glücksgefühl erfüllte. Sie fühlte sich begehrt wie nie zuvor, und sie liebte Noah leidenschaftlich. Manchmal fragte sie sich jedoch, was der gut aussehende Noah wohl an ihr fand. An ihren aschblonden Haaren, die ihr morgens strähnig ins Gesicht hingen, den blauen Augen, die ihr selbst ein wenig zu blass erschienen, genau wie die Haut, die jetzt in der kälteren Jahreszeit einen fahlen Ton angenommen hatte.

Es gab Mädchen, die waren auch ohne Make-up schön – die dunkelhaarige Amber mit ihrem olivfarbenen Teint zum Beispiel, die morgens nur ein bisschen Wasser und Seife benötigte, um zu strahlen. Amber sah man eine durchtanzte Nacht nie an, Anne hingegen plagte sich gleich mit Augenrändern und Hautunreinheiten, woran Noah jedoch nicht den geringsten Anstoß zu nehmen schien. Er schwärmte pausenlos von Annes schlanker Figur, die sie selbst einfach nur schlaksig fand, von ihrem festen Busen und den langen Beinen. Wäre sie kleiner gewesen, hätten ihr Miniröcke und High Heels gut gestanden, bei ihr wirkten sie hingegen storchenhaft, weshalb sie meistens flache Schuhe und Jeans trug. Bis jetzt hatte sie das nie gestört, aber nun fiel ihr zunehmend auf, dass Amber so ganz anders war als sie selbst. Mit einem gewissen Neid betrachtete Anne all die kleinen, feinen Schuhe, die sich im Flur aneinanderreihten, die zarten Blusen, die ihrer Mitbewohnerin so gut standen und an ihr selbst völlig deplatziert gewirkt hätten.

Amber wartete zwar immer wieder mit Schönheitstipps auf, mit Vorschlägen, wie Anne ihr Haar besser frisieren und ihre schönen Augen ausdrucksvoller hervorheben konnte, doch Anne wiegelte ab. Sie hatte keine Lust, stundenlang vor dem Spiegel zu stehen und sich von ihrer Mitbewohnerin herrichten zu lassen, obwohl sie sich andererseits fragte, wie Noah wohl reagieren würde, wenn sie plötzlich in Stöckelschuhen und mit wallender Lockenmähne auftauchen würde.

»Probiere es doch einfach mal aus«, schlug Amber vor. »Männer lieben Überraschungen. Wir brezeln dich mal richtig auf. Noah wird sicher begeistert sein.«

Anne, die davon nicht überzeugt war, zögerte, willigte aber schließlich ein. Es war Samstagabend, und sie waren mit Noah und einigen seiner Sportkameraden verabredet. Amber machte sich also ans Werk, drehte Anne die Haare auf, trug eine Gesichtsmaske auf und schminkte sie anschließend aufwendig. Natürlich passten Anne Ambers zierliche Kleider nicht, weshalb sie mit dem vorliebnehmen mussten, was ihr eigener Schrank hergab: enge Jeans, ein knapper Rollkragenpullover, der ihren Busen betonte, und ein etwas skurriler Nietengürtel, den Amber ihr am Nachmittag in Soho aufgeschwatzt hatte.

Amber hatte den Spiegel mit einem Tuch verdeckt, sie wollte es spannend machen. Sie fummelte noch ein bisschen an Annes Haar herum, toupierte es, und als sie den Spiegel schließlich theatralisch freigab und Anne sich in voller Pracht sah, bekam diese einen Heidenschreck. Sie fand, dass sie aussah wie eine Vogelscheuche – völlig überschminkt, mit Zentnern von Eyeliner, kirschrotem Mund und knallblauem Lidschatten, was ihr insgesamt das Aussehen einer billigen Nutte verlieh.

Anne konnte es nicht fassen. »Bist du denn völlig bescheuert?«, schimpfte sie, nachdem sie wieder zu Luft gekommen war. »Ich sehe aus, als wäre ich in einen Schminktopf gefallen. Das ist ja absurd!«

»Willst du nun deinen Typ verändern oder nicht?«, fauchte Amber zurück und machte ein enttäuschtes Gesicht. »Ich habe mir solche Mühe gegeben!«

»Das ist nicht dein Ernst. Du hast mich verunstaltet! Mach das sofort wieder weg, bevor Noah kommt.«

Aber dafür blieb keine Zeit mehr. Zwei Minuten später stand Noah nämlich schon auf der Schwelle und wich entsetzt einen Schritt zurück. »Was ist denn hier los?«, fragte er entgeistert. »Bin ich in einem Puff gelandet?«

Anne war so wütend wie lange nicht mehr – auf sich selbst, weil sie sich hatte breitschlagen lassen, auf Amber, weil sie eine Närrin aus ihr machte, und auf Noah, weil er so etwas Gemeines sagte. Amber selbst sah ausgesprochen sexy aus: Sie trug enge Röhrenjeans, Schuhe mit hohen Absätzen und ein tief ausgeschnittenes, aber dennoch elegantes Top, über das ihre dunkle, wallende Mähne floss.

Als Anne dies bewusst wurde, brach sie in Tränen aus. Schluchzend rannte sie davon und sperrte sich in ihr Zimmer ein. Zwar wurde ihr bald klar, dass ihre Reaktion überzogen war und ein bisschen Humor sie alle zum Lachen gebracht hätte, aber sie hätte Amber erwürgen mögen. Eigentlich hatten sie ausgehen und ein paar Stunden in lockerer Atmosphäre verbringen wollen, aber das konnte sie in dem Zustand wohl vergessen. Der Abend war bereits ruiniert, bevor er überhaupt angefangen hatte. Und schuld war Amber.

Anne hörte ihre Mitbewohnerin und Noah miteinander reden. Wahrscheinlich berieten sie sich, wie sie Annes Heulkrampf beikommen sollten. Vielleicht machten sie sich aber auch lustig über ihren hysterischen Anfall, denn plötzlich hörte sie, dass die beiden lachten. Schritte. Eine Tür. Aber kein Klopfen. Sie hatte erwartet, dass Noah wenigstens an ihre Tür kommen würde, um ihr gut zuzureden, stattdessen saß sie da wie ein buntes Schreckgespenst, blamiert bis auf die Knochen und mutterseelenallein. Was für eine dumme Situation! Sie hatte sich so auf die Stunden im Club gefreut, aufs Tanzen, aufs Lachen, aufs Küssen. Und jetzt? Sie traute sich nicht mal aus dem Zimmer, so hässlich und so albern kam sie sich vor.

Je länger sie dasaß, desto stärker kroch plötzlich das Heimweh in ihr hoch. Am liebsten hätte sie auf der Stelle ihre Siebensachen gepackt und wäre zum Flughafen gefahren. Sie wusste, dass das kindisch war – immerhin war sie eine erwachsene Frau –, aber sie sehnte sich einfach nach jemandem aus der Heimat, nach jemandem, der nicht Noah hieß und schon gar nicht Amber.

Als sie zur Uhr sah, war bereits eine halbe Stunde vergangen. Dreißig lange Minuten, die sie mit Heulen zugebracht hatte. Dreißig ewig lange Minuten, in denen niemand Anstalten gemacht hatte, nach ihr zu sehen, was ihre Wut noch steigerte.

Sie horchte. Es war ruhig. So ruhig, dass es schon überaus merkwürdig war. Sie stand auf, schlich zur Tür und legte ein Ohr gegen das Holz. Nichts. Absolute Stille. Keine Unterhaltung, kein Gläsergeklapper, keine Musik. Sie beschloss nachzusehen, was da vor sich ging, ganz gleich, welches Bild sie mit der zerlaufenen Schminke abgeben würde. Außerdem musste sie dringend zur Toilette. Leise verließ sie den Raum und huschte an Ambers geschlossener Tür vorbei ins Bad. Sie pinkelte, bürstete ihr Haar aus, band sich schnell einen Pferdeschwanz und entfernte das Gröbste der zerlaufenen Schminke von ihrem Gesicht, bevor sie sich in die Wohnküche begab, wo sie Noah und Amber vermutete. Aber die Küche war leer, die Spüle sauber, kein Glas war benutzt worden, das Radio war ausgeschaltet, das Fenster geschlossen und keine einzige Kippe im Aschenbecher.

Anne dachte einen Moment lang nach, bevor sie in Ambers Zimmer stürmte – ohne anzuklopfen und mit vor Wut verzerrtem Gesicht. Ambers Kopf flog herum, und Anne ließ den Blick durch den Raum schweifen. »Wo ist Noah?«, fragte sie gereizt.

»Weg«, antwortete Amber. »Siehst du doch.«

»Was heißt weg? Wann kommt er wieder?«

»Keine Ahnung, vielleicht morgen, vielleicht übermorgen. Da musst du ihn schon selbst fragen.«

»Du spinnst ja«, zischte Anne. Sie war derart verärgert, dass ihr beinahe die Stimme versagte. »Erst machst du einen Affen aus mir und dann schickst du meinen Freund weg?« Ihre Stimme wurde zunehmend schrill, das Herz pochte ihr bis zum Hals.

»Ich habe weder einen Affen aus dir gemacht noch Noah weggeschickt. Er ist freiwillig gegangen.«

Anne sank in sich zusammen. »Das kann nicht wahr sein.«

»Ist es aber. Das hättest du dir vorher überlegen müssen. Jetzt ist er halt allein in den Club.« Auf Ambers Gesicht erschien ein mildes Lächeln. »Nimm es ihm nicht übel. Er ist jung, es ist Samstagabend, und seine Freundin ist mies drauf – da hat er halt Reißaus genommen.«

Anne konnte kaum an sich halten. Sie holte tief Luft, um nicht vor Zorn zu explodieren. »Ich weiß nicht, was du mit der Aktion heute Abend bezwecken wolltest, aber ich finde es heraus. Und dann gnade dir Gott.«

Mit diesen Worten drehte sie sich um und stürmte aus dem Zimmer. Es war ihr erster ernsthafter Streit.

Am nächsten Morgen entschuldigte sich Amber bei Anne. Sie brachte ein Tablett mit duftendem Kaffee und Plätzchen an ihr Bett, daneben lag ein Zettel, auf dem ein von einem Herz umrandetes »Sorry« stand.

»Es tut mir wirklich leid«, sagte Amber niedergeschlagen. »Ich gebe ja zu, dass ich mir einen ziemlich dummen Scherz erlaubt habe, aber ich wollte dich nicht bloßstellen, glaub mir.«

Anne richtete sich im Bett auf und sah, dass auf der Fensterbank eine Schneeschicht lag. Ihr Haar war verfilzt, an den Lidern klebten noch hartnäckige Reste des Eyeliners. Außerdem waren ihre Augen vom Weinen verquollen. Sie kam sich furchtbar hässlich vor, und erst jetzt, nachdem der größte Zorn verpufft war, wurde ihr bewusst, wie dumm und wenig souverän sie sich aufgeführt hatte.

Sie nahm den Zettel in die Hand und betrachtete ihn zögerlich. »Ist der von dir?«

»Von wem denn sonst?«

»Er hätte ja auch von Noah stammen können.«

»Nein, von Noah ist er nicht. Er ist von mir. Ich sage tausend Mal sorry und hoffe, damit ist die Sache aus der Welt.«

Anne sah Amber prüfend an. »Ich weiß nicht …«

»Was weißt du nicht? Bist du mir noch böse?«

Natürlich war Anne ihr noch böse, aber sie schüttelte den Kopf und sagte: »Ist schon gut. Es war kindisch.«

Amber lächelte und tätschelte Annes Arm. »Stimmt, wir haben uns aufgeführt wie die Kindsköpfe. Schwamm drüber, okay?«

Anne wollte noch etwas sagen, beherrschte sich aber im letzten Moment. Sie nickte nur vage, und damit war das Thema vorerst beendet.

Ein paar Stunden später stand Noah vor der Tür, mit einem versöhnlichen Gesichtsausdruck und einer Schachtel Pralinen. »Ist meine Prinzessin wieder auf den Beinen?«, fragte er grinsend. »Alles wieder schön und gesund?«

Anne verzog das Gesicht. »Was soll das? Nimmst du mich jetzt auch noch hoch?«

»Keineswegs. Ich möchte bloß nach dir sehen.«

Anne blieb standhaft. Sie wollte nicht mehr immer nur das süße anschmiegsame Mäuschen sein, das ihm im Bett zu Willen war und auch überall sonst. »Ich verlange erst mal eine Entschuldigung.«

Er legte angesichts dieser ungewohnt scharfen Töne die Stirn in Falten. »Wofür?«

»Du schuldest mir eine Erklärung, weshalb du ohne ein Wort gegangen bist.«

Noah hob ratlos die Schultern, auf denen gerade ein Hauch von Schnee schmolz. »Mir blieb ja nichts anderes übrig.«

»Weil ich geheult habe und du das nicht ertragen konntest?«

»Nein«, sagte er. »Weil Amber mich förmlich hinausbefördert hat. Sie sagte, du fühltest dich nicht wohl und hättest ohnehin keine Lust gehabt auszugehen.«

KAPITEL 6

Ambers anfängliche Distanziertheit war auf einmal wie weggeblasen. Sie schäumte nun förmlich über vor Freundlichkeit, wenn Noah bei ihnen zu Gast war, was Anne nicht nur irritierte, sondern auch sehr störte. Noah war schließlich *ihr* Freund, da war es ja wohl mehr als unangebracht, dass Amber mit ihm flirtete oder wie auch immer man das nennen mochte. Auch sie selbst wurde von Amber mit anderen Augen betrachtet, mit einer gewissen Missgunst, wie es Anne vorkam. Sie fühlte sich beobachtet. Amber linste, wenn sie über ihren Büchern brütete, oftmals verstohlen zu Anne hinüber, so als wolle sie etwas herausfinden, was sie noch nicht wusste. Anne fand das befremdlich und fühlte sich in Ambers Gegenwart zunehmend unbehaglich, war aber nicht in der Lage, das genauer zu begründen.

Bis auf den Vorfall mit dem Schminken waren sie in den vergangenen drei Monaten nie ernsthaft aneinandergeraten, aber es war nicht zu leugnen, dass seither eine gewisse Spannung vorherrschte. Mit der Zeit ergab es sich so, dass Amber nur noch ihr eigenes Zimmer gründlich putzte, aber nicht mehr das Bad. Anne war für die Küche und das Kochen zuständig gewesen, nahm es aber – nicht zuletzt aus Zeitgründen – damit nun auch nicht mehr so genau. Sie lebten nun mehr oder weniger nur noch nebeneinander her, und die anfängliche Freundschaft der beiden Mädchen hatte sich in Schweigen aufgelöst.

Amber war – zumindest dann, wenn sie beide allein waren – für Annes Geschmack ein wenig zu ruhig geworden, doch wenn sie nachhakte, erklärte Amber, sie habe einfach zu viel zu tun, um sich auf unnötige Schwätzchen einzulassen. Auch das Feiern hatte die Texanerin drastisch reduziert, obwohl sie sich ein paar Outfits zugelegt hatte, die vermuten ließen, dass sie in näherer Zukunft doch wieder häufiger ausgehen wollte.

Anne wurde nicht mehr schlau aus ihrer nachdenklich wirkenden Mitbewohnerin. Irgendetwas spukte Amber doch im Kopf herum! Irgendetwas war anders als noch ein paar Wochen zuvor.

Amber war zwar auffällig still geworden, aber es gab auch Momente, in denen sie aus nichtigem Grund aufbrauste und aus dem Raum rauschte. Wenn ihr etwas nicht passte, eine Sache nicht so lief, wie sie es sich vorgestellt hatte, explodierte sie gleich vor Wut und fluchte vor sich hin. Es kam vor, dass sie dann tagelang nicht mit Anne sprach, die schon bald nicht mehr wusste, worum es bei der Auseinandersetzung eigentlich gegangen war. Die Frage, ob ihre Wohngemeinschaft überhaupt noch sinnvoll war, geisterte Anne immer häufiger im Kopf herum. Vielleicht war es doch besser, alle ihre Siebensachen zu packen und zu Noah zu ziehen?

Kurz vor Weihnachten, als sich der Campus zu leeren begann, herrschte eine zunehmend gedrückte Stimmung zwischen Anne und Amber, die zu einer Reise mit unbekanntem Ziel aufbrach und ihre Mitbewohnerin kaum eines Blickes würdigte, während sie mit fahrigen Bewegungen ihre Klamotten in die Reisetasche stopfte. Anne wunderte sich bei dieser Gelegenheit zum wiederholten Mal, was es wohl mit den Narben auf sich hatte, die sich über Ambers linken Arm zogen. Diese feinen, weißen Linien, die sich zu einem bizarren Zickzackmuster zusammenfügten. Seltsam eigentlich, dass sie Amber nie danach gefragt hatte. Vielleicht war sie zu diskret dafür, vielleicht ging ihr persönliches Interesse an Amber aber auch gar nicht so tief, wie sie immer gedacht hatte? Im Grunde wusste sie recht wenig von ihrer texanischen Wohnungsgenossin. Während Anne darüber nachdachte, fiel ihr auf, dass Amber nicht gern über ihre Familie sprach, sich aber immer wieder eingehend nach Annes Zuhause erkundigte. Nach ihrem wohlsituierten Elternhaus, in dem sie in Deutschland lebte, den Leuten, mit denen sie sich dort umgab … Jedes Mal, wenn Anne mit ihren Eltern telefonierte, wenn ein Päckchen eintraf oder ein Luftpostbrief, war Amber äußerst neugierig, sodass es Anne zu stören begann.

Während sie nun Amber beim Packen zusah, schoss ihr einen Moment lang durch den Kopf, wie viel besser ihr Leben doch wäre, wenn ihre Mitbewohnerin nie wieder zurückkäme.

Für Anne hatte das vorweihnachtliche New York etwas Bezauberndes an sich, etwas Magisches: Da waren in dicke Mäntel gehüllte Passanten, die mit Paketen unter den Armen nach Hause hetzten, und staunende Touristen aus aller Herren Länder, die sich im winterlichen Big Apple großzügig mit Souvenirs eindeckten. In den Auslagen der Geschäfte glitzerte und glänzte es in allen möglichen Farben, während an jeder Straßenecke Weihnachtsmänner der Heilsarmee mit ihren Sammelbüchsen klappernd um Spenden für die Armen baten. Im Macy's roch es plötzlich nach Kandis, die Restaurants waren jeden Tag gut besucht. Und nicht zuletzt erstrahlte vor dem Rockefeller Center der weltberühmte und prächtig geschmückte Riesenweihnachtsbaum, an dem Tausende winziger Lichter funkelten. Davor hatte man eine Eislaufbahn eingerichtet, die vorwiegend von jungen Leuten besucht wurde. Anne war begeistert, als Noah ihr kurzerhand geliehene Schlittschuhe anschnallte und sie an der Hand nahm, um mit ihr über die Eisfläche zu flitzen, sie umherzuwirbeln, sie vor aller Augen und bei voller Fahrt an sich zu reißen und leidenschaftlich zu küssen, damit auch jeder sah, dass sie ganz und gar ihm gehörte. Sie genoss jede Stunde mit ihm, jede Sekunde, die sie zusammen waren. Sie tauchte ein in diese vom eisigen Dezemberwind beherrschte Wunderwelt und konnte sich nun doch nicht mehr vorstellen, sie jemals wieder zu verlassen.

Annes Eltern hatten ursprünglich vorgehabt, ihre Tochter über die Feiertage zu besuchen, aber ihre Mutter musste sich kurzfristig einer harmlosen Augen-Operation unterziehen, die ihr ein ärztlich verordnetes Flugverbot einbrachte. Da Anne die Feiertage ja mit Noah verbringen konnte und der fünfzigste Geburtstag ihres Vaters, zu dem sie ohnehin nach Hause reisen würde, nicht mehr fern war, machte es ihr nicht viel aus, während der Festtage ohne ihre Familie zu sein. Im Gegenteil, sie freute sich auf die beschaulichen Stunden mit Noah, bei denen Amber sie nicht stören würde.

Ihre Mutter jedoch klang am Telefon sehr besorgt darüber, dass ihr einziges Kind an Weihnachten in einem anonymen Moloch wie New York festsaß – in ihrer Vorstellung mutterseelenallein, ohne Tannenbaum, Geschenke und Festessen, und zudem zu einer Zeit, zu der jedermann die Stadt verließ und zu Weihnachtsbesuchen aufbrach. Sie schlug kurzerhand vor, für Anne einen Lastminuteflug nach Deutschland zu buchen. Doch Anne winkte ab.

»Mach dir keine Sorgen, Mama«, beschwichtigte sie ihre Mutter. »Du weißt doch, ich habe eine nette Mitbewohnerin, mit der ich die Zeit verbringen werde. Wir kaufen ein, kochen etwas Feines und lassen es uns gut gehen.«

»Aber sie besucht doch sicher ihre Familie in Texas«, wandte ihre Mutter ein.

»Nein«, log Anne. »Sie bleibt hier und nutzt die Zeit, um zu lernen. Sie hat eine Menge aufzuarbeiten, da kommt ihr die freie Zeit nur recht.«

Annes Mutter fand das seltsam, bohrte aber nicht weiter nach und gab sich schließlich mit Annes beruhigenden Worten zufrieden.

Zwei Tage vor Heiligabend traf ein dickes Paket aus Deutschland ein, das ein paar Geschenke und lauter köstliche Süßigkeiten enthielt: Christstollen, kandierte Erdnüsse, Aachener Printen, Karamellzucker, Vanilletee, Zimtsterne … Anne freute sich darüber und ließ Noah mit verbundenen Augen von den fremden Leckereien kosten, was schließlich in einer wilden Knutscherei und einem spontanen Liebesakt auf dem Küchentisch endete. Es war wunderbar, das Brooklyner Apartment für Noah und sich allein zu haben und auf niemanden Rücksicht nehmen zu müssen. Sie liefen nackt durch die Wohnung und frühstückten im Bett, spielten Rommé, tranken Glühwein und bummelten nachts durch die festlich erleuchtete Stadt. Sie kamen lachend nach Hause und konnten kaum erwarten, dass sich die Tür hinter ihnen schloss.

Bei Macy's kaufte Anne einen kleinen künstlichen Tannenbaum, den sie mit Ambers Kosmetikwatte und ein bisschen Silberfolie schmückte. Außerdem erstand sie eine Pute, Maronen und allerlei frisches Gemüse, mit dem sie das Tier extra für Noah auf amerikanische Art füllen wollte. Sie besorgte Kerzen und richtete das Apartment weihnachtlich her, hängte eine kitschige Glitzergirlande quer durchs Zimmer und ließ eine Langspielplatte mit amerikanischen Weihnachtsliedern abspielen, die viel beschwingter klangen als die besinnlichen deutschen.

Und dann, pünktlich zum Fest, begann es zu schneien, und es legte sich binnen Stunden ein feiner, weißer Film über die Straßen New Yorks. Wie idyllisch das war und wie völlig verrückt, am Heiligabend nur zum Essen das Bett zu verlassen! Die gefüllte Pute war Anne vorzüglich gelungen, und anschließend waren sie beide so satt, dass sie die Bescherung ins Schlafzimmer verlegten. Anne wurde verlegen, als Noah ihr plötzlich ein winzig kleines Päckchen mit roter Schleife überreichte, und nahm es mit zitternden Händen entgegen.

»Na, komm schon, mach es auf«, sagte Noah fordernd. »Es ist doch für dich.«

Ihre Vermutung bestätigte sich: Es war ein Ring. Funkelnd lag er in einem schneeweißen Wattenest. Er war aus Gold mit einem sternförmigen Amethyst. Tränen traten Anne in die Augen, als Noah ihn herausnahm und ihr langsam über den Ringfinger streifte.

»Gefällt er dir?«

»Er ist wundervoll!«

»Dann nimm ihn noch mal ab und betrachte ihn genauer.«

Sie tat, was er sagte, und drehte den Ring in ihren Fingern, bis sie schließlich die Gravur entdeckte: ›*Noah*‹ mit einem Herz daneben.

»Den werde ich garantiert immer tragen«, sagte sie gerührt. »Aber du hättest dich nicht so in Unkosten stürzen sollen. Das ist wirklich zu viel.« Sie selbst hatte nur ein Sportshirt für ihn und kam sich damit fast schon albern vor.

»Nichts ist mir zu viel, wenn es um dich geht«, erwiderte Noah und meinte es in diesem Moment durchaus aufrichtig.

Noah träumte – und das gestand er sich nur selten ein – durchaus von einem bürgerlichen Leben. Einem Leben mit einer Familie, die er nie gehabt hatte. Vor festen Beziehungen war er immer geflohen, nie hatte er es lange bei einer Frau ausgehalten. Er spürte, dass Anne ernsthaft in ihn verliebt war, und diesmal machte es ihm auch nichts aus. Im Gegenteil. Er hatte im Laufe der Zeit mit vielen Frauen geschlafen, aber nie hatte er Sex oder das, was darauf folgte, als den Anfang von etwas Dauerhaftem empfunden. Doch diesmal schon. Bereits beim ersten Mal hatte es ihn fortgerissen, und womöglich lag es an Annes Anständigkeit, die er mit seiner beständigen Gier schnell zunichtegemacht hatte. Sie war formbar, ein bisschen wie Wachs in seinen Händen, hatte Esprit und einen Intellekt, der ihn reizte. Und sie war so herrlich unamerikanisch, so unverdorben – wenn sie nicht gerade mit ihm schlief.

Es rührte ihn, wie sie jetzt das Schmuckstück in ihren Händen hielt und wie sich ihr Gesicht mit einer leichten Röte überzog. Die Tränen in ihren Augen sah er durchaus, aber er kommentierte sie nicht. Was hätte er auch sagen sollen? Mit den Tränen einer Frau umzugehen war nicht sein Ding.

»Los«, sagte er leichthin. »Nimm ihn! Ich habe ihn in der Auslage gesehen und gleich gekauft, weil ich wusste, dass er der Richtige für dich ist. Er steht für uns. Verstehst du, was ich meine?«

Sie nickte verschämt. »Trotzdem ist es mir unangenehm.«

»Ach wo«, sagte er, streifte ihr den Ring mit einem Ruck wieder über den Finger und nahm Anne in den Arm, bevor er sie sanft mit der Zunge küsste und ganz langsam und ohne jegliche Eile zu entkleiden begann. Draußen rieselte der Schnee auf die Fensterbank.

Nachdem die Feiertage wie im Flug vergangen waren, kehrte Amber kurz nach Neujahr grußlos von ihrer Reise zurück, braun gebrannt und schlechter Dinge. Offenbar hatte sie eine unschöne Zeit verlebt, ihre Laune war an einem Tiefpunkt angelangt. In ihren Augen schwelte eine Glut, die Anne zu versengen schien. Was auch immer in Ambers Kopf herumspukte, klar war, dass sie Anne schon seit geraumer Zeit die funktionierende Beziehung mit Noah neidete und sich insbesondere nachts an ihre Stelle wünschte. Dass sie vielleicht sogar an der Tür stand und lauschte, wenn Anne mit Noah schlief. Seltsamerweise machte es Anne nichts aus – ganz im Gegenteil. Eine gewisse Genugtuung erfüllte sie, denn sie besaß etwas, was Amber niemals besitzen würde.

Als diese den Amethystring an Annes Finger funkeln sah, erstarrte sie förmlich. »Hast du den etwa von Noah bekommen?«, wollte sie wissen, obwohl sich die Frage im Grunde erübrigte.

Anne nickte und streckte Amber stolz die Hand entgegen. »Ist er nicht wundervoll? Noah hat ihn sogar gravieren lassen, sieh mal.«

Sie zog denn Ring ab und reichte ihn Amber, die ihn mit einer Miene an sich nahm, als würde sie sich jeden Moment die Haut daran verbrennen. Sie drehte ihn hin und her und sagte rasch: »Er ist wirklich wunderschön.« Dann gab sie Anne das Schmuckstück zurück und bemerkte ein wenig kälter: »Ich hätte gar nicht gedacht, dass Noah so einen guten Geschmack hat.«

Anne war bewusst, dass die Worte sie verletzen sollten. Aber warum? Nur, weil die Mitbewohnerin selbst keinen Freund hatte? Oder ging es wirklich um Noah als Person?

Amber brauchte definitiv einen Mann, der ihr Zerstreuung verschaffte. Also, worauf wartete sie? Die juristische Fakultät war doch voll mit angehenden Anwälten, die nicht nur ihr Studium im Kopf hatten, sondern auch Bier und Mädchen, mit denen sie flirten konnten. Amber, mit ihrem perfekten Körper und dem verführerischen Mund, bekam ständig eindeutige Angebote. Weshalb ließ sie sich nicht mal auf einen Kerl ein?

Nicht lange darauf kam der Tag, an dem sich ein Wandel vollzog, an dem Ambers Laune stieg und Anne plötzlich wünschte, Amber und Noah wären einander nie begegnet. Etwas Beunruhigendes entstand zwischen ihnen, eine eigenartige Schwingung, die Anne nicht begriff. Etwas war grundlegend anders als im alten Jahr. Annes vertrauliche Stunden mit Noah wurden auf einmal kostbar und immer seltener, denn Amber besaß die Gabe, sich dazwischenzudrängen. Und Anne kam es bisweilen so vor, als habe Noah tatsächlich Gefallen an ihr gefunden.

Womöglich sah sie Gespenster, aber Anne glaubte zu erkennen, dass er Amber mit jenem Blick betrachtete, den nur Männer haben, die erotischen Reizen zu erliegen drohen. In der Tat war Amber eine geistreiche Gesprächspartnerin, außerdem trug sie in letzter Zeit auffallend sexy Klamotten.

Oder kam es Anne nur so vor, als kaufe die Mitbewohnerin plötzlich halb New York leer? Ständig schaffte Amber Dessous, tief dekolletierte T-Shirts und neue, hautenge Jeans herbei. Anne machte sich Gedanken darüber, was Noah in Ambers Gegenwart denken und empfinden mochte. Was tatsächlich in seinem Kopf vorging, wenn diese am Spielfeldrand stand und genauestens beobachtete, wie sich seine Muskeln spannten, wenn er zum Sprung ansetzte und einen Ball in den Korb feuerte. Was Amber wohl träumte, wenn sie nachts in ihrem Bett lag und aussah wie ein schlafender Engel. Ob sie von Noah träumte? Von ihm und ihr? Von dem, was sein könnte, wenn Anne nicht wäre?

Es gab zunehmend Momente, in denen Amber geradezu vor Lebenslust überschäumte. Manchmal, wenn Anne gerade nicht hinhörte, steckten Noah und die Texanerin die Köpfe zusammen und lachten über irgendeinen dieser verdorbenen Männerwitze, die Anne abscheulich und Amber offenbar grandios fand. Dann fühlte sich Anne ausgeschlossen, während die beiden lachten und lachten und Amber den Kopf in den Nacken warf und ihr prächtiges Haar wie eine seidenschwarze Flut über ihren Rücken glitt. Anne konnte nicht anders, als sich ihre Mitbewohnerin immer wieder in einer dieser lächerlichen Shampoowerbungen vorzustellen, mal mit, mal ohne Cowboyhut, und von Zeit zu Zeit ging sie sogar ein bisschen weiter und stellte sich andere Dinge vor, zum Beispiel, wie Noah sein Gesicht wollüstig in diesem Haar vergrub und Amber schließlich küsste.

Im Februar besuchten sie gemeinsam ein Sportfest, bei dem Noah der unbestrittene Star war. Keine Frage, er war der Topscorer des Campus und sorgte nicht nur bei den Wettkämpfen für Furore. Die Mädchen, die sich wie Groupies einer Popband aufführten, umschwärmten ihn, obwohl es sich längst herumgesprochen hatte, dass der Korbjäger Berry liiert war. Dieses ganze Theater um ihren Freund wurde Anne langsam zu viel, aber Amber, die ohnehin eher widerwillig mitgekommen war, wies Anne schulterzuckend darauf hin, dass sie es ja nicht anders gewollt habe, und gab ihr im gleichen Atemzug frostig zu verstehen, dass sie noch ein paar Juratexte lernen müsse und deshalb jetzt verschwinde.

Als Anne später nach Hause kam, lag ihre Mitbewohnerin im Bett und las in einem Gesetzesbuch. Anne murmelte ein Hallo, bekam aber keine Antwort. Sie verspürte größte Lust, Amber das Licht auszuknipsen, besann sich dann aber und begab sich in die Küche. Sie hatte Durst, öffnete den Kühlschrank und nahm eine Milchtüte heraus. Nach ein paar Schlucken hielt sie verwundert inne. Das Getränk schmeckte schal, irgendwie merkwürdig. Anne sah auf das Haltbarkeitsdatum und stellte fest, dass es nicht überschritten war. Dennoch entschied sie sich, kein Risiko einzugehen, und schüttete alles in den Ausguss. Doch der eigenartige Nachgeschmack blieb.

Anne ging zu Bett, nur um zwei Stunden später mit einem pelzigen Gefühl auf der Zunge und einem Rumoren im Bauch wieder aufzuwachen. Zudem war ihr derart übel, dass sie nicht mehr an sich halten konnte. Würgend rannte sie ins Badezimmer. Erst jetzt merkte sie, dass ihr am ganzen Körper kalter Schweiß ausgebrochen war. Sie fühlte sich sterbenselend, und noch während sie sich wieder in ihr Zimmer schleppte, fiel ihr die bittere Milch wieder ein.

Bitter? Sie war doch sauer gewesen, oder etwa nicht? Milch wurde nicht bitter, wenn sie umkippte, Milch wurde sauer. Doch plötzlich war sich Anne sicher, dass die Milch bitter geschmeckt hatte, irgendwie herb. Ein feines Frösteln durchlief ihren Körper, als sie Amber durch die halb geöffnete Tür scheinbar friedlich in ihrem Bett ruhen sah. Im fahlen Mondscheinlicht wirkte ihr Gesicht unwirklich, beinah gespenstisch. Aber sie schlief. Sie hatte nichts mitbekommen.

Anne schleppte sich wieder ins Bett, wagte aber nicht einzuschlafen, denn ihr war immer noch furchtbar schlecht. Sie starrte an die Decke und versuchte, nicht an die Milch zu denken. Aber sie dachte doch daran und meinte, sich erinnern zu können, dass Amber sie beim Trinken aus dem Augenwinkel beobachtet hatte.

Es war natürlich reine Spekulation, nichts weiter als Gedankenspinnerei, aber mit einem Mal schoss ihr durch den Kopf, Amber könnte versucht haben, sie zu vergiften. Anne traute sich kaum, einen solchen Verdacht zu Ende zu denken. Amber hatte doch gar keinen Grund, so etwas zu tun. Nein, falsch! Vielleicht hatte sie sehr wohl einen. Und sie hatte auch genug Zeit gehabt, etwas in die Milch zu schütten, was auch immer es war. Anne stellte sich vor, wie Amber nach Hause gekommen, schnurstracks zum Kühlschrank gegangen und zur Tat geschritten war. Wie sie sich anschließend ins Bett gelegt, ihr Buch zur Hand genommen und seelenruhig begonnen hatte, die Gesetze zu studieren, die sie brach. Anne schüttelte den Kopf. Das war alles verrückt, völlig idiotisch und übertrieben. Wer tat schon so etwas?

Doch plötzlich bestand für sie kein Zweifel mehr. Sie dachte an die geheimnisvollen Tropfen, die Amber vor Prüfungen einzunehmen pflegte und sorgsam in ihrer verschlossenen Kommode verbarg.

Eine weitere Welle der Übelkeit schlug über Anne zusammen, und noch während sie damit kämpfte, nahm sie sich vor, gleich am nächsten Tag, sobald Amber weg war, ihre Sachen zu durchsuchen, die Putzmittelflaschen zu kontrollieren, das Medizinschränkchen zu durchstöbern.

Das tat Anne dann auch, aber sie fand nichts. Die Übelkeit legte sich nach ein paar Tagen, ein diffuses Misstrauen aber blieb.

KAPITEL 7

In Anne brodelte es, genau wie in Noah, der sich in diesen Wochen eher einsilbig gab, wenn sie allein waren – was immer seltener vorkam, weil Amber wie eine Klette an ihnen klebte. Anne hatte das Gefühl, als entgleite ihr ihre Beziehung, und Noah war es, als entgleite ihm seine Zukunft, die sich bis vor Kurzem wie ein endloser roter Teppich vor ihm ausgebreitet hatte.

Noch ein paar Monate, dann neigte sich die Saison dem Ende zu, und für ihn bedeutete das, dass die Finanzspritzen versiegen würden. Generell existierte die Regelung, dass man vier Jahre lang in den College-Ligen mitspielen durfte, und die waren nun fast vorbei. Er hatte als Kapitän erfolgreich die nationalen Meisterschaften der Division bestritten, unzählige Körbe für seine Mannschaft erzielt und literweise Schweiß vergossen, um seinem Team zum Sieg zu verhelfen. Nachdem professionelle Talentsucher gekommen waren, um Noahs phänomenale Leistungen zu begutachten, hatte es in den vergangenen Wochen Gespräche gegeben und mittlerweile besaß er ein halbes Dutzend unverbindlicher Angebote von Vereinen, die ihn so schnell wie möglich in die Profiliga holen wollten. Doch es blieb bei diesen mündlichen Angeboten, nichts wurde konkret. Niemand wurde präzise.

»Du musst dich gedulden«, beruhigte ihn sein Coach.

»Rom ist schließlich auch nicht an einem Tag erbaut worden.«

»Ich warte seit drei Jahren auf irgendeinen lächerlichen Wisch, der meine verfluchte Zukunft absichert! Ich bin jetzt zweiundzwanzig, und ich habe mich auf nichts anderes vorbereitet als darauf, ein Basketballprofi zu sein. Was soll ich denn tun, wenn die Arschlöcher mich fallen lassen wie eine heiße Kartoffel?«

»Woher hast du bloß deinen schrecklichen Pessimismus?«, sagte der Trainer lachend, dem Noah so viel zu verdanken hatte und dessen Worten er nun nicht mehr ganz trauen wollte.

»Für mich bist du jetzt schon ein Profi. Ich habe auf diesem Campus noch nie jemanden spielen sehen wie dich.«

»Das ehrt mich«, antwortete Noah verdrießlich. »Aber es bringt mich nun mal nicht weiter.«

Weiterzukommen war in jenen Wochen sein einziger Gedanke. Die Tage rasten, und der März verging, ohne dass sich etwas bewegte. Noah trainierte, schlief und arbeitete. Er wartete und schwieg.

An Ostern, als Anne zum fünfzigsten Geburtstag ihres Vaters nach Deutschland flog, ließ sie einen verstimmten Noah zurück.

»Was wirst du über die Feiertage tun?«, erkundigte sie sich mit einem schlechten Gewissen, bevor sie zum Flughafen aufbrach.

»Mir die Frage stellen, weshalb mich meine Freundin allein lässt«, antwortete er spröde. »Vielleicht gehe ich auch mit dem Osterhasen aus und vergesse mich mal. Dann betrinke ich mich und tröste mich mit dem Gedanken, dass sie ja wiederkommt. Wer weiß.«

»Natürlich komme ich wieder, Noah.«

Es widerstrebte Anne, Noah derart gekränkt zurückzulassen. Sie blieb fünf Tage in Europa und beantwortete bereitwillig alle Fragen, die man ihr stellte, erlaubte sich jedoch zu flunkern, als ihre Freundinnen wissen wollten, ob sie jemanden kennengelernt habe. Ihr war klar, dass sie bald eine Lösung finden musste, die es ihr ermöglichte, über die Zeit ihres Stipendiums hinaus bei Noah zu bleiben, denn sie vermisste ihn über alle Maßen, vor allem, da er sich nicht mal bequemte, ans Telefon zu gehen, wenn sie ihn anrief. Beunruhigt zählte sie die Stunden bis zu ihrem Wiedersehen.

Gleich nach ihrer Landung rief sie noch vom Flughafen aus erneut bei Noah an. Sie sehnte sich danach, seine Stimme zu hören, und konnte kaum erwarten, ihn wieder in die Arme zu schließen. Es war der achte April, gegen acht Uhr am Abend. Den Moment, in dem am anderen Ende der Hörer abgehoben wurde, sollte sie nie vergessen.

»Hallo?«, säuselte jemand.

Und Anne wusste auf Anhieb, wer es war.

Ihre Verblüffung war so groß, dass sie nichts zu sagen wusste. Ihr Herz raste vor Schreck und Wut.

»Was soll das?«, krächzte sie schließlich. »Wo ist Noah?«

»Der steht unter der Dusche.«

»Dann soll er sich augenblicklich in ein Handtuch wickeln«, erwiderte Anne. Sie merkte erst im Nachhinein, dass sich ihre Stimme überschlagen hatte.

Noah kam kurz darauf an den Apparat und bemühte sich, die Dinge klarzustellen.

»Das war natürlich ein Scherz«, versicherte er schnell. »Nur meine Hände befanden sich im Wasser. Ich putze nämlich gerade im Waschbecken Gemüse. Wir wollen dir ein Willkommensdinner kochen.«

»Das ist aber reizend«, erwiderte Anne beißend. »Bloß, dass ich jetzt keinen Appetit mehr habe. Ich dachte, wir könnten ein Bier zusammen trinken. Nur wir zwei, meine ich.«

»Klar können wir das.«

»Nein, nein, ist schon gut.«

»Hattest du wenigstens ein paar nette Tage?«

»Ja«, sagte Anne steif. »Du offenbar auch.«

Noah schwieg zu ihrer Bemerkung. Keine Erklärungen, keine Ausflüchte, nichts dergleichen. »Jetzt bist du ja wieder da«, sagte er stattdessen ebenso steif. »Und das freut mich.«

»Klingt nicht danach.«

»Ist aber so. Ich warte auf dich.«

»Das hoffe ich«, sagte sie und warf den Hörer auf die Gabel, schwindelig vor Zorn.

Als sie eine Dreiviertelstunde später vor seiner Tür stand, war Amber bereits gegangen. »Was habt ihr getan?«, fragte Anne aufgebracht und presste sich grußlos an Noah vorbei.

»Wir haben Gemüse geputzt. Das sagte ich bereits. Oder willst du mir etwa ein Techtelmechtel mit deiner Freundin unterstellen?«

»Ich will dir überhaupt nichts unterstellen. Ich sehe nur, was ich sehe. Das Bett ist zerwühlt.«

»Ja, ich habe mich eben kurz hingelegt. Ist das schlimm?«

»Hast du mit ihr geschlafen?«

Er lachte heiser auf und ließ die Tür ins Schloss fallen. »Was sagst du da? Ob ich mit Amber geschlafen habe?«

»Das war meine Frage, ja.«

»Und meine Antwort ist Nein«, sagte er, aber Anne bemerkte ein nervöses Zucken um seinen Mund. Hatten sie

Sex gehabt? Er verneinte vehement und sie glaubte ihm, und dann glaubte sie ihm wieder nicht. Von einem Moment auf den anderen brach sie in Tränen aus und ließ sich auf einen der billigen Plastikklappstühle sinken, die Noah vom Sperrmüll geholt hatte.

»Wie kann man nur so verdammt idiotisch sein?«, schimpfte er, ohne sich an ihrem Weinkrampf zu stören. »So eifersüchtig wegen verflucht noch mal nichts!«

Es entstand ein lauter, heftiger Streit, bei dem sie sich allerlei hässliche Dinge an den Kopf warfen. Bisher waren sie noch nie ernsthaft aneinandergeraten, wenn man einmal von den mehr oder weniger ersprießlichen Meinungsverschiedenheiten absah, ohne die eine Beziehung doch war wie ungewürztes Essen. Anne heulte die ganze Zeit, und Noah ließ sich nicht dazu herab, sie zu trösten. Er lief im Zimmer auf und ab wie ein eingesperrter Wolf.

»Was ist schon dabei, wenn ich mich mit Amber treffe, während du nicht da bist?«

»Habt ihr euch öfter gesehen? Nicht nur heute?«

»Was willst du hören? Die Wahrheit oder eine Lüge?«

»Die Wahrheit, bitte.«

»Nun gut, hier ist sie: Ich bin ihr heute zum ersten Mal begegnet, seit sie mir vor deiner Abreise an eurem wackeligen Frühstückstisch gegenübersaß. Wir haben in der Zwischenzeit weder telefoniert noch mit dem Gedanken gespielt, es zu tun. Ich war an Ostern allein und habe mich schrecklich betrunken – in einer Jazzspelunke in Queens, wenn du es genau wissen willst. Schön schmutzige Saxophonstücke wurden dort gespielt, an den Rest erinnere ich mich nicht mehr. Aber ich erinnere mich sehr wohl, dass Amber nicht dabei war.

Heute am frühen Abend rief sie mich an und fragte, wie

ich die Ostertage verbracht habe. Sie war gut gelaunt, und nach ein bisschen Small Talk schlug sie vor, ein kleines Fest für unsere Europaheimkehrerin zu geben. Sie wollte Bier mitbringen, und ich sollte was Leckeres kochen.

Um sieben war sie also hier, und dann haben wir Paprikaschoten geschnippelt. Wenn ich geahnt hätte, dass dir das gegen den Strich geht, hätte ich Miss Texas gebeten, mit ihrem Hintern zu Hause zu bleiben, weil es meinem Mädchen sonst übel aufstoßen könnte. Am Ende denkt es noch, wir hätten was miteinander.«

»Miss Texas nennst du sie also. Wegen ihrer Schönheit, ja?«

»Nein«, schnaubte er. »So meinte ich es gerade nicht.«

»Wie meintest du es dann? Was hat Amber, was ich nicht habe?«

»Nichts«, erwiderte er gereizt. »Das ist es ja.«

KAPITEL 8

Aber Amber besaß doch etwas, von dem Anne nichts wusste. Zumindest gab sie das vor. Doch auch davon ahnte Anne nichts. Allerdings bemerkte sie jetzt immer öfter einen seltsamen Ausdruck in Ambers Augen, ein Flackern, das nichts Gutes verhieß. Sie betrachtete die ehemalige Freundin inzwischen nicht mehr nur mit Argwohn, sondern begann zu ahnen, dass diese Menschen manipulierte und es mit der Wahrheit nicht so genau nahm. Sie sagte beispielsweise, sie gehe in die Rechtsbibliothek, doch wenn sie wiederkam, haftete ihr ein merkwürdiger Geruch an, den man hier und da auch auf Partys einatmete.

Sehr merkwürdig war auch die Tatsache, dass Amber Jura studierte, um, wie sie Anne einmal erklärt hatte, Exklusivanwältin zu werden, die ausschließlich ihren Vater bei wichtigen Verhandlungen vertreten würde. Was genau das für Verhandlungen waren, hatte Amber aber nie verraten und auch nicht, was ihr Vater eigentlich trieb. Er sei autonom, hatte sie einmal erzählt, und habe die Zügel in der Hand, was auch immer das heißen mochte.

Doch es gab auch jene Momente, in denen Anne überlegte, ob sie nicht zu hart mit ihrer Mitbewohnerin ins Gericht ging und gar unter Zwangsvorstellungen litt. Ob es nicht womöglich daran lag, dass sie in Bezug auf ihr eigenes Leben unsicher war und nicht wusste, was sie tun sollte.

Sie war in der Tat hin- und hergerissen. Die beiden Auslandssemester waren so rasch vorübergegangen, dass sie nun vor der Entscheidung stand, nach Deutschland zurückzukehren oder sich hier einfach irgendeinen Job zu suchen, nur um weiterhin bei Noah bleiben zu können. Ihr Studentenvisum lief bald ab, sie würde sich um ein Arbeitsvisum bemühen oder über ein weiteres Jahr an der Columbia nachdenken müssen. Ihre Familie wusste von diesen Überlegungen nichts, für sie stand fest, dass Anne im Sommer nach Hause kam. Anne fand diese Vorstellung grauenhaft, denn sie dachte ständig daran, was ihre Abreise zur Folge haben mochte. In ihrer Fantasie breitete Amber bereits die Flügel aus, um Noah bereitwillig unter ihre Fittiche zu nehmen. Den Schlüssel zur Wohnung hatte er ja bereits, da war es nur noch ein kleiner Schritt, um Annes Platz einzunehmen.

Eines Tages stürzte Noah beim Nachmittagstraining und zog sich eine komplizierte Fußluxation zu – eine Katastrophe für einen Sportler in seiner Situation, denn er musste pausieren, saß beim Training auf der Bank. Die Rekonvaleszenz nahm Zeit in Anspruch, die er nicht hatte. Er versäumte wichtige Spiele und verlor gnadenlos an Kraft und Kondition. Das Gefühl der Besiegbarkeit fiel ihn an wie ein wütendes Tier. Missmutig humpelte er durch die Gegend. »Wie ein alter Mann«, meckerte er. »Ich bin ein Krüppel!«

Als er schließlich wieder mit dem Training beginnen konnte, stellte er fest, dass nichts mehr war wie vor dem missglückten Sprung. Er hatte an Sprungkraft verloren. Seine Korbwürfe wirkten nur aus dem Stand heraus professionell, Sprints und Sprünge bereiteten ihm Schmerzen. Er hätte noch länger pausieren sollen, aber er war viel zu besessen, viel zu ruhelos, um weiter untätig auf der Bank herumzusitzen.

Inzwischen war der Sommer da. Die Stadt erstickte unter einer frühsommerlichen Hitzeglocke, während Noah von Tag zu Tag gereizter wurde und sich mürrisch durch die Gegend schleppte, mit hartnäckigen Beschwerden im Knöchel und schwermütigen Gedanken in seinem nie zur Ruhe kommenden Kopf.

Und dann war die Saison vorbei, und Noah wartete noch immer auf die Offerte einer Profimannschaft. Insgeheim ahnte er, dass er warten konnte, bis er schwarz wurde. Aufgrund seiner Bagatellverletzung war er zum Risikospieler mutiert, zur potenziellen Kostenfalle.

Die Tore, die sich einst so unerwartet geöffnet hatten, hatten sich ebenso unerwartet wieder geschlossen, und alles war umsonst gewesen: die schweißtreibenden, schier endlosen Stunden auf dem Court und an den Fitnessmaschinen und die Nächte, die er sich mit der Theorie um die Ohren geschlagen hatte.

Die vier Jahre seit der Begegnung mit Donovan Brown kamen ihm vor wie ein Traum, aus dem er nun unsanft erwachte. Brown hatte ihm damals seine Telefonnummer zugesteckt und ihn gebeten, sich von Zeit zu Zeit zu melden, was Noah aber nie getan hatte. Vielleicht war er einfach zu beschäftigt gewesen mit sich und seinem Athletenkörper.

Im Nachhinein fragte er sich bitter, weshalb er sich bei dem Spiel nicht gleich den Hals gebrochen hatte. Dann wäre er wenigstens in Ehre und Würde aus der Welt geschieden, und man hätte sich voller Bewunderung an ihn erinnert – an den spektakulären Berry, der sein Leben im Dienste des amerikanischen Basketballsports gelassen hatte, tapfer wie ein Held und wurfgewaltig bis zur letzten Sekunde. Jetzt würde ihn jeder angeschlagen in Erinnerung halten, besiegt.

KAPITEL 9

Es war Juni, und das Semester war vorbei. Die vergangenen Wochen waren in einem Wirbel von letzten Vorlesungen, Abschlussseminaren und Examen an den Mädchen vorübergerauscht, während Noah intensiv damit beschäftigt gewesen war, seine unglückselige Fußverletzung auszukurieren.

An einem Nachmittag machten sich Noah, Anne und Amber mit einem kleinen Picknickkorb in den Central Park auf und lungerten dort eher lustlos auf dem Rasen herum. Die Sonne brannte vom wolkenlosen Himmel, Insekten flirrten durch die Luft.

»Wie langweilig!«, stöhnte Amber. »Lasst uns was spielen! Ihr dürft mit mir ein Frage-und-Antwort-Spiel machen. Was wollt ihr über mich wissen?« Sie sah hauptsächlich Noah neckisch an.

Noah hatte sich aufgerichtet, saß nun im Schneidersitz und zupfte beharrlich Grashalme aus. Die drei hockten in Shorts und T-Shirts unter einer alten Eiche, ringsum roch es nach gebratenen Würstchen und gerösteten Erdnüssen. Die Skyline der Wolkenkratzer zeichnete sich gegen den Himmel ab. Eine schwüle Hitze lag über der Stadt, und es herrschte eine eigentümliche Spannung.

»Wo du wirklich herkommst beispielsweise«, sagte Noah.

»Aber wie oft soll ich euch das denn noch sagen?«, seufzte Amber. »Aus Texas, das wisst ihr doch.«

»Ach ja, aus Texas, hätte ich beinahe vergessen.« Noah gähnte. Er ließ den Rauch seiner Zigarette in perfekten Kringeln aufsteigen und sah ihnen dabei zu, wie sie sich am azurblauen Himmel abzeichneten, bis sie sich auflösten. »Aus dem Land der Longhorns und Honky Tonks. Ich war noch nie dort. Wie ist es denn da so?«

»Schwer zu sagen. Kommt ganz drauf an, wo du dich befindest.«

»Na, dann befinde ich mich eben dort, wo du herkommst.«

»In Ranger also.«

»Ranger«, wiederholte er langsam und ließ sich jeden Buchstaben auf der Zunge zergehen. »Wo liegt das?«

»Im Westen«, sagte Amber. »Nicht allzu weit von Dallas, auf dem Weg nach El Paso.«

»Hm, klingt nach Tortillas und gigantischen Steaks, nach Weideland und Wildnis. Und nach Cowboys, die ihr Lasso schwingen.«

»Ach herrje, du warst wohl wirklich noch nie dort«, erwiderte Amber mit gespieltem Entsetzen. »Hast du etwa noch nie etwas von der Boomtown gehört?«

»Von der was?«

»Na, von Ranger.«

»Ein kleines, staubiges Nest, vermute ich.«

»Ein Ölnest«, verbesserte sie ihn mit Nachdruck. »Gegründet in den siebziger Jahren des achtzehnten Jahrhunderts in der Nähe eines Rangercamps. Daher auch der Name.«

»Wie interessant«, sagte Noah und gab sich schläfrig, obgleich er in Wahrheit äußerst wachsam war.

»Das ist es auch, wenn man bedenkt, was dann geschah.«

»Was denn?«

»Der Ölboom. Vierzig Jahre später. Der Ort wuchs rasant, er explodierte regelrecht, innerhalb von nur wenigen Wochen stieg die Einwohnerzahl von tausend auf vierzigtausend. Und täglich fuhren weitere überfüllte Züge in den Bahnhof ein, die von überall her Leute brachten: Ganoven und Spekulanten, Abenteurer und leichte Mädchen, allerlei Gesindel eben, aber auch Leute wie meinen Großvater.«

Anne, die an den Baumstamm gelehnt dasaß und dem Gespräch ohne großes Interesse zuhörte, blätterte gleichzeitig in einem Karibikprospekt, den die freundliche Dame im Reisebüro ihr am Vortag in die Hand gedrückt hatte. Eigentlich war sie wegen ihres Rückflugtickets dort gewesen, hatte dann aber kurzerhand einen Stapel Kataloge mitgenommen. Und nun saß sie hier und überlegte wieder einmal, was sie mit ihrer Zukunft anfangen sollte. Sie blätterte hierhin und dorthin und sah lauter glückliche Paare, die sich am Meer unter Palmen rekelten. Sie wirkten alle so unbeschwert, so zufrieden. Am liebsten wäre sie gleich wieder in das Reisebüro marschiert und hätte eine Reise in die Karibik gebucht. Sie lugte zu Noah hinüber und stellte sich vor, wie herrlich es wäre, mit ihm dort zu sein. Morgens lange ausschlafen, anschließend eine Runde in den Wellen drehen und dann den lieben langen Tag nichts tun.

Die Realität allerdings war bitter und voller Kummer. Liebeskummer. Sie hatte nicht gewusst, dass es so schmerzte, jemanden zu verlassen.

Noah, der gerade auf einem Grashalm herumknabberte, als sei er eine Salzstange, lauschte weiterhin scheinbar interessiert Ambers Gerede über Texas.

»In meiner Kindheit hörte ich eine Menge schauriger Anekdoten von meinem Großvater, von verlorenen Seelen, die in den Saloons ein gewaltsames Ende fanden, von Betrug und Verträgen, die an einem einzigen Tag mehrmals den Besitzer wechselten und im Wert gut ums Hundertfache stiegen. Hey, der Ölrausch bei uns in Texas war bedeutsamer als der Goldrausch in Kalifornien! Und in seiner Blütezeit machte er arme Schlucker zu Millionären.«

»Wie deinen Großvater?«

»Ja, Großvater John war mit leeren Händen aus einem Kaff irgendwo im Norden Montanas nach Texas gekommen. Er wollte es zu irgendetwas bringen, das seinen Vater in Erstaunen setzen würde. Wie er an ein Bankdarlehen kam, an das erforderliche Startkapital also, hat er mir nie verraten. Ich weiß, dass er sich mit Spekulationen beschäftigte, aber das wirkliche Geheimnis um seinen Aufstieg hat er wohl mit ins Grab genommen. Letztlich zählt ja auch bloß, dass er sich eine solche Glücksquelle beschaffte. Immerhin brachte eine gute Ölquelle damals gut und gern eine Viertelmillion Dollar die Woche ein.« Amber grinste. »Es dauerte also keinen Monat – und er war Millionär.«

»So einfach«, murmelte Noah. An seinem Grashalm knabbernd, starrte er zu Anne hinüber und dachte dabei an Amber Rosleys Großvater, der aus Montana gekommen und losgezogen war, um reich zu werden. Er war sogar sagenhaft reich geworden, wenn man ihr Glauben schenken durfte. Ein Verlierer, der ein Gewinner geworden war.

»Erzähl mir von deinem Vater«, forderte Noah Amber nach einer Schweigepause auf.

Amber presste die Lippen aufeinander. »Muss das sein?«

»Du redest nicht gern über ihn?«

»Es ist bloß … Mein Großvater war der Mittelpunkt unserer Familie. Und mit seinem Tod änderte sich alles.«

»Was zum Beispiel?«

Amber wandte den Blick ab. Sie wirkte auf einmal wie ein einsames kleines Mädchen, zerbrechlich wie Porzellan. »Alles«, antwortete sie langsam. »Vor allem mein Vater.«

»Inwiefern?«

»Nun ja, bis zu Großvaters Tod stand er in dessen Schatten. Großvater John war kein Mann, der Hilfe gebraucht hätte – und schon gar nicht von seinem Sohn. Und dann befand sich mein Vater plötzlich selbst im Zentrum von Reichtum und Macht. Aber frag mich lieber etwas anderes. Es langweilt dich bestimmt, Geschichten über meine Familie zu hören.«

»Aber nein!« Noah winkte ab. »Nur zu.«

Amber lugte zu Anne hinüber, die auf der Picknickdecke eingedöst zu sein schien. Die Augen geschlossen und den aufgeschlagenen Palmenprospekt auf der Brust, lag sie auf dem Rücken und gab keinen Mucks von sich.

»Was soll ich sagen?«, sagte sie leise. »Mein Vater vergaß mich wohl einfach. Er war ein guter Geschäftsmann, der meinem Opa in nichts nachstand, und inzwischen förderte er immer größere Mengen Öl, auf Feldern, die in ganz Westtexas verteilt liegen. Natürlich wohnten wir längst nicht mehr in Ranger. Ich selbst bin ein typisches Dallasgirl und war früher Cheerleader.« Sie senkte den Blick, als sei ihr das unangenehm. »Schwer vorstellbar, oder?«

»Wieso?«, fragte Noah ehrlich verwundert.

»Na, bei meiner Größe, und dann … nun ja, mit meiner Gesundheit stand es auch nicht immer zum Besten, aber davon will ich nicht sprechen.«

»Musst du auch nicht«, sagte Noah rasch, den Ambers

angeschlagene Gesundheit nicht gerade brennend interessierte, der aber umso lieber mehr über ihren Vater erfahren hätte. »Du bist also ein klassisches Dallasgirl«, hakte er nach. »Und dein Vater leitet dort eine Ölfirma.«

»Richtig. Oft war er wochenlang nicht zu Hause. 1973 – das Jahr der weltweiten Ölkrise – hatte er anderes zu tun, als sich um seine pubertierende Tochter zu kümmern. Tja, und meine Mutter reichte kein Jahr nach Großvaters Tod die Scheidung ein. Da war ich zwölf. Ich lebte ein paar Monate bei ihr, doch, und um es kurz zu machen, sie starb noch im selben Jahr. Sie hatte Krebs.«

Noah musste plötzlich an seine eigene Mutter denken. An den Anblick ihres schlaffen Körpers im Wasser, das fahle Grau ihrer Haut.

»Das tut mir leid«, murmelte er gedankenverloren. »Das muss ein schwerer Schlag gewesen sein.«

Amber seufzte erneut – und täuschte er sich, oder funkelten da tatsächlich Tränen unter ihren dichten, dunklen Wimpern? Zum ersten Mal fiel ihm auf, dass ihre Augen von einer eigenwilligen, changierenden Farbe waren.

»Und danach?«, fragte er vorsichtig. »Ich meine, nach dem Tod deiner Mutter?«

»Ich war zwölf, wie gesagt. Binnen eines Jahres hatte ich die beiden Menschen verloren, die mir am nächsten standen. Ich war untröstlich, weil ich wieder zu meinem Vater zurückmusste. Wollte ich bei ihm in der Firma anrufen, war er immer in irgendwelchen Konferenzen. Er reiste auch viel, und ich blieb meist daheim, mit einer der ständig wechselnden Haushälterinnen, die sich auch um mich zu kümmern hatten. Aber mit mir hielt es keine auf Dauer aus. Ich vergraulte sie alle. Ich trieb mich herum und verprasste das Geld, das mir mein Vater morgens auf den Tisch legte. Was ich damit anstellte, wo ich es ließ, interessierte ihn nicht. *Ich* interessierte ihn nicht. Die einzige Voraussetzung für mein sogenanntes Taschengeld war, dass ich gute Noten mit nach Hause brachte. Immer und überall hatte ich die Beste zu sein. Die beste Privatschule war gerade mal gut genug für die Tochter von John Rosley junior, und wehe, ich enttäuschte ihn.

Tja, und dann wurde ich wohl zur größten Enttäuschung seines Lebens.« Amber wirkte plötzlich verlegen und druckste herum. »Ich weiß gar nicht, weshalb ich dir das alles erzähle.«

»Du kannst mir ruhig alles anvertrauen«, sagte er leise.

»Nun ja, ich beging eine Dummheit. Es ist mir aus heutiger Sicht fürchterlich peinlich, Noah, wirklich.«

»Was denn? Nun sag schon, jeder begeht mal eine Dummheit.«

»Nun ja, wenn du es unbedingt wissen willst: Ich schnitt mir die Pulsadern auf.«

Noahs entsetzter Blick wanderte von Ambers Handgelenken zu ihrem Gesicht, dann wieder zu den feinen Narben, die sich über ihren Arm zogen und ihm bislang nie aufgefallen waren. Er schnalzte leise mit der Zunge und schüttelte den Kopf. »Hat man dich gefunden? Ich meine, wer hat dich gerettet?«

»Mein Vater. Aber es wäre ihm bestimmt gleichgültig gewesen, wenn er zu spät gekommen wäre, davon bin ich überzeugt.«

»Wie kannst du so etwas sagen?«

»Als ich im Krankenhaus lag, belauschte ich das Gespräch zwischen den Ärzten und ihm. Ich lag mit geschlossenen Augen da und hörte, wie man ihm erklärte, dass ich, wenn ich nur ein kleines bisschen tiefer geschnitten hätte, nicht mehr hätte gerettet werden können. Darauf antwortete mein Vater nur lapidar, dass das wirklich schade gewesen wäre.«

Ihre Stimme brach.

»Kannst du dir das vorstellen, Noah? Man erklärt ihm, dass ich dem Tod gerade noch einmal entgangen bin, und er quittiert das nur mit einem ›Das wäre schade gewesen‹.«

»Was geschah dann?«, wich er aus. »Ist alles gut verheilt?«

Sie nickte. »Es ging mir körperlich bald wieder besser. Aber mein Vater veränderte sich kein bisschen. Er ist förmlich besessen von seiner Macht, als wäre er der König von Dallas, ja, von ganz Texas. Mir ist das alles zuwider. Im Grunde will ich gar nicht reich sein. Ob du es glaubst oder nicht, damals wünschte ich mich manchmal in einen der Slums am anderen Ende der Stadt.«

»Du hast ja keine Ahnung, wie es da zugeht.«

»Du denn?«, fragte sie.

»Nein«, sagte Noah schnell und zündete sich eine Zigarette an. Ein paar Tauben hatten sich in unmittelbarer Nähe niedergelassen und beäugten die drei Studenten aufmerksam. Sie schienen sich zu fragen, was als Nächstes kam.

»Du bist ziemlich zäh, Amber«, bemerkte Noah vorsichtig, »und jetzt sitzt du hier unter einer Eiche im weltgrößten Park und bist eine erfolgreiche Studentin.«

»Aber ich habe mich leider noch immer nicht befreit«, erwiderte sie. »Dabei kann ich tun, was ich will, für meinen Vater könnte ich wirklich ebenso gut tot sein.«

Ein unheimlicher Ausdruck erschien plötzlich auf Noahs Gesicht. »Man müsste ihn auf die Folter spannen«, sagte er. »Nur so zum Spaß natürlich.«

»Wie darf ich das denn verstehen?«, gluckste sie.

»Erst wenn man etwas verliert, weiß man, was es einem bedeutet hat. Ist das nicht mit allem so?«

»Worauf willst du hinaus?«

»Darauf, dass man ihm vor Augen führen müsste, wie viel du ihm in Wahrheit bedeutest. Ich meine, nachdem du dir die Pulsadern aufgeschnitten hast und er dich in einer Blutlache fand, war sicher auch Zorn auf dich dabei, als er so betont gleichgültig reagiert hat. Du warst ja schließlich selbst schuld, zumindest in seinen Augen. Aber wenn die Schuld bei jemand anderem läge …«

»Welche Schuld?«

»Daran, dass dir etwas zustößt.«

»Machst du Witze?«

»Kein Witz. Ich bin mir sicher, dass ihn das zum Nachdenken bringen würde. Du könntest nur gewinnen.«

»Wie könnte ich gewinnen, wenn mir etwas zustößt? Und überhaupt, was sollte mir denn passieren? Soll ich mich ermorden lassen, nur so zum Spaß?«

»Nein«, sagte Noah ernst. »Aber vielleicht kidnappen.«

Die Tauben stoben auseinander und flogen davon. Anne schlief tief und fest.

»Du bist verrückt«, japste Amber gedämpft.

»Vielleicht bin ich das, ja. Aber ich finde das gar nicht so abwegig.«

»Dass mich jemand entführt?«

»Nein«, flüsterte Noah. »Die Idee an sich.«

Dann wurde es still. Keiner von beiden wagte zu sprechen, so ungeheuerlich war die Aussage.

»Deine Entführung wäre natürlich bloß vorgetäuscht«, stellte Noah schließlich richtig. »Dir würde nichts passieren. Stell dir vor, was sich herausschlagen ließe … Stell dir die Genugtuung vor!« Er flüsterte, betonte aber jedes Wort einzeln, um dem Gesagten Nachdruck zu verleihen.

Amber blickte ihn verständnislos an. »Du nimmst mich auf den Arm.«

»Keineswegs«, antwortete er ernsthaft. »Es ist doch gar nicht so abwegig, wenn man sich so etwas durch den Kopf gehen lässt.«

In den letzten Wochen waren Noahs Enttäuschung über die verpassten Karrierechancen und sein Ärger über den vermaledeiten Fuß, der ihn noch immer beeinträchtigte, über ihm zusammengeschlagen wie eine Welle. Wer konnte es ihm übel nehmen, wenn er nun nach Auswegen aus seiner Situation sann? Wenn er etwas erreichen wollte ganz ohne Mühe, nur mit ein bisschen Gewitztheit und Courage, die letztlich niemandem schadete? Was hatte er denn schon zu verlieren?

»Amber«, sagte er und sah sie dabei sehr eindringlich an. »Wenn du willst, helfe ich dir. Es würde deinen Dad bestimmt wachrütteln und euch einander näherbringen. Der Schock, wenn ihn die Botschaft erreicht, dass du verschwunden bist und er Lösegeld für dich zahlen soll, wird ihm die Augen öffnen – in jeder Hinsicht.«

Sie hielt seinem beschwörenden Blick stand. »Wie stellst du dir das denn vor? Warum sollte er für jemanden, der ihm keinen Pfifferling wert ist, Lösegeld zahlen?«

»Ich bin sicher, dass du ihm eigentlich sehr viel bedeutest. Du bist schließlich seine Tochter! Außerdem ist er ein reicher Mann, den man über die Stadtgrenze von Dallas hinaus kennt. Meinst du, er würde sich vorwerfen lassen, dass er sich nicht kümmert? Sich bis auf die Knochen blamieren? Allein das wäre Grund genug für ihn.«

Amber zögerte noch. »Keine Ahnung. Vielleicht würde er

an die Öffentlichkeit gehen, und wir säßen schneller im Knast, als uns lieb ist.«

»Ach was, wenn wir es schlau einfädeln, kann nichts passieren. Wir rücken deinem Vater den Kopf zurecht und verdienen uns gleichzeitig ein kleines Taschengeld, nur so zum Spaß.«

Noah, der in Gedanken bereits dabei war, das schnell verdiente Geld mit vollen Händen auszugeben, hielt inne und beobachtete den Wandel in Ambers Gesicht.

»Ja«, sagte sie leise. »Das wäre ein Spaß.«

»Ein Spiel«, verbesserte Noah sie. »Es wäre alles nur ein Spiel.«

»Aber er soll es sich was kosten lassen?«

»Das kann er doch, oder?«

Sie nickte stumm, und Noah sah sie eindringlich an, was einem unwiderruflichen Pakt gleichkam.

KAPITEL 10

Anne ahnte nichts von dem Pakt.

Sie ahnte nichts, als sie ihre Sachen packten, und nichts, als sie die Stadt verließen. Zunächst war sie zwar gar nicht erbaut davon, dass sich Amber ihnen anschließen wollte, aber dann – nachdem diese ihr versichert hatte, nur bis zur Westküste mitfahren und zudem für den teuren Mietwagen aufkommen zu wollen – gab sich Anne geschlagen und freute sich auf eine Reise durch die Vereinigten Staaten, durch Kansas, Nebraska, Colorado, vorbei an den Rocky Mountains und dem Grand Canyon. Außer dem Big Apple hatte sie noch nichts von den Staaten gesehen, umso gespannter war sie auf die Reise durch das unbekannte Land. All die Sehenswürdigkeiten, die sie nur vom Hörensagen kannte, würde sie nun leibhaftig erleben – und das mit Noah an ihrer Seite. Sie würden in Motels übernachten und in abenteuerlichen Truckstops essen, ein Stück der Route 66 befahren und Amber an der Westküste absetzen. Vermutlich würden sie und die Texanerin sich nie wiedersehen, und Anne war nicht sonderlich traurig darüber. Was aus Noah und ihr wurde, würde sich zeigen. Sie würden Zeit haben, nachdem sie Amber losgeworden waren, und ausreichend Gelegenheit, Entscheidungen zu treffen und über die Zukunft zu sprechen.

Alles begann also ganz harmlos. Amber zeigte sich von ihrer besten Seite, gab sich spritzig und gut gelaunt. In Los Angeles wollte sie bei ihrer Cousine absteigen, so sagte sie, und später im Herbst, wenn das neue Semester begann, nach New York in die alte Wohnung zurückkehren, die sie erst mal allein bewohnen würde. Gegebenenfalls musste sie sich eine neue Mitmieterin suchen, aber da mochte sie sich noch nicht festlegen.

Meile um Meile fuhren sie der Westküste entgegen, schliefen in Motels, teilten sich manchmal sogar ein Zimmer, um Geld zu sparen. Abends tranken sie das Bier, das Noah an der Tankstelle besorgte, und morgens den dünnen Automatenkaffee, der ihnen nach ein paar Tagen zum Hals heraushing. Auf dem Bett lag dann ausgebreitet die Straßenkarte, auf der Noah die Route mit einem Textmarker angestrichen hatte. Er erläuterte, wie weit er jeweils kommen wollte, und die Mädchen nickten und nippten schweigend an ihren Bechern. Sie überließen ihm die Verantwortung, er war der Boss, was ihm zu gefallen schien.

Anne bekam langsam eine Vorstellung von Amerikas eigentlichem Charakter. Hatte sie bislang in der naiven Annahme gelebt, Manhattan sei die Quintessenz der Staaten und ganz Amerika müsse von der Betriebsamkeit der Großstädte geprägt sein, so sah sie jetzt Kleinstädte, die aus nicht viel mehr als einer schnurgeraden, von Leuchtreklamen flankierten Straße bestanden und wie ausgestorben wirkten. Die Motels hingegen waren meist gut gefüllt. Dazwischen lag lange Zeit nichts. Zum ersten Mal bekam Anne auch riesige Trailersiedlungen zu Gesicht. In Europa hausten allenfalls Sinti und Roma in solchen Wagen oder auch Schausteller, aber diese spartanischen Caravans standen in

Gegenden, in denen es scheinbar keine andere Behausungsart gab. Was für eine bizarre Art zu leben, dachte sie. Was für ein bizarres Land.

Die Straßen waren leer, die drei kamen gut voran, und am vierten Tag war das Trio ebenso weit von der Westküste entfernt wie von der Ostküste. Hinter ihnen lag bereits eine gewaltige Strecke, die ihren Tribut forderte. Ermattung machte sich breit, ein Hauch von Überdruss. Zu Beginn hatten sie noch belanglosen Small Talk geführt und ein paar der Radiosongs mitgesummt, aber nun wurden ihre Unterhaltungen so eintönig wie die Landschaft. Die anfänglich gute Laune wich allmählich einer trügerischen Stille. Als schließlich die ersten Ausläufer der Rocky Mountains auftauchten, schlug Noah kurzerhand vor, an einen nahe gelegenen See zu fahren. »Ein bisschen baden und angeln«, sagte er. »Die Knochen ausruhen.«

Amber entflammte sofort für seine Idee, und auch Anne willigte ein.

Den sogenannten See, den Noah als blauen Miniklecks auf der Landkarte ausgemacht hatte, erreichten sie nach einer beschwerlichen Serpentinenfahrt. Enttäuscht standen sie schließlich am Rand eines wild bewachsenen Abhangs, der wie das Ende der Welt anmutete und an dessen tiefstem Punkt sich ein trüber Tümpel befand. Hierher würde sich ganz sicher sonst niemand verirren, und Anne wurde urplötzlich klar, dass Noah ihn nicht zuletzt deshalb ausgesucht hatte.

Sie presste die Lippen zusammen. »Und darin sollen wir baden?«

»Darin *können* wir baden«, verbesserte Noah sie. »Das heißt, wenn die Damen es wünschen.«

»Ich hatte mir eigentlich was anderes darunter vorgestellt. Aber da wir schon mal hier sind …«, bemerkte Amber.

»… gehen wir runter«, vollendete Noah ihren Satz.

Im Gänsemarsch trabten sie also steil bergab, Noah mit zielstrebigem Schritt voran. Er lief schnell, sodass die beiden Frauen rasch aus der Puste kamen. Es war bemerkenswert, dass er überhaupt den Weg fand, denn dieser führte durch eine Ansammlung von Tannen, einen dichten, düsteren Hain, der mit Unterholz und verwildertem Gestrüpp durchsetzt war. Außerdem schwirrten ganze Schwärme von Moskitos umher. Als die drei endlich das Ufer erreichten, kreischte zur Begrüßung ein riesiger Vogel auf, was Amber einen schaurig schrillen Schrei entlockte.

Anne sah sie tadelnd an, doch Noah lachte nur und sagte leichthin: »Hier kann sie schreien, wie sie will. Es hört sie eh niemand.«

Anne fröstelte unwillkürlich. »Ich glaube, hier war seit Ewigkeiten keiner mehr.«

Er nickte. »Ganz schön beklemmend, wenn man sich vorstellt, was da alles auf dem Grund liegen mag.«

»Wie meinst du das?«

»Na ja, allerlei Schund wie rostiges Werkzeug und versenkte Wagen. Vielleicht auch nie wieder zum Vorschein gekommene Leichen.«

Anne schauderte, und Amber schüttelte den Kopf. »Ich stecke nicht mal den kleinen Zeh in diese Brühe. Geht nur allein rein.«

»Nein, *Noah* geht allein«, korrigierte Anne sie.

Die beiden Frauen ließen sich missmutig am Strand nieder, einem drei Meter breiten Kiesstreifen, der sich bis zu einem Bergfelsen erstreckte. Noah setzte sich gar nicht erst, sondern streifte sich die Klamotten ab und rannte dann splitternackt in das eisige Bergwasser. Kaum war er drin, rief er auch schon: »Hilfe, ist das kalt!« und wedelte mit den Armen wie ein Ertrinkender. »Aber ich kann durch den Schlick bis zum Grund sehen, und da liegt irgendetwas.«

»Na, was denn?«, rief Amber. »Leichen vielleicht?«

»Soll ich dir eine mitbringen?«, witzelte Noah. »Nein, im Ernst, das hier ist kein normaler See. Macht euch bereit, wir hauen ab.«

Noah Berry war ein jämmerlicher Schauspieler, und natürlich sahen sie an seiner schelmischen Miene, dass er ihnen bloß einen Schrecken einjagen wollte. Er winkte ihnen zu, und Amber und Anne winkten zurück. Dann beobachteten sie, wie er mit großem Spektakel untertauchte und blubbernd verschwand. Als er eine knappe Minute später nicht wieder aufgetaucht war, wurden sie stutzig, und nach einer weiteren Minute standen sie beide auf und riefen laut seinen Namen. Ratlos starrten sie auf die silbrig glatte Wasseroberfläche. Erstarrt malte sich Anne aus, was jetzt darunter vorgehen mochte, wartete noch ein paar Sekunden, um dann, bekleidet wie sie war, ins eisige Wasser zu laufen. Ihre Muskulatur verkrampfte sich schlagartig. Wo um Himmels willen war Noah?

Sie versuchte, sich zu orientieren, schwamm in der trüben Suppe blind und panisch kreuz und quer, tauchte unter und kurz darauf um Luft ringend wieder auf. Erst später sollte Anne bewusst werden, dass Amber die ganze Zeit mit vor der Brust verschränkten Armen tatenlos zugesehen und keine Miene verzogen hatte. Sie realisierte dies deshalb nicht sofort, weil sie plötzlich in Noahs Gesicht sah, der ihr strahlend zwei zappelnde Fische vor die Nase hielt. Sie wusste nicht, was stärker war – die grenzenlose Erleichterung oder der Ärger darüber, sich so zum Narren gemacht zu haben. Zornig stakste sie aus dem Wasser. Mit einer wütenden Handbewegung schnappte sie ihre Tasche und rannte triefend hinauf zum Wäldchen, während Noahs Rufe in der flimmernden Luft verhallten.

Anne zog sich trockene Sachen an und beobachtete aus einiger Entfernung, wie Amber im Schneidersitz die Forellen ausnahm. Wie sie mit geübten Handgriffen die Innereien entfernte und mit blutbeschmierten Händen zu ihr herübersah. Natürlich hatte Amber längst Shorts und T-Shirt abgestreift und trug einen knappen Bikini, der nur das Nötigste ihres makellosen Körpers verdeckte. Noah entzündete indessen ein Holzfeuer, das schon bald in der untergehenden Sonne vor sich hin prasselte und eine Art Pfadfinderstimmung verbreitete. Anne hörte, dass sich die beiden unterhielten, verstand aber nicht, worüber.

Irgendwann siegte ihr Hunger, und sie gesellte sich wieder zu den beiden. Der geröstete Fisch sollte sich als das Köstlichste erweisen, was sie je probiert hatte. Dazu gab es für jeden eine Tüte Kartoffelchips und Dosenbier, das schön kühl war, weil Noah es an einer Schnur befestigt im Wasser gelagert hatte. Anne beobachtete, wie er mit geschickten Händen den zweiten aufgespießten Fisch über der Flamme drehte, fühlte sich satt und zufrieden, und wäre Amber nicht gewesen, hätte sie sich gut vorstellen können, in Noahs Arme zu sinken, gleich hier und jetzt im flackernden Schein des Feuers, in dem Noah noch maskuliner, noch verwegener aussah. Das Feuer knisterte und knackte, während der Mond das schmale Stück Strand langsam in ein mattes, blassgraues Licht zu tauchen begann.

Noahs Augen waren fest auf sie gerichtet. Im Licht des

Feuers sah sie, dass er ihr eine Botschaft übermitteln wollte. Sie wusste genau, dass er jetzt gern mit ihr geschlafen hätte.

Nachdem der Fisch gegessen und der letzte Schluck Bier getrunken war, schlugen sie ihr Lager auf: drei zerknitterte Billigschlafsäcke auf dem Kies, sonst nichts. Sie waren müde von der Fahrt und wünschten einander eine gute Nacht. Das Feuer glomm noch ein wenig nach und spendete Wärme und Licht, dann erlosch es.

Schlief Amber etwa schon? Wahrscheinlich, denn Anne hörte ein leises Schnarchen, und Ambers Atem ging tief und regelmäßig. Anne lauschte dem Zirpen der Grillen und den wenigen Schreien der Eulen. Und dann war da noch das Summen der Stechmücken, die blutrünstig um ihren Schädel schwirrten. Sie sah hinauf zum Nachthimmel, an dem Abertausende von Himmelskörpern glitzerten. Als sie den Kopf wandte, stellte sie fest, dass Noah ihr aufmunternd zublinzelte und die Hand nach ihr ausstreckte. Leise schälte sie sich aus ihrem Schlafsack und kroch zu ihm hinüber. Sein Schlafsack war viel zu klein für zwei Personen. Aber das störte Anne nicht. Sie sehnte sich geradezu verzweifelt nach seiner Berührung und schmiegte sich erwartungsvoll an ihn. Sein nackter Oberkörper war fest und warm.

»Hast du schon mal eine Sternschnuppe gesehen?«, fragte er flüsternd.

»Nein, noch nie. Du?«

»In meinen Träumen, ja. Ansonsten warte ich noch immer drauf. Vielleicht wünsche ich mir dann etwas.«

»Was denn?«

»Das bleibt mein Geheimnis«, sagte er vieldeutig. »Und du? Was würdest du dir wünschen?«

Sie schwieg, denn sie wusste es noch nicht einmal. Vielleicht wollte sie nur, dass gerade dieser Augenblick nie verging. Dass Noah sie liebte und nie wieder damit aufhörte.

»Ich bin nicht abergläubisch«, flüsterte sie. »Höchstens altmodisch.«

»Für altmodisch hältst du dich also, ja?«

»Nun ja, bei gewissen Dingen ...«

»Ach was, altmodisch. Du bist eine süße, kleine Abenteurerin ...«

»... die anständig war ...«

»... bis sie mich traf.«

»Genau.«

Noah seufzte und zog Anne noch enger an sich heran. »Wie schnell sich Anstand doch in Luft auflösen kann«, flüsterte er heiser und ließ eine Hand über ihre Pobacken gleiten.

»Nicht hier«, flüsterte sie. »Sie hört uns.«

»Und wenn ich leise bin?«

»Du?«, begehrte sie wispernd auf. »Dass ich nicht lache.«

»Ich könnte mich immerhin bemühen.«

Und dann legte er seine andere Hand um ihren Kopf und küsste ihre Bedenken fort, bis ihr ganz leicht zumute wurde und ihr Herz so laut für Noah Berry schlug, dass sie überzeugt war, man müsse es bis nach Europa hören. Europa ... das war so fern, so unwirklich. Und die Geräusche jener wundervollen, so uramerikanischen Nacht würden sich ihr für alle Zeiten einprägen.

Noahs Stimme vibrierte vor Sehnsucht, als er ihr »I love you« zuflüsterte. Es war das erste Mal, dass er es derart direkt formulierte, und sie fragte sich, ob er die Worte schon jemals zu einer anderen Frau gesagt hatte.

Langsam zog er ihr das T-Shirt über den Kopf, küsste sie, ließ von ihr ab, küsste sie wieder, während er ihre Brustwarzen kitzelte und liebkoste. Sie versuchte, im Mondlicht seine Umrisse zu erkennen, seine vollen Lippen, die so zärtlich und zugleich so fordernd waren, dass ihr schwindelig wurde. Noah zog ihr den Slip von den Hüften, seine Hände glitten lautlos über ihren nackten Hintern und noch ein Stückchen weiter, während ihre Hand hinunterwanderte und seine Hose öffnete. Sie spürte, wie er den Atem durch die Zähne zog, als sie sein Glied ergriff und langsam und aufreizend über seine Erektion strich, vor und zurück. Ihre Berührung ließ ihn erzittern. Er stöhnte ganz leise auf und presste sie hungrig an sich.

Ein heiserer Laut entrang sich seiner Kehle, bevor er seinen heißen, gierigen Mund erneut auf ihren legte. Er schmeckte feucht und süß, und Anne ließ bereitwillig zu, dass seine Zungenspitze mit ihrer Oberlippe spielte, in ihren Mund eindrang, wieder und wieder, so lange, bis Noah den Zustand hämmernder Erregung kaum noch ertragen konnte, ohne an ihrem nackten Bauch zu bersten. Mit einem heftigen Ruck zog er Anne zu sich heran und glitt in ihren heißen Schoß. Sie lagen ganz still auf der Seite, bewegten sich nicht. Der Stoff des Schlafsacks rieb an ihrer Haut, ihr stoßender Atem kitzelte in seinen Brusthaaren, seine Finger gruben sich in ihr langes Haar. Vorsichtig bewegte er sich in ihr, dann hielt er wieder inne, gerade noch rechtzeitig.

»Nicht«, flüsterte sie. »Ich habe meine gefährlichen Tage.«

»Ich weiß«, flüsterte er zurück. Seine Stimme war rau vor Verlangen, so kurz vor dem Höhepunkt. Abermals lagen sie ganz still. Anne spürte, wie Noahs Penis in ihr pulsierte und er ihn schließlich aus ihr herauszog. Es war das erste Mal, seitdem sie zusammen waren, dass er nicht an ein

Kondom gedacht hatte und ungeschützt in sie eingedrungen war.

»Du musst dir einen Gummi holen«, stieß sie hervor. »Sonst geht's nicht.«

»Die sind alle«, wisperte er.

Sie erstarrte. Spontan erwachte die Eifersucht, legte ihr ihren eisernen Griff um den Hals. Anne spürte, wie ihre Kehle eng wurde und sie sich verkrampfte.

Beim letzten Mal hatte er noch zwei Kondome gehabt – oder waren es gar vier gewesen? Zwei hatte sie auf jeden Fall erkannt. Im Halbdunkel hatte sie ausmachen können, wie er die kleinen runden Plastikpäckchen herbeigezaubert und dann eines von ihnen behutsam geöffnet hatte. Das war vorgestern gewesen. Vorgestern hatten sie sich, als sie allein im Zimmer gewesen waren, die Bettdecke über die Köpfe gezogen und miteinander geschlafen. Leise und still, ein vorsichtiger Akt.

Hatte er seither etwa Sex mit Amber gehabt?

Gleich würde sie trocken werden, und er würde es bemerken, und die schöne Stimmung wäre dahin. Und das nur wegen eines blöden Kondoms, das er nicht zur Hand hatte. Vielleicht hatte sie sich auch verguckt. Oder er hatte die anderen Kondome verloren, verflucht noch mal. Schließlich kam es schon mal vor, dass Männern die Gummis ausgingen.

Noah war es noch nie passiert.

Heute war das erste Mal.

Er knabberte zärtlich an Annes Mund, presste sich erregt an sie. Ihr Bauch an seinem, dazwischen sein heißes, forderndes Glied. Er ließ zwei Finger in ihrer Scham versinken und stöhnte leise auf, und während er mit ihrer Nässe spielte und sie geschickt massierte, versicherte sie sich selbst, dass er das unmöglich auch mit anderen Frauen tun konnte. Doch unwillkürlich dachte sie an den Abend, an dem sie aus Deutschland zurückgekehrt war. An Ambers laszive Stimme, mit der sie an Noahs Telefon ging, an das zerwühlte Bett …

»Anne«, flüsterte er rau.

Mit ihrer Faust hielt sie seinen Penis fest umschlossen, fuhr auf und nieder, erst langsam, dann schneller. Mechanisch verrichtete sie ihr Werk, während sie an die Nächte dachte, in denen Noah nicht erreichbar gewesen war und Amber und er Gelegenheit zum Sex gehabt hatten. Aber selbst, wenn es so gewesen war – es wäre eben nur ein körperlicher Akt gewesen und keine Liebe, die weit über das Physische hinausging.

Sie rieb seinen Penis, fest und unnachgiebig, beinahe so, als wolle sie ihm Schmerzen zufügen. Offenbar gefiel ihm das. Das Mondlicht war hell genug, dass sie die blanke Entzückung auf seinem Gesicht sehen konnte. Tja, sie kannte ihn eben so gut wie keine Zweite. Was wollte er da mit einer anderen?

Noah küsste sie und stöhnte leise in ihren Mund.

Amber … Amber …

Annes Herz machte einen Satz. Sie musste sich verhört haben. Aber da war es wieder: ein Flüstern in der Nacht, das aus dem Dickicht zu ihr herüberwehte.

Plötzlich war Anne speiübel. Noahs Schweiß. Sein Atem. Sein fordernder Druck in ihrer Hand. Sie ahnte, dass er gleich kommen, sein Samen hervorschießen und ihren Bauch benetzen würde.

In ihrer Vorstellung beugte sich Noah über Amber, flüsterte ihren Namen. Sein Penis glitt in den bereitwilligen Schoß. In Ambers Schoß.

Es dauerte lange, bis auch sie in jener Nacht einschlief. Wenig später jedoch erwachte sie wieder. Es war vielleicht vier oder fünf Uhr. Tiefschwarze Nacht umgab sie. Es war totenstill, geradezu beklemmend. Eben noch hatten die Grillen gezirpt und die Moskitos gesurrt, und dann war da der Atem gewesen: Ambers Atem und Noahs Atem. Jetzt hörte sie nichts mehr von alldem, nun herrschte Grabesstille. Plötzlich knackte ein Zweig, ein Rascheln im Busch, genau dort, wo der Kiesstreifen aufhörte und der dichte Hain anfing. Es war ein leises, aber bedrohliches Geräusch. Anne lag starr und wagte nicht mal, Luft zu holen. Da bewegte sich etwas im Unterholz.

Vermutlich nur ein Tier, versuchte sie sich zu beruhigen. Oder trieb sich etwa jemand im Wald herum? Ihr war von Anfang an nicht wohl gewesen bei dem Gedanken, dass weit und breit keine Menschenseele wohnte. Die Straße weiter hinauf in die Rockys führte sozusagen ins Nichts.

Da war es wieder.

Lauter diesmal. Viel lauter.

Sie war wie gelähmt. Aus dem Augenwinkel meinte sie, eine Bewegung zu erkennen, aber sie wagte nicht, den Kopf zu drehen.

»Ist da wer?«, flüsterte sie in die unergründliche Dunkelheit hinein, doch ihr Flüstern geriet zu einem fast unhörbaren Krächzen, und die Stille, die ihr antwortete, war beinahe wie ein Schrei. Ringsum waren nur Wald und Finsternis, aus der ihr tausend Augen entgegenzublicken schienen. Ihr Herz dröhnte in ihren Ohren, als sie einen bizarren Schatten huschen sah. Eine schemenhafte Gestalt, die zwischen den Bäumen hindurchglitt.

Anne überlief ein Frösteln, und ein Gedanke schoss durch ihren Kopf. Alarmiert versuchte sie, sich auf Noahs

Atemgeräusche zu konzentrieren, aber sie konnte nichts anderes hören als die Schritte, die im Unterholz raschelten und sich schließlich entfernten.

Sie war sich sicher, dass das nicht die Schritte eines Mannes waren. Anne versuchte, aus dem Augenwinkel etwas zu erkennen. Und da glitt auch schon ein Schatten lautlos wie eine Katze in die Nacht.

Am Morgen ging die Sonne glühend rot über den Bergen auf. Als Noah auf die Uhr sah, war es Viertel nach sieben. Er hatte Kaffeedurst und einen knurrenden Magen. In seinem Gesicht sprossen dunkelbraune Stoppeln, die ihm ein brummbäriges Äußeres verliehen, was in etwa seiner Laune entsprach. Anne schlief augenscheinlich noch tief und fest, aber Amber saß bereits aufrecht und richtete sich die Haare mit den Fingern. Als sie sah, dass er wach war, lächelte sie. Er lächelte zurück und fühlte sich gleich ein bisschen besser.

»Hunger?«, fragte er leise.

Sie nickte.

»Ich mache uns Frühstück.«

Als Anne später die Augen aufschlug, sah sie Noah mit dem Gaskocher hantieren. Und sie sah auch, dass Amber, die inzwischen aus ihrer Bewunderung für Noah keinen Hehl mehr machte, in vertraulicher Nähe bei ihm hockte und ihm half, den Kaffee aufzusetzen. Dabei unterhielten sie sich leise. Alles wirkte friedlich und harmonisch, sehr vertraut. Seite an Seite betrachteten die beiden die gigantische Bergkulisse, und so, wie sie dasaßen, hätte ein Fremder mutmaßen können, es handele sich um ein Paar, das schweigend den Morgen genoss. Anne verfluchte sich für den verrückten Gedanken. Doch immer öfter hatte sie Noah in letzter Zeit dabei erwischt, wie sein ruheloser Blick

Amber folgte. Er belauerte sie. So, wie sie, Anne, jetzt Noah und Amber belauerte. Die beiden unterhielten sich, Noah grinste. Amber sagte etwas, woraufhin er nickte und zu den Bergen deutete. Sie nahm einen Schluck aus ihrem Becher und sah dabei ungemein attraktiv und selbstzufrieden aus. Noah reichte ihr einen Schokokeks, und als sie ihn nahm, berührten sich ihre Hände. Amber lächelte und biss in das Gebäck. Noah ließ sie dabei nicht aus den Augen.

Dann sah er zu Anne herüber. Bemerkte, dass sie wach war. Irritiert blinzelte sie in die Morgensonne und meinte einen Schatten über Noahs Gesicht huschen zu sehen. Und dann war da noch etwas: Ambers subtile Bewegung. Fast unmerklich war sie von Noah abgerückt, fast so, als sei sie bei etwas Verbotenem ertappt worden. Anne nahm wahr, wie die beiden einen raschen Blick tauschten, so als wolle Noah Amber eine Botschaft übermitteln, die nicht für Anne bestimmt war. Beinahe gleichzeitig nickte er ihr, Anne, jedoch aufmunternd zu und forderte sie auf, sich zu ihnen zu setzen. Aber seine Miene – da war sie sich plötzlich ganz sicher – drückte etwas anderes aus.

»Weshalb hast du mich heute Morgen so seltsam angesehen?«, stellte sie ihn am Abend zur Rede. Sie hatten sich in einem Motel einquartiert, in einem kleinen Ort irgendwo in den Rockys. Amber hatte das Nachbarzimmer bezogen, und Anne war sehr froh darüber. Sie war es leid, mit Amber das Zimmer zu teilen, und fieberte der Westküste und insbesondere dem Moment entgegen, in dem sie sich endlich von ihr verabschieden würden.

Noah tat ahnungslos. »Was meinst du?«

»Als ich aufwachte, hast du mit Amber beim Gaskocher gesessen, mit einem Kaffeebecher in der Hand.«

»Ja, und?«

»Ihr hättet nicht dort sitzen sollen.«

»Warum nicht? Wo denn sonst? Anne, was ist los mit dir?«

Sie holte zitternd Luft. »Ich hatte den Eindruck, ihr … nun, ich weiß nicht genau …«

»Wenn du es nicht weißt, wie soll ich es dann wissen?«

»Du musst doch ahnen, worauf ich hinauswill.«

»Du bist eifersüchtig.« Er stöhnte leise. »Schon wieder.«

Das klang vorwurfsvoll, und sie hatte nichts anderes verdient. Sie machte ihm Vorhaltungen, gerade jetzt und nur, weil er ein wenig zu eng bei Amber gesessen hatte.

»Du tust mir unrecht, Anne«, sagte Noah in strafendem Tonfall.

»Ich weiß, aber Amber ist mir suspekt.«

»Und deswegen bin ich dir auch suspekt?«

»Es ist nur, dass …« Sie zögerte.

»Was denn?«

Das Dumme war, dass sie es selbst nicht genau wusste. Zwischen den beiden war etwas, das schwer zu fassen schien.

»Die Art, wie sie dich ansieht, wie sie *mich* ansieht, wenn du mich berührst …«, sagte sie.

»Ist das alles?«, flüsterte er heiser zurück. »Nur weil sie mich ansieht, machst du mir eine Szene?«

»Ich mache dir keine Szene.«

»Was denn sonst? Du führst dich auf wie eine alberne Gans. Sie sieht mich an, okay, was ist schon dabei?«

Anne lag wie versteinert da. Dann atmete sie tief durch und ermahnte sich, vernünftig zu sein. Sie konnte Noah trauen. Natürlich konnte sie ihm trauen!

Aber im tiefsten Inneren war sie überzeugt, dass er nicht die Wahrheit sagte. Ein Gedanke zuckte durch ihren Kopf, ein irrsinniger, wahnwitziger Gedanke, der ihr die Luft raubte. Hatten die beiden sich gegen sie verschworen, etwas gegen sie ausgebrütet?

Als hätte er erraten, was sich in ihr abspielte, sagte er: »Du zweifelst an mir. Aber Amber wird bald aus unserem Leben verschwinden, ganz so, als wäre sie nie da gewesen.«

Anne spürte bei diesen Worten ein kaltes Prickeln im Nacken.

KAPITEL 11

Am nächsten Morgen erreichten sie El Rancho, eine nichtssagende Ortschaft gut vierzig Meilen westlich von Denver, wo einst Pioniere Goldnuggets im Colorado River gefunden hatten und jetzt das Ölgeschäft florierte.

Die Straßen in dem Kaff lagen wie ausgestorben da. Es war noch früh am Morgen. Amber hatte sich fein gemacht, trug ein gelbes, rückenfreies Top und eine helle Caprihose, die ihre zarte Figur noch zarter machte. Ihre Haut war sonnengebräunt und makellos, und ihr dichtes, schwarzes Haar hatte sie zu einem glänzenden Pferdeschwanz gebunden. Sie roch nach ihrem unverwechselbaren Parfüm, das sicher ein Vermögen gekostet hatte.

Es stieg Noah in die Nase, als sie Seite an Seite über das in der Hitze glitzernde Tankstellentrottoir spazierten.

Anne wartete im Wagen und bemerkte, dass Amber und Noah stritten. Irgendetwas stimmte nicht. Noahs Schritte wirkten steif, sein Gesicht war seltsam blass. Amber redete auf ihn ein, während er sie nicht mal eines Blickes würdigte. Anne beobachtete ihre Gesten sehr genau. Dann sah sie sich um. Auf der Straße rührte sich nichts. Weit und breit war niemand unterwegs.

Kurze Zeit später gingen die Wagentüren auf, eine vorne, die andere hinten.

»Was ist?«, erkundigte sie sich vorsichtig, als Noah sich auf dem Fahrersitz niederließ.

»Nichts«, erwiderte er gereizt, und es lag ein eigenartiges Beben in seiner Stimme. Auf seiner Stirn standen Schweißperlen. Anne sah, dass seine zur Faust geballte Hand zitternd in seinem Schoß lag, und plötzlich hatte sie das vage Gefühl, an etwas Wesentlichem nicht beteiligt zu sein. Hatte die diffuse, beklemmende Ahnung, einer heraufziehenden Katastrophe beizuwohnen.

Nach einer zermürbenden, schweigsamen Fahrt, die sie quer durch Colorado führte, mieteten sich die drei am Nachmittag in einem billigen Highwaymotel an der Grenze zu Utah ein. Es war ziemlich marode, und die Zimmer stanken nach Moder, was Anne wie ein schlechtes Omen vorkam. Durchs Badezimmer krabbelten Kakerlaken und noch anderes Ungeziefer, das sie aber erst zu Gesicht bekam, als sie die ersehnte Dusche nahm. Einen Schrei unterdrückend, wusch sie sich den Staub des Tages ab. Die Sightseeing-Tour entpuppte sich insgesamt als weitaus anstrengender und enttäuschender, als sie vermutet hatte, denn bis jetzt hatten sie den größten Teil der Reise auf dem Highway verbracht, sich den Hintern im Auto platt gesessen und kaum etwas besichtigt. Noah war an Städten wie Kansas City ohne Stopp vorbeigerauscht, weil er sich zum Ziel gesetzt hatte, so schnell wie möglich den Südwesten zu erreichen, wo es in seinen Augen die Sehenswürdigkeiten gab, für die sich ein Halt auch lohnte. Eigentlich hatte sich Anne die ganze Sache anders vorgestellt – beschaulicher und auch informativer. Immerhin war sie nicht zuletzt deshalb mitgekommen, weil dies eine einzigartige Gelegenheit hätte sein sollen, etwas von den Staaten zu sehen. Ein wenig enttäuscht war sie schon, aber morgen würde sie den Grand Canyon und das Land der Navajos sehen, eine Aussicht, die sie schon jetzt für die Strapazen entschädigte. Sie fragte sich allerdings, weshalb Noah plötzlich so eigenartig war. Er wirkte rastlos, wie ausgewechselt, vor allem aber gab er sich auffallend wortkarg.

Die Dusche erfrischte Anne ein wenig, und sie verspürte großen Hunger. Noah, der zugesichert hatte, Sandwiches und frische Getränke zu besorgen, würde gleich zurückkommen. Solange wollte sie noch ausruhen, also legte sie sich aufs Bett, nackt wie sie war und mit knurrendem Magen. Vor sich hindösend stellte sie sich vor, wie alles wäre, wenn Noah und sie sich an einem anderen Ort begegnet wären. Sie wusste, wenn sie nach Deutschland zurückkehrte, war es kaum denkbar, den Kontakt dauerhaft aufrechtzuerhalten – eine Tatsache, die sie wieder einmal in tiefe Verzweiflung stürzte, denn sie liebte Noah doch. Es standen fraglos Entscheidungen an, es gab ein großes Entweder-oder, das ihre inneren Stimmen beharrlich abwogen.

Da waren tatsächlich Stimmen.

Anne öffnete die Augen. Horchte. Vernahm ein Wortgefecht. Woher kam es? Etwa aus dem Nebenzimmer? Dorther, wo Amber schlief? Sie stand auf, so schnell, dass ihr schwindelig wurde, und presste ihr Ohr gegen die Wand. Sie vernahm Noah und Amber. Sie musste genau hinhören, um überhaupt etwas zu verstehen. Wortfetzen, die keinen Sinn ergaben. Es war von Betrug die Rede. Von Abgebrühtheit. Von irgendeinem Telefonat, das nicht geführt worden war. Noah beschuldigte Amber, ihn dreist belogen zu haben, und Amber feuerte zurück, er habe keine Geduld. Geduld wofür? Wovon sprachen sie? Anne lauschte angestrengt, aber die erregten Stimmen senkten sich zu einem

Flüstern, bis sie gänzlich verstummten. Was zum Teufel ging da vor? Mit pochendem Herzen lehnte sie an der Wand – bis plötzlich die Tür aufging und Noah auf der Schwelle erschien. Ihr Kopf fuhr herum. Er sah sie an, und in seinen Augen lagen Wut und so etwas wie Erkenntnis.

»Wenn das so ist«, sagte er mit fremder Stimme, »schulde ich dir wohl eine Erklärung.«

Die Erklärung prasselte als Flut von Argumenten und Rechtfertigungen auf Anne ein, wie ein Strom von Beweggründen und unerfüllbaren Bedingungen. Noah war überzeugt von der Einfachheit seines Vorhabens und brachte dies zum Ausdruck, indem er Anne mit Leidenschaft in der Stimme belehrte und zu beschwichtigen versuchte. Sie brauche keine Angst zu haben, niemandem würde etwas geschehen. Und Amber habe es ja praktisch so gewollt. Insofern sei es auch kein Verbrechen, sondern nur ein Freundschaftsdienst, eine Frage der Hilfsbereitschaft, und für Ambers Vater sei die geforderte Summe ohnehin nur ein Taschengeld. Fassungslos und keines Wortes fähig stand Anne da und hörte Noah zu. Sich immer mehr ereifernd, kramte er hektisch in seiner Tasche, bis er fand, was er suchte und es ihr vor die Nase hielt. Es war ein vergilbter Zeitungsausschnitt.

Ungläubig las Anne. Es handelte sich um einen Bericht über Rosley junior, Nachfolger eines großen Ölhais, und Spekulationen um das baldige Ehe-Aus. Ein alter Artikel mit skandalträchtiger Schlagzeile, bebildert durch ein verschwommenes Schwarz-Weiß-Foto, auf dem Menschen zu sehen waren, die sich ganz offensichtlich nichts mehr zu sagen hatten. Anne betrachtete das Bild sehr lange und intensiv. Man musste schon genau hinsehen, um Amber zu erkennen, aber ja, sie war es: klein und dünn, mit schwarzer langer Mähne, die ihr ins gebräunte Gesicht hing. Bikini und Sonnenbrille, außerdem ein Cowboyhut zum Schutz gegen die texanische Sommersonne. Ihr Vater, ein kräftiger Kerl mit der Miene eines Eisblocks, nippte an einem Cocktail, daneben seine Gattin mit starrem Gesichtsausdruck.

»Wo hast du das her?«, flüsterte Anne bestürzt.

»Ist doch egal, oder?«

»Sag es mir.«

»Dafür gibt es Archive und Mikrofiches.«

Ihr wurde schwindelig. »Mein Gott … du hast es von langer Hand geplant. Du hast wie eine Spinne dagesessen und auf dein Opfer gewartet, dir Informationen über Amber beschafft, ihren Hintergrund ausgekundschaftet … Lange bevor sie dir von ihrer Kindheit erzählt hat, wusstest du bereits alles. Du brauchtest sie praktisch nur noch auf den richtigen Pfad zu führen.«

Dazu schwieg er, aber Anne wusste auch so, dass sie mit ihrer Vermutung richtiglag. Sie bemerkte das kühne Glitzern in Noahs Augen, und die Erkenntnis, dass er alles mit äußerster Präzision eingefädelt hatte, stürzte sie in noch größere Verzweiflung.

»Ich kann nicht glauben, dass du zu so etwas in der Lage bist.«

Sie starrte immer noch auf das Bild. Alles war so verworren, so irrsinnig.

Noah ist geisteskrank, huschte es ihr durch den Kopf. *Megaloman.* Irgendwo hatte sie mal gelesen, dass megalomane Persönlichkeiten den Bezug zur Realität verloren und an Selbstüberschätzung litten. Es handelte sich um einen Hang zu Mammutinszenierungen. Um Größenwahn und Gier, oder was auch immer.

In ihrer ersten gemeinsamen Nacht hatte Noah erklärt, einen Tempel wie das Taj Mahal für eine Frau bauen zu wollen, die er wirklich liebte, und nicht der geringste Zweifel hatte in seiner Stimme mitgeschwungen. Damals hatte sie es für Gerede gehalten, aber nun begann sie zu glauben, dass es ihm womöglich ernst gewesen war. Nicht das mit der Liebe, sondern das mit dem Palast, den er erschaffen wollte, damit alle Welt sah, dass sie es mit dem großen Noah Berry zu tun hatte.

Er war ein von Geltungssucht durchdrungener Niemand, der ein Jemand sein wollte. Auf dem Court hatte er die Hauptrolle gespielt, bis alles aus dem Ruder geraten war, nun wollte er sie zurückerlangen – diese Rolle, die ihm seiner Meinung nach so außergewöhnlich gut stand. Wieso war sie nicht schon früher darauf gekommen, dass Noah jemand zu sein beabsichtigte, der er nicht war? Annes Gedanken überschlugen sich. Drei Jahre zuvor hatte solch ein Niemand namens Chapman den Ex-Beatle John Lennon umgebracht, nur um Bedeutung zu erlangen. Eine Berühmtheit töten, bloß um selbst berühmt zu sein. Aber das würde Noah natürlich nie tun. Nicht einmal in Erwägung ziehen würde er es, auch nicht im Affekt. Oder etwa doch? Sie waren an einem kalten Wintertag Arm in Arm am Dakota Building vorbeigeschlendert, vor dem Lennon drei Jahre zuvor erschossen worden war. Sie blieben kurz stehen, um zu den Fenstern hinaufzusehen, hinter denen der Musiker gewohnt hatte, und Noah ließ eine Bemerkung fallen. Beiläufig sagte er: »Er war für kurze Zeit auf dem Gipfel, aber das hat er nun davon, dass er so hoch hinauswollte.« Anne hatte damals nicht gewusst, ob er Lennon oder Chapman meinte, aber jetzt war ihr klar, dass er von dem größenwahnsinnigen Höhenflug des Attentäters gesprochen hatte.

Während sie immer noch auf das Bild in ihrer Hand starrte, durchschoss sie der Gedanke, die Tür aufzureißen und einfach fortzulaufen. Sie würde zur Rezeption rennen und von dort die Polizei alarmieren, damit man ihr half. Damit man Noah Berry half, denn er war krank. Oder war am Ende sie diejenige, die die Dinge überspitzt sah, und Noah nur ein blinder, dummer Junge, der sich eine Mutprobe abverlangte, weil sein Leben ihn langweilte?

Sie wollte fliehen, einfach nur raus aus dieser Sache.

»Geh doch, wenn du willst!«, fauchte Noah, als hätte er ihre Gedanken gelesen. Es war erstaunlich, geradezu unheimlich. Und auch sein Blick war beklemmend – sein bohrender Blick, der ihr verdeutlichte, dass er auch ohne sie klarkommen würde. Sie starrten sich an, und in diesem Augenblick wusste Anne, dass Noah sie tatsächlich nicht zurückhalten würde. Dass sie gehen konnte, wohin auch immer sie wollte. Aber sie würde den Schritt ohne Noah tun müssen, denn er schien noch immer überzeugt von sich und seinem Millionencoup.

»Ich werde dich nicht aufhalten«, erklärte er mit harter Stimme. »Nicht jetzt, nicht später. Aber wovor hast du Angst? Vor mir etwa? Weder dir noch ihr passiert etwas. Was Amber hier macht, geschieht freiwillig, niemand zwingt sie dazu, ihr wird kein Haar gekrümmt. Ich bin kein Verbrecher, hörst du?«

»Was denn dann? Entführung, Erpressung … sind das etwa keine Verbrechen?«

»*Versuchte* Erpressung«, korrigierte er sie. »Bis jetzt ist nichts geschehen. Und überhaupt – hast du dir schon mal Gedanken gemacht, wie das funktionieren soll, ohne Geld?«

»Wie was funktionieren soll?«

»Das mit uns. Ich habe nichts, bin praktisch mittellos. Ich

dachte, wenn ich … Ach, was nutzt es, wenn ich es dir zu erklären versuche, du verstehst es ja ohnehin nicht.«

»Man kann mich nicht mit Geld umstimmen, Noah.«

»Ich weiß, dass du keine Hure bist!«, erwiderte er wütend.

Sie seufzte. »Ich habe ja nicht gesagt, dass du mich kaufen willst. Weshalb hast du mir die Sache verschwiegen?«

»Weil ich wusste, dass du nicht mitgekommen wärst, wenn ich es dir vorher gesagt hätte.«

Natürlich nicht! Fassungslos stand Anne vor dem Mann, den sie liebte und begehrte und nicht eine Sekunde eines solchen Vergehens für fähig gehalten hatte. Und der ihr jetzt lapidar mitteilte, dass er sie nach Strich und Faden belogen hatte, weil sie sich sonst wohl von ihm verabschiedet, ihn vielleicht sogar verraten hätte.

Sie war ihm gefolgt, in dem Glauben, etwas von den Staaten zu sehen. Ein Liebespaar auf einem romantischen Roadtrip, sobald sie Amber abgesetzt hatten. Und jetzt bekam sie von eben diesem Mann zu hören, dass alles eine große Lüge war …

»Wie kannst du nur!«, begehrte sie schluchzend auf und versetzte Noah einen Schubs. Er stolperte nach hinten, fing sich wieder und sah sie ernst an. »Du musst nicht mitkommen. Du kannst gehen, wenn du willst.«

»Und dann?«, schrie sie mit schriller Stimme, und es war ihr ganz gleichgültig, ob das gesamte Motel sie hörte.

»Spazierst du zur Polizei, und niemand wird dir glauben. Es ist ja nichts passiert, Anne. Ich habe mir ja noch nicht mal überlegt, wie ich das mit der Geldübergabe organisieren soll. Und Amber scheint keinen Schimmer zu haben, wie sie ihren Daddy kontaktieren kann. Sie schiebt es immer wieder auf, und ich fühle mich verarscht.«

Wie konnte er bei alldem nur so ruhig bleiben, so cool, so

völlig abgeklärt? Hatte er denn gar kein Gewissen, dachte er überhaupt nicht nach?

»Was meinst du, wie *ich* mich jetzt fühle? Noah, was du da planst, ist Erpressung. Es ist verrückt. Denk doch nur daran, dass du in jedem Motel, in dem du schläfst, registriert wirst. Man hat deine Daten, man hat unsere Namen. Du kannst doch nicht im Ernst erwarten, dass ich mich auf so etwas Verrücktes einlasse.«

»Ich fahre auch allein weiter«, erwiderte er knapp und betrachtete sie mit eisiger Miene. »Allein mit Amber.«

Allein mit Amber …

Danach war es bis auf das Surren der Klimaanlage still, doch Annes Sprachlosigkeit angesichts der Ungeheuerlichkeit seines Vorhabens und der kalten Drohung schlug blitzschnell in Zorn um. Sie war weder erpressbar noch käuflich. Sie wusste, was sie wollte, und erst recht, was sie *nicht* wollte. Dann sollte er doch fahren, verdammt noch mal! Mit Amber, diesem fiesen, kleinen, verlogenen Miststück, das ihn geschenkt haben konnte.

Anne fiel erst jetzt auf, dass sie immer noch nackt war, was sie weiter gegen ihn aufbrachte. Sie drängte sich an ihm vorbei, aber er hielt ihren Arm fest. In seinen Augen lag ein fremder, beinahe fanatischer Ausdruck.

»Lass mich los!«, sagte sie kalt.

»Was wirst du tun?«

»Das einzig Richtige. Und jetzt scher dich zum Teufel, weil ich nämlich sonst so laut brülle, dass du schon an Ort und Stelle in Schwierigkeiten gerätst.«

Da gab er sie frei und trat zur Seite. »Dann ist es sicher zwecklos.«

»Das kann man wohl sagen«, erwiderte sie und rannte schluchzend ins Bad.

KAPITEL 12

Wenn sie später an jenen Abend zurückdachte, an die unseligen Minuten, die sie in dem schmuddeligen Badezimmer zugebracht hatte, war da stets die Gewissheit, dass sie glücklicher geworden wäre, wenn sie so souverän reagiert hätte, wie sie es Noah gegenüber angekündigt hatte. Stattdessen kauerte sie dort, haderte mit sich und fragte sich, was nun werden würde, aus ihr, aus Noah und aus Amber oder gar den beiden als Paar. Schließlich war sie zu einem Entschluss gelangt. Sie würde ihre Sachen packen und verschwinden, wohin auch immer.

Anne wickelte sich ein Badetuch um den Körper und öffnete die Tür. Hocherhobenen Hauptes marschierte sie an Noah vorbei, doch der hielt sie an der Taille fest und zog sie roh zu sich heran. Sie war überrascht, dass er es tat, und überrascht über die Empfindungen, gegen die sie scheinbar machtlos war. Augenblicklich konnte sie es spüren – das erregende Gefühl des Feuchtwerdens.

Mit einer einzigen Bewegung presste er ihre Arme gegen die Wand, sodass sie sich nicht wehren konnte, und dann beugte er sich vor und küsste sie. Er schmeckte nach Tabak und Untreue, nach Gier und Zorn. Sein Kuss war hart und fordernd, fast schon rücksichtslos. Doch sie ging darauf ein, spürte seine Härte an ihrem Bauch, fühlte, wie sich das Sehnen ausbreitete und zu einer verzehrenden Flamme wurde. Sie wollte ihn in dieser Sekunde, wie sie ihn noch nie zuvor gewollt hatte. In stummem Protest wehrte sie sich dennoch gegen seine Wildheit, was ihn nur noch mehr erregte. Anne hörte ihr eigenes tiefes Atmen und sein Stöhnen. Wollüstig wie ein junger Stier presste er sein kratziges Gesicht an ihres, atmete sie ein. Entschlossen und mit einer heftigen Bewegung riss er ihr das Badetuch vom Leib. Sie seufzte, als seine Finger tief in sie hineinglitten, und da er spürte, dass sie bereit für ihn war, ließ er sich keine Zeit für ein zärtliches Vorspiel. Wie von Sinnen riss er die Knöpfe seiner Jeans auf, hob Anne hoch, presste sie gegen die Wand, vergrub das Gesicht an ihrem Hals, zwängte sich in sie hinein und liebte sie wie ein wildes Tier. Und da war es Anne längst gleichgültig, dass sie sich von ihm bezwingen ließ – ob nur für den Moment oder für immer.

In jener Nacht fand Noah keinen Schlaf. Anne lag neben ihm, erschöpft und selig vom ausgiebigen Sex. Sie schlief tief und fest, da war er ganz sicher, denn ihr Atem ging regelmäßig und ihre Gesichtszüge waren völlig entspannt, während er selbst vor Wut vibrierte, sobald er an die doppelzüngige Schlange im Nebenzimmer dachte.

Hatten sie sich nicht vor ihrer Abreise aus New York eine Deadline gesetzt? Binnen einer Woche sollte alles über die Bühne sein. Stattdessen rannte ihnen nun die Zeit davon, und Amber erfand immer wieder neue Ausreden, während er, Noah Berry, sich hinhalten und zum Affen machen ließ.

Er und Amber waren sich doch einig gewesen – eine Million Dollar Lösegeld wollten sie fordern, eine halbe für ihn, eine halbe für sie, wobei sie noch die Genugtuung und vielleicht sogar ein bisschen Mitleid von ihrem Vater dazubekam. Und jetzt drohte sein Plan wie ein Kartenhaus in sich zusammenzufallen, denn sie hatten bislang nicht mal den ersten Anruf getätigt, weil das Miststück Amber behauptete, ihr Vater jage von Konferenz zu Konferenz, von Ölfeld zu Ölfeld. Noah war es gleichgültig, wo der versnobte Rosley seine Zeit verplemperte, wichtig war einzig und allein, dass Amber ihn endlich an die Strippe bekam, aus welchem Meetingsaal sie auch immer ihn holen ließ. Er musste sie irgendwie dazu bringen, sich an die Verabredung zu halten, dieses verdammte Telefonat zu führen, und sich mit ihr darüber einig werden, was geschah, wenn Daddy Rosley weiterhin den Unnahbaren spielte.

Am Morgen in El Rancho hatte er Amber noch mal zu einer Telefonzelle geschleppt, doch sie hatte niemanden erreicht, weder unter Rosleys Direktwahl noch unter seiner Privatnummer, die sich Noah Ziffer für Ziffer sorgsam eingeprägt hatte. Mit der Sekretärin ihres Vaters zu sprechen lehnte Amber ab, und im Grunde genommen tat er das auch. Schließlich sollte niemand etwas mitbekommen.

Jetzt war es tiefe Nacht, auch in Texas. Da ruhte sich doch sicher auch ein Ölboss aus – die beste Stunde also, um ihn aus den Federn zu holen. Und der vergoldete Apparat stand sicher gleich neben seinem Bett …

Noah stellte sich bildhaft vor, wie Ambers Vater seelenruhig in seinem Luxusbett vor sich hinschnarchte. Wie er, Noah, ihn endlich anrief und ihm zu verstehen gab, dass er seine Tochter entführt hatte und es ihm ernst war. Er legte sich die Worte zurecht und verwarf sie wieder. Nun, was sagte man am besten? *Ich bestehe darauf, dass Sie umgehend …* Nein, so nicht. Besser sprach er von sich in der Mehrzahl. Das wirkte bedrohlicher. Er musste den Eindruck erwecken, dass eine Gruppe am Werk war. Andererseits durfte Rosley nicht annehmen, seiner Tochter sei etwas zugestoßen. *Ihr geht es gut. Sie ist in Sicherheit. Sie wird unversehrt bleiben, wenn Sie auf unsere Forderungen eingehen.* Und dann war es an der Zeit, die Forderung zu wiederholen. *Eine Million Dollar. Transferiert an die Bank, die ich Ihnen vorgebe.* Nein, halt. Das war irrwitzig. *Packen Sie das Geld in einen Koffer, gebündelt in Päckchen, bestehend aus Hundertern. Hinterlassen Sie den Koffer in einem von mir später genannten Motel.* Auch das war Irrsinn.

Und dennoch, jetzt hielt ihn nichts mehr neben Anne. Umständlich schälte er sich aus den verschwitzten Laken und stand so leise wie möglich auf, um sie nicht zu wecken. Solange Anne glaubte, es sei alles nur ein durchdachter, aber nicht realisierbarer Plan, würde sie ihn nicht anschwärzen können. Und überhaupt – was hatte sie schon gegen ihn in der Hand? Ihr Wort stände letzten Endes gegen seines.

Dennoch – vielleicht war es besser, die Sache jetzt ganz allein durchzuziehen, damit ihn tatsächlich niemand verpfeifen konnte. Aber je länger er darüber nachdachte, desto mehr wurde ihm seine Abhängigkeit zumindest von Amber bewusst. Ohne Amber funktionierte die ganze Geschichte nicht, und das wusste sie ganz genau.

Es half alles nichts, er musste zu ihr und ihr unmissverständlich klarmachen, dass er keinen weiteren Aufschub mehr duldete und sie sich gefälligst an die Abmachung halten sollte. Etwas weiter die Straße hinunter hatte er eine Telefonzelle gesehen – dort würden sie es hinter sich bringen. Ihm war es jetzt bitterernst damit.

Rasch und entschlossen zog Noah Jeans und T-Shirt an, schnappte sich Schlüssel und Zigaretten, und nachdem er sich noch einmal vergewissert hatte, dass Anne auch wirklich schlief, verließ er auf leisen Sohlen das Zimmer.

Anne konnte nicht sagen, warum, aber nach einer trunkenen, aufwühlenden Nacht, in der sie Noah tausend Mal zum Teufel geschickt und mindestens ebenso oft das Gegenteil getan hatte, fuhren sie am nächsten Morgen gemeinsam weiter. Sie kannte sich selbst nicht mehr. Noch immer gab es die Möglichkeit auszusteigen – aus dem Wagen, aus der ganzen Sache –, doch sie saß wie versteinert da. Zehn Jahre zuvor war der Enkel des Ölmilliardärs Paul Getty in Rom von der Mafia entführt worden. Die Entführer hatten ihm die Hälfte des rechten Ohrs abgetrennt, um den zahlungsunwilligen Großvater zur Herausgabe der geforderten Lösegeldsumme zu bewegen. Aber an solch eine Barbarei dachte hier ja niemand. Noah hatte ihr versichert, dass es nicht zur Anwendung von Gewalt kommen würde. Dass Amber alles aus freien Stücken mitmachte und ihr niemand etwas zuleide tat.

Noah dachte nur ans Geld, er träumte von Reichtum und der Macht, die damit verbunden war. Mächtige Menschen konnten alles haben. Alles und jeden. Glaubte er zumindest.

Anne hingegen wusste, es war illusorisch anzunehmen, dass man es auf diese Weise jemals zu etwas bringen würde. Noah würde nach der Tat sein Leben lang auf der Flucht sein. Annes Kopf dröhnte, und während sie immer wieder von Schwindel übermannt wurde, dachte sie an Getty und die endlosen fünf Monate, die die Entführer letztlich mit ihm verbracht hatten. Fünf Monate würde *sie* nicht durchstehen. Die würde keiner von ihnen durchstehen. Damit es gar nicht erst so weit kam, musste sie Noah diesen Unfug austreiben und noch einmal mit Amber sprechen. Bereits am Morgen, als Noah Kaffee holen ging, hatte sie versucht, dieser ins Gewissen zu reden. Zunächst war Amber erschrocken gewesen, dass Anne von ihrem und Noahs Geheimnis wusste, dann hatte sie versucht, die ganze Sache herunterzuspielen, um Anne schließlich vorzuschlagen, sich einfach von ihnen zu distanzieren, wenn ihr nicht passte, was sie taten. Das hättest du wohl gern, hatte Anne gedacht und ihrer ehemaligen Freundin eine fünfminütige Standpauke gehalten. Seither hatten die beiden Frauen kein Wort mehr miteinander gesprochen. Später, wenn die Gemüter wieder abgekühlt waren, würde sie es ganz in Ruhe erneut versuchen, beschloss Anne jetzt. Die Hoffnung gab sie nicht auf, vielleicht ließen sich die beiden anderen ja noch umstimmen.

Die Stimmung im Auto war angespannt. Und es wurde immer heißer. Je näher die Grenze zu Nevada rückte, desto trockener wurde die Luft. Es war beinahe so, als seien sie auf einem anderen Planeten gelandet. Ringsum war alles karg und staubig. Die Sonne stand trotz der späten Nachmittagsstunde flammend über den Bergen und brannte auf das Wagenblech, sodass sich der Innenraum trotz Klimaanlage immer mehr aufheizte. Das Wagenthermometer zeigte gut vierzig Grad an. Außerdem wehte ein heißer Wind. Fluchend klappte Noah die Sonnenblende herunter, weil er nichts mehr sah.

Bald würde ihr Wasservorrat aufgebraucht sein. Kurz entschlossen lenkte Noah den Wagen an die nächste Tankstelle. Er parkte, stieg aus und schlug die Tür zu. In dem klimatisierten Shop nahm er die Sonnenbrille ab, griff nach mehreren gekühlten Flaschen Wasser und stellte sich damit in die Schlange an der Kasse. Es würde dauern, bis er an der Reihe war, und das machte ihn nervös. Er sah auf und warf einen Blick nach draußen. Aus einem Truck sprang ein Fernfahrer heraus – ein großer, grobschlächtiger Kerl, der Noah nicht geheuer war und zielstrebig auf den Laden zugestapft kam. Noah fühlte sich unwillkürlich an eine Verfolgungsjagd aus einem Film erinnert, in dem ein Mann von einem irren Trucker durch die Wüste verfolgt wird. Ein Albtraum, der im Wilden Westen schnell zur Wirklichkeit werden konnte …

Er spürte, wie angespannt er war, und rückte ein Stück weiter vor. Jemand hatte bezahlt und ging zu seinem Wagen. Die Schlange wurde immer länger, was den übergewichtigen Kassierer nicht zu stören schien. Die Menschen hier hatten so etwas Träges an sich und eine eigenartige Plumpheit, die Noah zuwider war. Er dachte noch darüber nach, als er merkte, dass er dran war. Noah trat vor, zeigte die Wasserflaschen und legte ein paar zerknitterte Dollarscheine auf den Tisch.

Der Mann hinter dem Tresen hob den Kopf und musterte ihn, während er das Geld an sich nahm und in die Kasse legte. Er spießte Noah mit seinem intensiven Blick regelrecht auf. Noahs Herz begann schneller zu klopfen. Er spürte, wie ihm der Schweiß ausbrach. Vielleicht, so überlegte Noah, stierte er jeden so an, versuchte sich die Gesichter einzuprägen, einfach nur zum Spaß. Nicht den Bruchteil einer Sekunde hatten die Augen des Kassierers von Noah abgelassen, auch nicht, als er ihm das Wechselgeld über den Tresen schob. Dann sah er nach draußen. Noahs Blick folgte seinem unwillkürlich.

Sein Herz machte einen erschrockenen Satz.

Gleich neben ihrem Wagen parkte ein Streifenwagen.

Seine Beine waren schwer wie Blei, als er unter den Blicken der Wartenden den Tankshop verließ und in die brüllende Hitze hinaustrat. Dabei versuchte er, unbeteiligt zu wirken, ganz locker. Nur noch ein paar Schritte, dann würde er am

Wagen sein. Er würde sich hinters Steuer schwingen, den Motor anlassen und losfahren. Ganz langsam natürlich, damit es nicht auffiel. Damit *was* nicht auffiel? Was hatte er denn verbrochen? Nichts, was man ihm direkt nachweisen konnte. Er war auf Vergnügungsreise mit seinen beiden Freundinnen. Die heißesten Semesterferien, die sich ein Sportstudent vorstellen konnte. Die Cops würden ihn darum beneiden.

Lauernd saßen sie in ihrem Wagen. Aus dem Augenwinkel sah er, dass sie ihn beobachteten. Er tat so, als hätte er sie nicht bemerkt, aber dann fragte er sich, ob er nicht doch einen Blick riskieren sollte. Niemand sah an einem Streifenwagen vorbei. Wenn man nichts zu verbergen hatte, durfte einen der Anblick eines Polizeiwagens nicht aus dem Gleichgewicht bringen. Also hob er das Gesicht und grüßte freundlich in Richtung der Beamten. Ein bisschen abrupt vielleicht, denn zuvor hatte er angestrengt woanders hingesehen. Aber sicher hatte das niemand bemerkt. Polizisten hatten andere Dinge zu tun, als sich über die Blicke normaler Bürger den Kopf zu zerbrechen.

Ihm rutschte das Herz in die Hose, als einer der Cops plötzlich ausstieg und zielstrebig in Richtung des blauen Fords marschierte. Noahs Blick huschte von seiner Waffe zum Schlagknüppel und wieder zurück. Für einen Moment schloss er die Augen. Ihm wurde schlecht, und ihm ging alles Mögliche durch den Kopf. Wenn er jetzt nicht losrannte, war er verloren. Und wenn er es tat, war er es erst recht. Sein Herz schlug rasend, während er vorsichtig zur anderen Straßenseite blinzelte. In Gedanken tat er einfach einen Satz nach rechts und preschte los, in Wirklichkeit aber blieb er stehen und sagte höflich: »Guten Tag, Officer.«

Der Beamte nickte ihm zu. Freundlich, wie Noah fand,

zumindest neutral. »Ist das Ihr Wagen?«, fragte er, und Noah fiel auf, dass über seinen Lippen ein rötlicher, feiner Schnurrbart tanzte, der nicht zu seiner stattlichen Statur passte.

»Nein«, antwortete Noah. »Es ist ein Leihwagen.«

»Sie wissen, dass die Tür beschädigt ist?«

Die enorme Beule, die sich wie von Geisterhand in die Tür gegraben hatte, sah Noah zum ersten Mal. Ihm wurde heiß und kalt, trotzdem nickte er, so entspannt wie möglich. »Ich habe den Schaden schon gemeldet«, log er. »Die Versicherung wird dafür aufkommen.«

»Ein Unfall?«

Noah ließ sich blitzschnell etwas einfallen. »Nein, das nicht«, sagte er. »Wir haben an einem Bergsee in Colorado gecampt, und als wir am Morgen los wollten, war die Beule da. So was kann passieren, wenn man in der Wildnis unterwegs ist.«

Der Cop zögerte für einen Augenblick und schien sich auf seinem gedanklichen Merkzettel etwas zu notieren. »Ferien?«, fragte er dann knapp, aber nicht unfreundlich.

»So in etwa. Wir sind auf Spritztour.«

Der Mann in Uniform lugte in den Wagen und beäugte die zwei hübschen jungen Frauen, die ihm zunickten und freundlich grüßten.

»Wo soll die Spritztour denn hingehen?«, wollte er wissen. Seine Frage klang immer noch beiläufig. Er schien keinen Verdacht zu schöpfen.

Noah spürte ein Kratzen im Hals, räusperte sich. »Wir wissen es noch nicht so genau, erst mal wohl nach Las Vegas, danach zum Pazifik. Wir waren noch nie in L.A. Wir kommen von der Ostküste, aus New York.«

»Hm, ganz schön langer Weg bis hierher.«

»Nun ja, wir haben Semesterferien, wissen Sie.«

»Sie haben sich eine heiße Zeit ausgesucht, um die Gegend zu erkunden. Der Juli ist der schlimmste Monat in Nevada.«

»Das haben wir auch schon gemerkt.«

Noah hatte das ungute Gefühl, dass der ungezwungene Small Talk nun vorüber war. Und tatsächlich, der Ton des Cops wurde geschäftsmäßig kühl. »Ihren Führerschein, bitte, und die Zulassung.«

Noah rutschte das Herz in die Hose. In seinem Kopf drehte sich alles. Er brachte ein zaghaftes Nicken zuwege und murmelte: »Sicher.« Er griff in seine Hosentasche, spürte, wie seine verschwitzten Finger dabei zitterten, zog schließlich seine Brieftasche hervor und überreichte dem Mann die Papiere.

»Hier, bitte.«

Der Cop marschierte mit den Dokumenten zum Streifenwagen, um dort etwas mit seinem Kollegen zu besprechen. Ein Knacken drang aus dem Funkgerät. Der Cop nahm es in die Hand und sprach. Noah verschwamm alles vor den Augen. Auch Anne und Amber, von denen der Beamte sicher dachte, sie seien seine Nutten, konnte er nicht mehr klar erkennen. Der Nebel lichtete sich erst, als der Cop wieder vor ihm stand – breitschultrig und fast so groß wie er selbst. Noah fühlte sich von seinem eindringlichen Blick wie durchbohrt. Er schluckte und krächzte: »Ist etwas nicht in Ordnung, Officer?«

Der uniformierte Mann schüttelte den Kopf. »Sie können weiterfahren.«

Noah hätte vor Erleichterung beinahe einen Luftsprung gemacht. Er konnte sein Glück kaum fassen. »Aber Sie suchen jemanden?«, haspelte er schnell. Gleich darauf biss er sich so heftig auf die Zunge, dass er fast aufgeschrien hätte.

Der Beamte nickte. »Las Vegas ist ein heißes Pflaster. Gestern hatten wir es mit einem Casinomord zu tun. Der Täter ist flüchtig, und wir grasen die Gegend ab. Reine Routine.«

»Ach so. Na dann.«

»Weiterhin gute Fahrt«, wünschte ihm der Mann augenzwinkernd. »Und viel Spaß noch mit den Mädels.«

»Den werde ich haben.« Noah lachte, stieg in den Wagen und winkte den beiden Polizisten zum Abschied zu. Nachdem sie fort waren, atmete er erst einmal tief durch und juchzte laut. Der lähmende Schreck war einem Gefühl grenzenloser Erleichterung gewichen. Er war plötzlich wieder in Triumphstimmung, in regelrechter Siegerlaune. War er nicht cool geblieben? Cooler ging's doch gar nicht. Er hatte die Bullen eiskalt abserviert. Aber dann fiel ihm die Sache mit Amber wieder ein und dass alles davon abhing, wie weit sie gehen wollte.

Aus dem Augenwinkel nahm er wahr, dass sie sich zu ihm nach vorn beugte. Sie berührte ihn am Arm. »Das hast du gut gemacht, ganz große Klasse«, säuselte sie, und es lag eine Leidenschaft in ihrer Stimme, die ihn erregte. Ein bisschen albern kam er sich schon vor, während sie voll des Lobes über seinen Arm strich, aber selbst nachdem ihre Finger längst wieder fort waren, glühte die Stelle, an der sie ihn berührt hatte, wie eine Brandwunde. Als hätte sie dort ein unauslöschliches Zeichen hinterlassen. Er atmete den süßen Duft ihres Schweißes ein, gepaart mit ihrem teuren Parfüm, das durch das Wageninnere zog.

»Eine kleine Zirkuseinlage«, erklärte er und wusste selbst nicht genau, was er damit meinte. »Der Cop hat bloß seine

Arbeit getan, und wir vergessen ihn, so wie er uns vergisst, sobald er wieder auf dem Highway ist.«

Das hoffte er zumindest, wenngleich er insgeheim der festen Überzeugung war, dass es so etwas wie schlechte Omen gab. Momente, in denen sich Zeichen wie schwarze Vorboten näherten. Vielleicht war dies so ein Augenblick gewesen?

KAPITEL 13

Sie wurden verfolgt.

Eine böse Ahnung war ihm auf den Fersen. Noahs aufgeflammte Triumphstimmung hatte sich binnen kürzester Zeit in der flirrenden Sommerhitze aufgelöst. Es war schon verrückt, wie leicht er den Cops entkommen war. Hatten sie denn gar nichts bemerkt? Und wie war die Beule in den Wagen gekommen? Wahrscheinlich würden die Bullen irgendwo wieder aufkreuzen, womöglich gerade da, wo er es nicht vermutete. Sie würden sich an den suspekten Typ erinnern. An den Studenten mit dem Dreitagebart und den zwei hübschen Mädels. Und an das Zucken um seinen Mund, das immer diejenigen befiel, die etwas zu verbergen hatten.

Die Dämmerung setzte ein, doch Noah bemerkte es nicht, denn sein Gehirn befand sich auf Stand-by, während sie über den leer gefegten Highway brausten. Vom Wüstenwind zerfressene Bergketten glitten am Fenster vorbei, dann wieder nacktes steiniges Land, mal braun, mal rot, mal purpurn. Man wurde unendlich müde von dieser Landschaft, in der es nicht viel gab außer Kargheit und langweiligen Nestern, die lediglich ein paar Saloons und eine Tankstelle zu bieten hatten.

Am Rande einer dieser verrottenden Ortschaften machten sie schließlich halt und suchten sich ein Motel für die

Nacht – eine schäbige Bleibe, in der man am besten so schnell wie möglich die Augen schloss. Doch obwohl Noahs Augen wie Feuer brannten, fand er keine Ruhe. Er lag fast bis zum Morgengrauen wach, und die Stunden zogen sich endlos und zäh wie Kaugummi. Grübelnd wälzte er sich in den Kissen, von Mutlosigkeit zerfressen. Und später, als im Nebenzimmer jemand seine Nutte bumste, stieg dazu noch Wut in ihm auf und mit ihr unliebsame Erinnerungen, die ihn wieder in seine Kindheit zurücktrugen, in der er über Jahre hinweg Nacht für Nacht dem Ächzen und Stöhnen der zahllosen Freier hatte lauschen müssen. Er fühlte sich ausgelaugt, und als man im Nebenzimmer zum Ende kam, hätte er beinahe aufgestöhnt vor Erleichterung. Irgendwann schlief er ein, um kurz darauf von einem schrecklichen Albtraum überfallen zu werden. Es war stockfinster. Aber von irgendwoher kamen wabernde Helligkeit und Stimmen. Angst durchflutete ihn. Waren sie gekommen, um ihn zu holen? War seine Mutter wieder da? Die Bettdecke hob sich, jemand legte sich neben ihn. Dann eine warme Hand auf seiner Hüfte. Feuchte Haut an seinem Hintern. Atmen. »Nein«, schrie er. »Nein!« Panisch strampelte er sich aus dem schlimmsten aller Träume empor. Und draußen schien die Sonne und brannte durch die Scheiben, mitten in sein unrasiertes Gesicht.

Noah lag ganz still da und wartete darauf, dass sein Herz sich beruhigte. Es schlug wie tausend Trommeln, während er langsam realisierte, dass es Anne war, die sich an ihn schmiegte. Gleichzeitig drang Ambers Stimme aus dem Badezimmer. Sie duschte und sang dabei. Seifte sich ein. Legte Deodorant und Parfüm auf, während sich Anne an ihn kuschelte und vergeblich seine Nähe suchte. Er konnte jetzt nicht mit ihr schlafen. Nicht einfach so tun, als sei alles in bester Ordnung zwischen ihnen. Denn das war es nicht. Er hatte sie schwer enttäuscht und war dabei, dieses süße rechtschaffene Mädchen ins Verderben zu stürzen – eine Tatsache, die ihn gleichermaßen bestürzte und beschämte. Er konnte sich wirklich nicht erinnern, wann er sich zum letzten Mal für etwas geschämt hatte. War das überhaupt schon einmal der Fall gewesen? Jetzt tat er es, und nicht nur deshalb, weil er Anne in seinen kriminellen Plan verwickelt hatte. Er schämte sich auch dafür, dass sie ihm nicht genügte. Dass er plötzlich Amber hinterhersah, wenn sie halb nackt zur Dusche tapste, wenn sie sich für die Nacht fertig machte, ins Bett stieg …

Womöglich, so überlegte er, war Anne einfach eine Spur zu anständig für ihn, und auf Dauer würde es einfach nicht funktionieren. Aber war sie das wirklich, wenn sie jetzt, da sie Bescheid wusste, noch immer bei ihm blieb? Vielleicht unterschätzte er sie ja völlig, und in Wirklichkeit war sie von einem ganz anderen Kaliber. Vielleicht hatten sich die beiden Frauen ja in irgendeiner Weise gegen ihn verschworen! Möglich war es.

Annes Hand strich gerade über seinen nackten Bauch, hinunter zu seinem Glied, an dem sie sich zu schaffen machte. Aber es regte sich nichts. Er fühlte sich ausgelaugt und war viel zu sehr mit der Wut auf sich selbst beschäftigt, mit wirbelnden Gedanken, die ihm jeglichen Spaß verleideten. Außerdem würde Amber jeden Moment aus der Dusche kommen, nur in ein kleines Handtuch gehüllt. Sie würde erschrocken stehen bleiben, noch perlnass, und sie beim Liebesspiel beobachten. Vor ein paar Tagen hätte es ihm noch gefallen, von ihr in flagranti erwischt zu werden. Aber jetzt verhielten sich die Dinge plötzlich anders …

Sanft schob er Annes fordernde Hand fort, schälte sich

aus den Laken und kleidete sich wortlos an. Anne warf ihm einen zornigen Blick zu und rollte sich dann beleidigt in ihr Bettlaken.

Als Amber aus der Dusche kam, trug sie um ihren kleinen Körper ein Badetuch, das sie zwischen den Brüsten zum Knoten gebunden hatte. Auf ihrer getönten Haut glitzerten winzige Wasserperlen, ein paar davon rollten ihr ins Dekolleté. Um ein Haar hätte Noah sie angeherrscht, sich gefälligst im Badezimmer etwas Vernünftiges überzuziehen, aber dann wandte er sich nur ab. »Ich gehe vor die Tür«, sagte er. »Eine rauchen.«

Und da hockte er nun auf der Holztreppe, während sich die Frauen in aller Ruhe anzogen, und starrte den wegfahrenden Wagen nach. Meist saßen Pärchen darin, und fast alle sahen mehr oder weniger fertig aus. Wohin sie fuhren, wusste er nicht. Er wusste ja nicht mal, wohin seine eigene Reise ging. Eine Idee hatte er zwar, aber die Zeit wurde knapp, ebenso wie das Geld, das allenfalls noch für eine Woche reichen würde. Und dann? Ihm fiel ein, dass er nicht mal geduscht hatte. Stattdessen hatte er die Flucht ergriffen, weil er ihre Anwesenheit nicht mehr ertrug – weder Annes noch Ambers, in welcher Reihenfolge auch immer.

Es herrschte kaum Verkehr, und sie kamen zügig voran, aber in Noah tobte eine Revolte. Sein Knöchel tat ihm weh, und am liebsten wäre er aus dem Wagen gesprungen oder gleich aus seiner transpirierenden Haut. Es wurde beständig heißer, und um neun Uhr zeigte das Thermometer bereits fast vierzig Grad. Um zehn Uhr hatten sie Las Vegas erreicht. Die aus der Wüste gestampfte Spielermetropole war urplötzlich am Horizont aufgetaucht, wie eine Fata Morgana, die vor seinen Augen förmlich flimmerte. Sie würden sie wohl durchqueren müssen, selbst wenn sie davon ausgehen mussten, allein wegen des Casinomordes in Kontrollen zu geraten. Der alte Rosley kam sicher regelmäßig mit dem Privatjet her, um an seinem Stammspieltisch seinen Reichtum noch zu vergrößern. Noah stellte sich vor, wie der Ölmulti lässig mit den Roulettechips und den gewonnenen Dollars um sich warf und anschließend mit vollen Taschen in seine Hotelsuite schlurfte, in der er sich vom Zimmerservice ein halb rohes Steak und eine Flasche französischen Champagner servieren ließ. Und wenn es ihm danach war, orderte er ganz sicher auch eine Nutte, die er mit einem läppischen Trinkgeld abspeiste. Noah wurde schlecht angesichts dieser Ungerechtigkeit.

Es war noch nicht einmal Mittag, und der Asphalt glühte regelrecht. Zwischen den Häuserschluchten ging kein Lüftchen. Noah hatte die Klimaanlage hochgedreht, was nichts daran änderte, dass es im Wagen immer wärmer wurde. Er leckte sich die Lippen. Die Zunge klebte ihm wie Sandpapier am Gaumen, während er in Gedanken bereits im Geld badete. Noah bremste in der allerletzten Sekunde. Die Ampel war auf Rot gesprungen, und beinahe wäre er dem Vordermann aufgefahren. Mit quietschenden Reifen kam er hinter dem schnittigen Chevrolet zum Stehen. Der Typ, bestimmt ein Zuhälter, lehnte sich aus dem Fenster und schimpfte. Noah sah die funkelnden Ringe an seinen Wurstfingern. Vielleicht hätte er noch zusätzlich Gas geben sollen. Auch die Frauen schimpften auf ihn ein. Er solle doch aufpassen, verflucht noch mal. Ob er denn keine Augen im Kopf habe. Und Noah kam sich vor wie ein Volltrottel. Irgendwie gelang es ihm, äußerlich cool zu bleiben, während er innerlich kochte. Es sei doch nichts passiert, sagte er lässig. Und klemmte sich einen Glimmstängel zwischen die

Lippen. Die Ampel sprang auf Grün. Mit Mühe und Not riss sich Noah zusammen und versuchte, sich von nun an besser auf den Verkehr zu konzentrieren. Aber Amber schimpfte weiter. Im Rückspiegel sah er, dass sie sich theatralisch den Nacken rieb. Und was glotzte Anne ihn so merkwürdig an?

Sie beobachtete, wie er Amber im Rückspiegel hin und wieder Blicke zuwarf. Sie hätte ihren Kopf wenden müssen, um festzustellen, ob Amber die Blicke erwiderte. Erwiderte sie seine Blicke? Nein, tat sie nicht. Sie starrte mit leeren Augen vor sich hin. Und als Noah Amber so ansah, überfiel ihn eine schockierende Erkenntnis. In Ambers Augen … war etwas. Und es war auch in ihm selbst, so stark und unwiderruflich, dass es ihn schockte. Die Strategie ging nicht auf. Der Fallschirm, den er hatte spannen wollen, klemmte. Sie stürzten ab. Ins Bodenlose.

Amber musste mal. Sie hatte eine schwache Blase. »Wenn du nicht gleich anhältst, mache ich in die Hose.«

Noah nickte nur und steuerte den nächsten Truckstop an. Während Amber in der Cafeteria verschwand, warteten Noah und Anne im Wagen. Noah war ganz dankbar, dass er mal ein paar Minuten mit Anne allein sein konnte, auch wenn sie nur nebeneinander saßen und schwiegen. Allerdings würden sie irgendwann konkret über die Zukunft sprechen müssen, über das, was nach der Entführungsgeschichte kam. Sie konnte nicht zurück nach Deutschland, das stand fest. Wenn sie ging, war es vorbei – dieses kleine, fiese Wort tickte in seinem Kopf wie eine Zeitbombe …

Sie saßen da und beobachteten die Leute, die in der Cafeteria und im angrenzenden Laden verschwanden. Diejenigen, die das Gebäude verließen, hatten die Hände voller

Einkäufe: Kaugummi mit Pfefferminzgeschmack, Kartoffelchips, abgepackte Sandwiches, Becher mit Kaffee oder Erfrischungsgetränken. Einem Mann, der fünf Becher balancierte, passierte ein Missgeschick. Eine Frau schimpfte mit ihrer Tochter, weil sie nicht spurte. Eine andere schimpfte mit ihrem Mann, weshalb auch immer. So waren die Frauen eben. Immer auf Streit aus. Immer im Recht.

Die Minuten vergingen, und Amber kam nicht von der Toilette zurück. Noah wurde immer ungeduldiger, und als er registrierte, dass sie bereits eine volle Viertelstunde verschwunden war, versetzte ihm das einen Schock. Wie von der Tarantel gestochen richtete er sich auf. Seine Stimme vibrierte, als er Anne anherrschte: »Geh und sieh nach, was sie da treibt. Mach schon!«

»Ich weiß nicht, was …«

»Soll ich etwa gehen?«, blaffte er. »Auf die Damentoilette?«

»Meine Güte, bist du gereizt«, murmelte Anne und stieg aus. Sie knallte die Tür so fest zu, dass die Tanknadel vibrierte. Ihr Schritt war langsam und träge. Gerade als Noah aus dem Wagen hechten wollte, um sie anzutreiben, kam Amber um die Ecke. Seelenruhig. Ohne das leiseste Anzeichen von Schuldbewusstsein. Sie lächelte und wechselte ein paar Worte mit Anne. Dann kamen die beiden zurück zum Wagen. Noah war ausgestiegen.

»Wo warst du?«, zischte er durch die Zähne.

»Pinkeln«, antwortete Amber gleichgültig. »Wieso?«

»Hast du telefoniert?«

»Nein.«

»Du lügst.«

»Wenn du meinst.«

»Wen hast du angerufen?«, insistierte er.

»Wieso?«, fragte sie zurück.

Die Polizei, dachte er. Sie hat die Polizei verständigt.

Er hatte sie von einem Plan überzeugt, den sie fälschlicherweise für ihren eigenen hielt – und nun rächte es sich. Jetzt nahm sie die Fäden in die Hand und ließ ihn ins Messer laufen. Vielleicht weil sie ihn wollte und hasste, beides zugleich. Anne, die gerade ziemlich unbeteiligt wirkte und mit hängenden Armen umherstand, hatte recht gehabt. Sie hatte mit allem recht, die kluge deutsche Frau. Nur leider wusste sie nicht alles. Unwillkürlich dachte Noah an die Frist, die man ihm in New York und die er sich selbst gesetzt hatte. *Miststück. Verdammtes Miststück.*

»Meinst du etwa, ich hätte etwas getan, was ich nicht hätte tun sollen?«, versetzte das Miststück jetzt maliziös. »Dir geht wohl die Fantasie durch, Noah. Du siehst Gespenster. Lass uns weiterfahren. Ich musste aufs Klo, jetzt geht es mir wieder gut. Vielleicht solltest du auch mal zur Toilette und dir ein bisschen Wasser ins Gesicht spritzen. Offenbar bist du überhitzt.«

Anne hatte bislang unbeteiligt daneben gestanden. Nun sah sie von Amber zu Noah, dann wieder zu Amber.

»Hört auf damit«, versuchte sie, die beiden Streithähne zu beschwichtigen. »Streit bringt jetzt niemanden weiter.«

»Halt den Mund!«, blaffte Noah und wischte sich den Schweiß von der Stirn. »Das Weib lügt doch.«

Amber war der Unmut über Noahs Misstrauen deutlich anzusehen. »Dass du mir vorwirfst zu lügen, ist nicht gerade nett. Ich glaube einfach, dir geht die Puste aus. Genau wie auf dem Court. Jetzt siehst du deine Felle davonschwimmen, so wie sie dir im Sport davongeschwommen sind. Deine Laufbahn ist vorbei, und wenn du mich fragst, hätte sie auch zu nichts geführt. Deine Verletzung war ein faulerVorwand, um aufzuhören. Das mit der NBA war doch die ganze Zeit eine Illusion. Nur die wenigsten schaffen es bis ganz nach oben. Weshalb hättest gerade *du* es schaffen sollen?«

»Weil ich gut war«, sagte er, und es fiel ihm über alle Maßen schwer, seine Stimme zu beherrschen. Er hätte platzen können vor Zorn.

»Aber offenbar nicht gut genug.«

»Mein Fuß …«

»Ach ja, der Fuß. Wie oft willst du deine Wehwehchen denn noch an die große Glocke hängen? Mir hängt das zum Hals heraus.«

»Du hängst mir auch zum Hals raus.«

»Das weiß ich. Ich wusste es von Anfang an. Ich hätte nur nicht damit gerechnet, dass du es mir je ins Gesicht sagen würdest. Etwas Derartiges in Worte kleiden kann halt nicht jeder.«

»Du hältst mich für einen Trottel.«

»Ach was, das hat doch niemand behauptet.« Ambers Stimme klang plötzlich wieder ganz gutmütig und zahm, aber ihre Miene war die einer gewissenlosen Katze, die gerade eine Maus verspeist hatte und mit sich und der Welt im Reinen war.

Ganz leise sagte Noah: »Du bist eine kleine, miese Schlampe.«

Und was tat Amber? Sie schüttete sich aus vor Lachen, mitten auf dem Parkplatz, wo sich die Leute erstaunt nach ihnen umschauten. Jemand zeigte mit dem Finger, ein anderer kicherte über den Idioten, den er abgab. Abscheu keimte in Noah auf. Am liebsten hätte er Amber geschlagen. Nein, falsch. Am liebsten hätte er sie *erschlagen*! Er stellte sich vor, wie seine Faust auf ihr zartes Gesicht niedersausen würde, überlegte, wie sich ihr Wimmern wohl anhörte, bevor sie zu Boden ging und mit dem Kopf aufschlug. Vermutlich hatte sie auch ihren Vater so weit getrieben, bis er nicht mehr anders konnte, als ihr mit all seiner Kraft eine zu langen. Anschließend hatte er sie ignoriert, und Noah verstand ihn nun. Eine Person wie Amber konnte man nur ignorieren, sonst ertrug man sie nicht. Man ertrug sich selbst nicht mehr, wenn man sich mit ihr abgab. Und während er sie anstarrte, wurde ihm manches klar. Auch was ihn selbst betraf.

Die beiden Frauen standen in der gleißenden Sonne, eine schöner und komplizierter als die andere. Anne wirkte verwirrt, während Amber mit arroganter Miene ihre Fingernägel betrachtete, als sähe sie sie zum ersten Mal. Das starke Gefühl, in einen Hinterhalt getappt zu sein, überkam Noah so plötzlich wie das Bedürfnis, die Lügen aus Amber herauszuprügeln.

Sie wusste etwas, was er nicht wusste.

Spielte ein Spiel, das er nicht kannte.

Ein Plan hinter dem Plan.

Tausend Pläne, die er hatte verwirklichen wollen, und dann war Amber dahergekommen und das Öl ihrer Familie und all ihr Geld. All ihre Macht, die sie nun ausspielte. Die Möglichkeiten, die er jetzt noch hatte, ließen sich an zwei Fingern abzählen. Nach New York konnte er keinesfalls zurück. Eine Sackgasse. Dead End.

Kurz nach Mittag brannte die Sonne so mörderisch heiß vom Himmel, dass sich der Asphalt aufzulösen schien. Hinter Vegas hatte es noch ein paar unbedeutende Nester gegeben, dann hörte die Welt auf, bis sie in einer Ortschaft namens Pahrump landeten. Hier gabelte sich der Weg. Entweder man fuhr nach Norden, Richtung Devils Hole und Amargosa Valley. Oder man wählte die zwanzig Meilen lange Schotterpiste, die nach Nordosten, zum Lee Canyon führte.

Am Ortsrand waren sie alle drei ausgestiegen, Noah hatte die Landkarte auf dem sengenden Wagendach ausgebreitet und starrte, mit der Zunge in der Wange spielend, über die Ödnis. Pahrump, das nur aus einer verlassenen Tankstelle und ein paar Häusern zu bestehen schien, wurde von der aufgeheizten Luft geradezu verwischt. Das schwache, trockene Rascheln des Wüstenwindes umgab sie. Es war zu heiß für einen Streit.

»Dorthin fahren wir«, erklärte Noah und deutete mit dem Finger auf die Karte, wo ein großer brauner Fleck prangte, der vor Annes Augen verschwamm. Sie beäugte die Stelle, an der sein Finger verharrte, und reihte Buchstaben aneinander. Sie spürte, wie sie Gänsehaut bekam und sich alles in ihr sträubte.

Death Valley National Monument, las sie. Funeral Mountains. *Begräbnisberge.*

»Knapp dreißig Meilen«, sagte Noah, »dann sind wir in Shoshone. Dort tanken wir voll und stocken unseren Wasservorrat auf. Und los geht's.«

»Du willst doch nicht etwa durchs Death Valley?«, versetzte Anne ungläubig.

»Doch«, antwortete Noah trocken. »Genau dorthin will ich.«

KAPITEL 14

Eine knappe Stunde später fuhren sie geradewegs in die Hölle. Sie befanden sich in einem der trockensten Gebiete der Erde, und vor ihnen lag eine groteske Landschaft aus kargen Bergen, Sand und zerklüfteten Felsen. Die einzigen Anzeichen dafür, dass sie sich nicht auf einem unbewohnten Planeten befanden, war die geteerte Straße. Ein schleichendes Gefühl der Ohnmacht machte sich in Anne breit. Sie fühlte, dass Noah die Kontrolle verlor. Dass sie alle längst die Kontrolle verloren hatten.

Es war Hochsommer im Death Valley, was mindestens fünfzig Grad im Schatten bedeutete und eine solch geringe Luftfeuchtigkeit, dass man den Eindruck hatte, auf der Stelle zu verdörren. Sengende Hitze, Staub und Sand. Kein Schatten und nirgendwo Schutz, und das für mehr als hundert Meilen.

Die Temperatur wurde immer unerträglicher, je tiefer sie ins Tal eindrangen, und das trotz Klimaanlage, die Noah bis zum Anschlag hochgefahren hatte. Sein Blick war starr auf die Straße gerichtet, sein schmerzender Fuß verharrte auf dem Gaspedal.

»Wir müssen eine Pause einlegen«, verkündete er nach einer Weile. »Um den Motor nicht zu überhitzen.«

»An uns denkst du wohl gar nicht, was?«, platzte es aus Amber heraus. »Das Wasser ist mittlerweile eklig warm.«

»Was du nicht sagst«, gab Noah ungerührt zurück.

Er steuerte den Wagen eine kleine, holprige Schotterpiste hinauf, über loses Geröll, und betete für die geschundenen Reifen und den bedrohlich brummenden Motor. Aber hier waren sie wenigstens einigermaßen geschützt – zwar nicht vor der Sonne, aber vor den Rangern, die dieses Gebiet emsig durchquerten, um nach dem Rechten zu sehen.

Die drei hievten sich aus dem Wagen und wagten ein paar Schritte. Die Wucht der Hitze verschlug ihnen den Atem. Die Luft stand still. Endlose Dürre lag vor ihnen. Es war windstill und so leise, dass man seinen eigenen Herzschlag hörte. Und sonst nichts.

Keine Vögel.

Keine Stimmen.

Kein Leben.

Totenstille.

Dieses Tal hieß nicht umsonst Tal des Todes, überlegte Anne schaudernd. Einst waren ganze Trecks durchgezogen. Siedler, die sich auf der Suche nach einer Abkürzung zu Kaliforniens Goldfeldern verirrten und durch dieses Tal stolperten. Sie stellte sich vor, wie das wohl gewesen sein mochte. Nicht auszuhalten, dachte sie keuchend, nachdem sie ein paar Schritte gelaufen war, und fragte sich, wie viele von der Sonne ausgeblichene Knochen hier wohl verscharrt lagen.

Anne ließ sich auf einem kleinen Steinhügel nieder und sprang sofort wieder auf. Ihr Po schmerzte, so heiß war der Stein. Also blieb sie lieber stehen und schaute sich um. Nie zuvor hatte sie eine solch unendliche Weite gesehen, einen so tiefblauen Himmel ohne die Spur einer Wolke. Fasziniert starrte sie auf die entfernten Berge, die sich als Sinnestäuschung entpuppten und in der Luft zu schwimmen schienen. »Gibt es hier eigentlich Wasser?«, fragte sie an Noah gewandt.

»Im Kofferraum.«

»Quellwasser meine ich. Seen, Flüsse, meinetwegen ein Bach.«

Er nickte. »Badwater besteht aus einem Salzsee. Wasser mit Kruste sozusagen. Dann gibt es noch verschiedene Creeks. Quellen, die wie ein Wunder sind.«

»Ich habe Durst, Noah.«

»Ein Mensch braucht bei diesem Klima einen Liter pro Stunde«, sagte er ausweichend. »Man kommt aber auch mit weniger aus.«

»Mach keine Scherze«, sagte sie matt. Ihr Mund war klebrig. Schon das Sprechen machte ihr Mühe, so trocken war ihr Hals. »Du machst mir Angst, Noah. Wenn man dich so reden hört ...«

»... könnte man glatt meinen, man verdurstet, ja? Amber allen voran.«

Anne blickte zu Amber hinüber, deren üppige schwarze Haarpracht sie wie ein schwerer Umhang umgab. Sie schien sich vor ihren Augen in Luft aufzulösen. Dann erschien sie wieder, flackernd und unwirklich, wie ein Trugbild. Anne sah, dass ihr der Schweiß im Gesicht stand. Außerdem war sie noch blasser als sonst.

»Können wir jetzt wieder ins Auto?«, fragte sie ungeduldig.

»Eine Affenhitze hier, was?«, versetzte Noah. Er lachte, was merkwürdig fremd klang. Amber wandte stumm den Kopf ab, und Noah lachte weiter und murmelte etwas von der Empfindlichkeit der Frauen.

Anne bewegte sich auf ihn zu. Sie sah wunderschön aus, wie sie in Jeansshorts und T-Shirt durch den heißen Sand lief. Matt ließ sie sich in seine Arme sinken. Die summende Stille des Mittags umfing sie dabei.

»Hör mal«, flüsterte er. »Wie still es ist.«

»Ja, einfach unglaublich.«

Er schüttelte den Kopf. »*Du* bist unglaublich.«

Sie lächelte, zum ersten Mal, seitdem sie wusste, weshalb sie mit Amber unterwegs waren, und er fand es bezaubernd. Fand es verrückt, dass sie immer noch bei ihm war, zu ihm hielt. Wer hatte das je wirklich getan? Anne war die erste Person in seinem Leben, die ihn offenbar aufrichtig liebte. Wieder und wieder stellte er sich vor, wie eine Zukunft mit ihr aussehen könnte. Wie sie beide über die mexikanische Grenze flohen, Hand in Hand, bereit, allem zu trotzen. Vielleicht konnten sie sich mit dem Geld, das sie bald haben würden, irgendwo niederlassen, wo man vom Fischfang lebte, ganz beschaulich. Würde das funktionieren? Würde Anne loyal bleiben? Stumm zog er sie mit sich zurück zum Wagen.

Amber, die längst wieder im Auto saß, beobachtete durch die Wagenscheibe, wie Noah mit Anne im Arm durch den Sand lief. Erleichtert ließen sie sich in die Sitze sinken. In der kurzen Zeit, die der Wagen unklimatisiert in der prallen Sonne gestanden hatte, hatte er sich in einen Backofen verwandelt.

Anne stillte ihren Durst, soweit das überhaupt möglich war. Am liebsten hätte sie sich das kostbare Nass über den Nacken geschüttet, aber Noah wollte das Wasser einteilen, obwohl der Kofferraum schier barst vor Kanistern.

Wie es wohl war, vor Durst verrückt zu werden? Bekamen Verdurstende nicht eine schwarze Zunge und Halluzinationen? Wie lange konnte man ohne Wasser überleben?

Drei oder vier Tage? Bei diesen Extremtemperaturen würden es keine Tage sein, sondern Stunden. Ein paar Stunden und man kollabierte.

Anne spürte, dass sie Kopfschmerzen bekam. Sie sehnte sich nach einem schattigen Plätzchen und einem feuchten Handtuch auf der klopfenden Stirn, nach einem kühlen Pool oder einer eiskalten Dusche. Bloß weg von diesem ungastlichen Stück Erde, das sie zu verschlucken drohte.

Sie fuhren weiter und passierten das auf einer Anhöhe gelegene und, wenn man Noah glaubte, von den Eagles besungene »Hotel California« – ein Haus an einem steinernen Hang, in dem angeblich Menschen aus aller Welt zu Gast gewesen waren und Golf gespielt hatten, wohl ausschließlich in den vergleichsweise milden Wintermonaten. Unvorstellbar, dass jemand hier im Sommer freiwillig blieb.

On a dark desert highway, cool wind in my hair …

Die Melodie nistete sich in Annes Kopf ein.

Warm smell of colitas, rising up through the air.

Noah fummelte immer wieder am Armaturenbrett herum, um die Klimaanlage zu kontrollieren. Sie wurde schwächer und schwächer, oder bildeten sie sich das nur ein? Schwächer war auch der Radioempfang geworden, bis schließlich nur noch ein Rauschen und Knacken zu hören war. Sie hatten den tiefsten und heißesten Punkt der Vereinigten Staaten erreicht: Badwater. Schlechtes Wasser. Eine gigantische, sonnendurchglühte Salzkruste, die aus einem ausgetrockneten Ozean entstanden war und auf den ersten Blick aussah wie ein gigantisches Schneefeld. Dies hier war kein Lebensraum für Menschen.

Doch diese feindselige Wüste, in der es beinahe nie regnete, durchfuhren sie nun seit zwei Stunden. Ab und zu hielten sie an, um etwas zu trinken und dem Wagen eine kurze Pause zu gönnen. Schweigend standen sie dann am Straßenrand und ließen die Wasserflasche kreisen. Drei Schlückchen für mich, drei Schlückchen für dich. Die gigantische Stille surrte in ihren Ohren. Vom Wagen stieg ein merkwürdiger Geruch auf, ein bisschen nach verbranntem Gummi, ein bisschen nach Benzin. Amber roch es zuerst.

»Die Schrottkarre verreckt«, stöhnte sie.

Noah umrundete den Wagen, öffnete die Motorhaube, prüfte Öl- und Wasserstand, fand nichts Bedenkliches. Nicht, dass er viel Ahnung von überhitzten Autos gehabt hätte, aber er begann langsam zu begreifen, dass er vorsichtiger hätte sein sollen. Die meisten Abenteurer fuhren nur bis Badwater und versuchten dann, wieder heil hinauszukommen. Plötzlich erwog auch er umzukehren und dachte laut über eine Kapitulation nach, obwohl er fest vorgehabt hatte, das Death Valley in einem Rutsch zu durchqueren.

»Du kannst nicht mehr zurück, Honey«, bemerkte Amber süffisant.

»Ich habe einen Fehler gemacht!«, brauste er auf. »Einen verfluchten Fehler, hörst du?« Sein Brüllen war wie ein Donner und verhallte in der flammenden Hitze. Anne sah, dass seine schweißnassen Hände vor Zorn zitterten. Wortlos setzte sich Amber wieder in den Wagen und starrte würdevoll vor sich hin.

»Lass uns umkehren«, flüsterte Anne Noah milde zu. »Bevor es zu spät ist.«

»Jetzt erst recht.«

»Was – jetzt erst recht?«

»Ich lasse mich nicht fertigmachen. Nicht von solch einem Aas.«

»Lass sie doch. Du weißt doch, wie sie ist.«

»Und du weißt, wie *ich* bin.«

»Komm schon. Sie ist unwichtig.«

»Das ist sie nicht«, sagte er vieldeutig. »Sie … ich will nicht gegen sie verlieren.«

Anne fragte sich, weshalb das so war. »Du tust ja so, als sei das hier ein Krieg.«

»Es *ist* ein Krieg.«

»Jetzt spinnst du völlig.«

Anne hatte plötzlich größere Angst denn je, ihn zu verlieren. Nicht den Kampf, der ohnehin nicht ihrer war, sondern Noah, der auf dem Schlachtfeld gegen sich selbst zu Felde zog und so weit von ihr entfernt war wie nie zuvor. Vielleicht hatte das, was er mit Amber ausfocht, doch eine ganz andere Bedeutung, als sie zuletzt hineininterpretiert hatte, denn jedes Mal, wenn er Amber ansah, fand sie, er tue es eine Spur zu lange, eine Spur zu intensiv. Wie sich Amber bewegte, wie sie ihre Haare zurückstrich und dabei leicht, ganz leicht, ihren Mund öffnete … Wie sollte ein Mann da nicht schwach werden? Die Furcht, Noah an Amber zu verlieren, war immer da, in jeder Sekunde, in der Amber mit ihrem Po wackelte und ihr süßes, einlullendes Parfüm verströmte. In jeder Sekunde, die Amber mit Noah stritt und ihn dabei ansah, als hätte sie ihn längst besiegt. Amber – nur Amber ganz allein – war schuld daran, dass sich Noah auf solch eine Sache eingelassen hatte und sie, Anne, die ja eigentlich nur hatte lieben wollen, sich jetzt in einer derart prekären Lage befand. Dabei hegte sie noch immer die Hoffnung, ihn von der Sinnlosigkeit seines Unterfangens zu überzeugen. Ihn dahingehend beeinflussen zu können, dass er aufgab.

»Wo fahren wir also hin?«, erkundigte sie sich vorsichtig.

Er zuckte mit den Schultern. »Vielleicht nach Mexiko?«

»Ist das dein Ernst?«

»Nein, es ist nicht mein Ernst. Die Wahrheit ist, dass ich keine Ahnung habe.«

»Dann bleiben wir eben hier stehen, bis wir gegrillt sind«, warf Amber böse ein.

Schließlich stiegen sie wieder in den Wagen, Noah startete den Motor und fuhr mit quietschenden Rädern los. Im Rückspiegel sah er die riesige Menge Staub, die er aufgewirbelt hatte – auch im übertragenen Sinne. Einen Moment lang wünschte er sich, Amber aus dem Wagen zu stoßen und in dieser gewaltigen Staubwolke für immer verschwinden zu lassen.

Und dann war plötzlich dieses Schild vor ihnen: *Furnace Creek – fünf Meilen!* Fünf Meilen bis zur Oase, ein paar Minuten nur bis zur klimatisierten Welt! Sie würden einen Erfrischungsdrink nehmen können, ein halbes Stündchen entspannen und den Kopf kühlen. Nachdem sie die letzte halbe Stunde ohne Klimaanlage gefahren waren, lockte diese Aussicht wie ein Paradies. Nicht mehr denken, nicht mehr ständig auf die unwirklich flimmernde Straße starren. Einfach zurücklehnen und eine Riesencola mit viel Eis ordern. Vielleicht auch etwas essen, das kein Kartoffelchip war. Aber es sollte anders kommen, denn an Restaurant und Motel prangte ein Schild: *Im Juli und August geschlossen!* Einzig und allein das Museum war geöffnet: eine Ansammlung von verblichenen, teils zerrissenen Planwagen unter freiem Himmel. Überbleibsel jener karawanenartigen Trecks, die in diesem mörderischen Tal verreckt waren.

Die Enttäuschung über die versagte Erfrischung machte sich in einem Wortgefecht Luft. Die Nerven lagen blank, aber nachdem sie streitend ein Meer aus beeindruckenden, golden schimmernden Sanddünen passiert hatten, nahte die Rettung in Form einer kleinen Ansiedlung, in deren Mitte ein gottverlassenes Motel lag: Stovepipe Wells. Anne blinzelte zu dem Schild, das am Rande der staubigen Straße lag und mit klimatisierten Räumen und einem Pool warb. Was für ein seltsamer Name, dachte sie. Stovepipe Wells. Ofenrohrquellen. Gegen die Quellen hatte sie wahrhaftig nichts einzuwenden. Außerdem schien es einen Minimarkt zu geben, ein Restaurant und einen Saloon, in dem Getränke serviert wurden.

Es war weit und breit kein anderes Auto zu sehen. Alles lag wie ausgestorben da.

»Ob die geöffnet haben?«, fragte Anne vorsichtig. »Halt doch mal kurz an, dann sehen wir nach.«

»Meinetwegen.«

Noah parkte den Wagen vor dem Saloon, und sie stiegen aus. Direkt vor dem Gebäude war ein alter, aber funktionstüchtiger Galgen aufgebaut, an dem ein Strick im Wind baumelte. Sie hielten einen Moment lang inne und stiegen dann langsam die Holzstufen hinauf, die unter ihren Schritten knarrten. Noah öffnete die Tür und seufzte erleichtert, als ihm die Raumluft wie ein kalter Waschlappen entgegenschlug. Es war dämmerig und kühl in der Kneipe, die tatsächlich anmutete wie ein Saloon aus der Westernzeit: eine hölzerne Schwingtür, Barhocker und hinter der Theke ein Cowboy in typischer Kluft. Dazu das Rattern der Klimaanlage und Countrymusic. Johnny Cash, nahm Noah an.

Sie wählten einen Tisch am Fenster, von dem aus sie den Wagen beobachten konnten. Der bärtige Kellner erschien und brummte zum Gruß. Noah bemerkte, dass er ein ledernes Colthalfter an der Jeans trug. Glücklicherweise war es leer. Noah kam sich vor wie in einem Wildweststreifen, in dem jeden Moment eine Schlägerei ausbrechen konnte.

Die Luft war elektrisch aufgeladen. Er spürte die Spannung beinahe körperlich. Vielleicht lag der Colt hinter der Theke, überlegte er, bevor sie Eistee, Bier und Hamburger bestellten. Schweigend warteten sie dann auf die Stärkung, jeder hing seinen eigenen Gedanken nach. Der Gastraum war leer, aber am Tresen saßen zwei weitere Typen mit Jeans und Cowboyhut, die den Kellner gut zu kennen schienen und mit ihm über alles und nichts schwatzten. Noah, Anne und Amber hatten noch kein Wort gewechselt, als das Essen serviert wurde. Es duftete köstlich nach Fleisch und Zwiebeln.

»Wir wollen uns hier ein bisschen umsehen«, erklärte Noah rasch, bevor der Kellner wieder verschwinden konnte.

»Wie bitte?«

»Na ja, wir haben vor, das Tal besser kennenzulernen.«

»Kennt ihr die Broschüre? Unser Überlebensblatt?«

»Wir wollen ein bisschen abseits wandern«, sagte Noah ausweichend. »Wir haben unsere Rucksäcke dabei, leichtes Gepäck, das wir problemlos schultern können.«

Wandern? Die Mädchen sahen sich verwundert an. Das war nicht abgesprochen gewesen.

Der Cowboy kratzte sich am Bart. »Wo wollt ihr denn hin, wenn ich fragen darf?«

»Das wissen wir selbst nicht so genau. Haben Sie einen Tipp für uns?«

»Ich habe haufenweise Tipps. Die Gegend ist mir vertraut. Deshalb weiß ich auch, wie gefährlich sie ist. Die meisten Touristen sind vernünftig und kommen im Winter, manche kommen im Sommer und halten sich nicht an die Regeln. Ihr habt euch den heißesten Monat ausgesucht.«

»Wissen wir. Aber wir sind Extremsportler aus Chicago und suchen eine besondere Herausforderung.«

»Ich hoffe bloß, ihr seid vorsichtig. Ihr wärt nicht die Ersten, die hier spurlos verschwinden.«

Noah hörte sich an, was der Mann sonst noch zu sagen hatte: dass selbst erfahrene und ortskundige Wanderer im Valley umgekommen waren, meist vor Durst und Erschöpfung. Manchmal fand man ihre Überreste, andere blieben für alle Zeiten verschollen. Man dürfe die Gefahr der Überhitzung nicht unterschätzen, ebenso wenig wie die der Fauna. Es gebe giftige Schlangen und Skorpione, außerdem Nagetiere, die das Hantavirus übertrugen. Sie lauerten meist in Kavernen oder in den alten Gebäuden der Geisterdörfer. Rhyolite sei so eines. Außerdem existierten zahllose vom Einsturz gefährdete Höhlen, in denen sich tödliche Gase entwickelten. Es sei Selbstmord, einfach loszumarschieren und das alles zu ignorieren.

»Wir werden nicht einfach losmarschieren«, versprach Noah. »Wir passen auf uns auf.«

»Okay«, erwiderte der Kellner. »Aber nehmt euch auch vor dem Sturm in Acht.«

»Sturm?«, fragte Noah ehrlich überrascht. »Vor welchem Sturm?«

»Habt ihr keine Wettervorhersage gehört?«

»Nein. Unser Radio hat schon seit fünfzig Meilen keinen Empfang mehr.«

Der Cowboykellner nickte verständig. »Es soll einen Wirbelsturm geben. Heute Nacht wird's ganz schön ungemütlich.«

Noah grinste. Der Kerl wollte ihnen wohl einen Schrecken einjagen, aber darauf ließ er sich nicht ein. »Wir finden uns zurecht«, winkte er locker ab. »Wir fliegen schon nicht weg.«

Der Cowboy holte zum letzten Schlag aus und sagte:

»Letzten Sommer haben sie eine Gruppe junger Rucksacktouristen gefunden. Sie saßen in ihrem Wagen, und das vermutlich schon sehr lange. Sie sind qualvoll unter den Sandmassen erstickt. Man fand nur noch ihre Skelette. Ein Sturm hatte sie verschüttet, und erst ein weiterer beförderte sie wieder ans Tageslicht.«

»Ein bedauerlicher Einzelfall«, behauptete Noah gelangweilt.

»Leider nicht. Früher waren es die Planwagen, heute sind es Kraftfahrzeuge. Technik schützt uns nicht vor den Naturgewalten.«

Noah zuckte mit den Schultern und wandte sich seinem Hamburger zu.

»Na, dann viel Glück«, sagte der Cowboy. »Und vielleicht seht ihr doch noch mal beim Ranger vorbei. Der weiß, wie man vorsorgt.«

»Machen wir«, knurrte Noah.

Kaum war der Cowboy weg, zischte Amber leise: »Sag mal, spinnst du jetzt komplett? Was erzählst du denn für einen Mist?«

»Ist kein Mist. Ich bin Extremsportler, das weißt du doch.«

»Du bist ein Loser. Und verrückt obendrein.«

»Wie du meinst.«

»Ich werde hier keinen Schritt zu viel tun.«

»Mal sehen«, sagte Noah sanft. »Eure Burger werden kalt.«

»Und das Wetter schlägt um.«

»Ja, ja, meine Laune schlägt auch gleich um. Ihr meint doch nicht im Ernst, dass ich auf das dumme Gewäsch eines Möchtegerncowboys höre, oder?«

»Ich weiß nur, dass ich keine Lust habe, in einer Sandverwehung zu verenden.«

»Wer hat das schon.« Noah gähnte und biss dann in seinen dick belegten Burger. Das mit der Wüstenwanderung war ihm plötzlich durch den Kopf gespukt. Außerdem war es doch nur praktisch, dass sie sich mitten in der Einöde befanden, wo sie niemand finden würde, während Daddy Rosley seine Dollars hinblätterte. Und dann war da noch eine andere Vision: er und Anne mit dem Geld, auf dem Weg gen Süden, während Amber im ewigen Sand verschwand …

Die Mädchen waren zu hungrig, um sich weiter an dem Thema aufzureiben, und machten sich über die Hamburger her, die köstlich und sehr saftig waren, mit Unmengen von Zwiebeln und scharfem Ketchup. Und dann erst der gekühlte Tee, in dem die Eiswürfel klapperten! Sie stürzten das süße Zeug in einem Zug hinunter, genau wie das Bier, das ihnen sofort zu Kopf stieg. Noah bestellte sich noch eins und dann noch eins.

»Du musst noch fahren«, mahnte Anne. »Oder kommst du etwa doch zur Vernunft und willst hier übernachten?«

»Gute Idee«, erwiderte er sarkastisch. »Ich werde mich gleich mal nach den Zimmerpreisen erkundigen. Wahrscheinlich warten die nur darauf, dass mal wieder einer vorbeikommt, den sie mit einem saftigen Sturmzuschlag abzocken können.«

»Die scheinen keine anderen Gäste zu haben.«

»Wer will an diesem unwirtlichen Ort schon Gast sein?«, lästerte Amber, doch gleich darauf wurde ihre Stimme butterweich, gerade da nämlich, als sie Noah eine Runde im kühlen Pool vorschlug.

Anne hatte sofort ein Bild vor Augen: Noah im Wasser und Amber an seiner Seite, bekleidet nur mit einem Hauch von Nichts. Anne nahm einen Zahnstocher in die Hand und überlegte, ob es wohl möglich wäre, Amber damit zu erstechen. Gleich ging es ihr viel besser. Amber starrte sie an, als hätte sie ihren Gedanken gelesen. Nippte dann an ihrem Bier und fixierte Noah über den Glasrand. Ein Augenaufschlag, ein Lächeln. Sie leckte sich den Schaum von den Lippen und flüsterte etwas von einer Abkühlung.

»Das Wasser ist bestimmt nicht kalt«, antwortete Noah knapp und sah zum Fenster hinaus. »Das ist gar nicht möglich.«

»Du meinst, er wird nicht gekühlt?«

»Er wird wohl ein Kühlaggregat haben, sonst könnte man nicht mal den dicken Zeh hineinstecken.«

»Aha. Dann eben ein Kühlaggregat. Aber vermutlich ist es gar nicht so heiß, wie du es dir vorstellst. Es wird eher so sein wie ein köstlich warmes Schaumbad, in dem man versinken kann.«

Noah sah sie an, als sei sie von allen guten Geistern verlassen. »Wir sind nicht zum Vergnügen hier, Amber.«

»Na, wofür denn sonst?«

»Um dich im Sand zu verscharren«, erwiderte er kalt.

Als sie aus dem Lokal in die glühende Sonne traten, sahen sie, dass sich der Horizont verfinstert hatte, genau wie Ambers Miene. Seit Noahs derbem Kommentar hatte sie keinen Ton mehr gesagt. Der Himmel wirkte eigenartig rosabraun und irgendwie dunstig. Außerdem ging eine Brise, die ihnen ins Gesicht blies wie ein heißer Föhn.

An der Straße, über die sie hergekommen waren, lag das Motel, eine kleine Oase, bestehend aus klimatisierten Bungalowzimmern und dem kleinen, verlassenen Pool. Dahinter standen winzige Containerhäuser, in denen vermutlich die Angestellten wohnten. Gleich neben dem Büro des Rangers entdeckten sie noch einen Supermarkt, in dem sie sich mit eiskalten Getränken eindeckten, obwohl Noah über die Wucherpreise meckerte. Sie verstauten alles und stiegen ins Auto.

»Und wohin jetzt?«, fragte Amber. »In eine Höhle, wo uns giftige Gase umbringen?«

»Ach was, du spinnst.«

»Du hast doch gehört, was der Typ gesagt hat. Merkwürdige Viren, Schlangen, Nagetiere. Igitt! Ich bin einfach nur müde, ich brauche eine Dusche, was auch immer.«

»Ja, ja«, ächzte Noah und startete den Motor. Er hatte nicht vor, noch länger zu diskutieren, und am allerwenigsten ließ er sich von einer rosagrauen Horizontverfärbung abschrecken.

Aber dann – gerade mal drei Meilen später – wurde er eines Besseren belehrt.

»Sieh mal!«, rief Amber plötzlich und deutete mit dem Finger auf ein Phänomen, das geradewegs auf sie zugerast kam. Es war eine Windhose, ein vom Boden bis in den Himmel reichender Schlauch aus aufgewirbeltem Staub. Noah trat aufs Gaspedal, beobachtete, wie das immense Gebilde sich verformte, aufwirbelte und wieder hinabpreschte. Er sah, wie es in ihre Richtung jagte, dann jäh abdrehte und so plötzlich verschwand, wie es aufgetaucht war.

Der Horizont hatte inzwischen eine unnatürlich schmutzige Färbung angenommen. Noah verspürte das Bedürfnis anzuhalten, um zu sehen, was sich draußen tat. Er stoppte kurzerhand den Wagen und stieg aus. Kurz darauf spürte er tausend Nadelstiche auf der Haut. Schwaden von Staub und Sand fegten über die Straße hinweg und das mit immenser Geschwindigkeit. Wie lange dauerte solch ein Wüstensturm? Er sah sich schwankend um, bevor er sich, von einer Welle der Ermattung überflutet, wieder auf den Fahrersitz plumpsen ließ. Er bekam Kopfschmerzen. Ein Druck, der sich um seine Stirn legte wie ein Bleiband.

»Wir fahren doch zurück«, erklärte er knapp. »Ich bin müde.«

Wieder in Stovepipe Wells angekommen, parkten sie gleich vor dem Bungalow-Trakt. Die Häuser hatten die aggressiven Sonnenstrahlen den ganzen Tag über absorbiert und warfen nun die im Mauerwerk gespeicherte Hitze zurück. Sämtliche Vorhänge waren zugezogen, kein einziges Auto parkte auf dem staubigen Parkplatz. Keine Spur einer menschlichen Seele. Ob die Rezeption überhaupt besetzt war? Oder gab es sturmfrei und die Angestellten hatten sich abgesetzt? Die drei stiegen aus, hievten ihre Taschen aus dem Kofferraum und lauschten dem unheimlichen Heulen des Windes. Sand wirbelte durch die Luft, brannte in den Augen und setzte sich in jeder Pore fest. Ihre Schuhe knirschten auf dem glühenden Kies. Plötzlich hielt Amber inne, umklammerte den nächstbesten Balken und rieb sich mit der freien Hand die Stirn. Ihr schönes Gesicht war plötzlich wächsern blass.

Anne runzelte die Stirn. »Was hast du?«

»Mir ist bloß schwindelig«, japste Amber. »Ganz komisch im Kopf.«

»Dann setz dich kurz hierher.«

Sie sanken beide auf die Holzstufen, Amber atmete tief ein und aus. Noah stand einfach da, als großer, langer Schatten, die Hände in den Hosentaschen, und starrte die beiden Frauen schweigend an. Anne warf ihm einen fragenden Blick zu. Er zeigte keine Regung.

»Hol ihr mal Wasser«, bat sie. »Ihr Kreislauf spielt verrückt.«

Wortlos drehte er sich um und holte aus dem Kofferraum eine Flasche Wasser, mit deren Inhalt man vermutlich Tee hätte kochen können.

»Hier«, sagte er, als er Amber die Flasche reichte.

Sie nahm ein paar Schlucke, und dann noch ein paar, bis sie fast die ganze Flasche geleert hatte. »Mir ist übel«, erklärte sie schließlich glucksend. »Ich könnte kotzen von dem lauen Zeug.«

»Und ich könnte kotzen, weil du dich so anstellst«, erwiderte Noah gereizt. Im selben Moment tat es ihm leid, und das sagte er ihr auch. Amber war wirklich blass. Er mutete den Mädchen ganz schön viel zu, und am Ende war es womöglich für die Katz. »Gleich im Zimmer legst du dich ein bisschen hin«, sagte er ein wenig sanfter, »und schon geht es dir besser.«

»Vielen Dank, Noah«, erwiderte Amber erstaunlich freundlich.

Er nickte. »Können wir jetzt?«

In dem Moment beugte sie sich nach vorn und erbrach sich in den Staub. Das ganze Wasser, gemischt mit den zermalmten, unverdauten Speiseresten aus dem Saloon, strömte aus ihrem Mund. Noah, der ein paar Spritzer abbekam, sprang zurück.

»Scheiße«, knurrte er. »Pass doch auf.«

Amber wischte sich umständlich den Mund ab. Sie würgte noch immer. »Mensch, verflucht«, presste sie hervor.

Ihre Hinterlassenschaft glänzte in der Sonne. Noah und Anne beobachteten, wie Amber sich verlegen daranmachte, ihr helles T-Shirt zu säubern. Wie sie aufzustehen versuchte, um gleich darauf, von einem Windstoß erfasst, wieder niederzusinken und schwer atmend zu verharren. »Mann, ist mir schlecht«, presste sie hervor, und es sah so aus, als müsse sie erneut würgen.

»Hast du das öfter?«, fragte Noah kopfschüttelnd.

Amber nickte und sagte ganz ruhig: »In letzter Zeit, ja.«

»Was soll das heißen – in letzter Zeit, ja?«

Die dumpfe Stille und das Windgeräusch wurden schier unerträglich. Die sandige Hitze und der beißende Geruch des Erbrochenen drückten ihnen auf Lungen und Gemüt.

»Ich muss euch was gestehen«, erklärte Amber schließlich. »Es wäre unfair, es nicht zu tun. Ich hätte schon viel früher … Wie dumm ich war, aber jetzt … jetzt muss ich es wohl …«

Anne zuckte zusammen. »Wovon sprichst du?«

»Keine Ahnung, wie ich es sagen soll. Ich weiß es seit acht Wochen.«

Die Ahnung war da – plötzlich und grausam. Näherte sich wie ein knurrender Köter, der sie anzufallen drohte. »Was denn?«, krächzte Anne. »Nun sag schon.«

Anne sah, wie Amber ihre Fingernägel in die Handballen krallte. Wie sie mit dem Vorhaben jonglierte, etwas preiszugeben, das sie nicht wieder zurücknehmen konnte.

»Ich bin schwanger«, stieß Amber schließlich hervor, und die Worte waren wie Eispickel, die sich in Annes Herz bohrten.

Schweigen senkte sich wie ein schwerer Bleivorhang über die Stufen.

Die Zeit stand still.

Anne bemerkte, wie Noahs Gesicht gefror.

»Du … du hast mir nie erzählt, dass du einen Lover hast«, presste sie schließlich hervor. Ihre Gedanken überschlugen sich.

»Ich muss dir ja nicht alles auf die Nase binden.«

»Aber … ich …«

»Was denn, Anne?«

»Du vögelst also mit diesem und jenem herum«, sagte sie leise.

»Ich nehme mir, was ich brauche. Das ist der feine Unterschied zum Herumvögeln, wie du es nennst.«

»Nenn es, wie du willst. Das hast du jetzt davon.«

»Das habe ich jetzt davon, ja, aber ich hatte ja keine Ahnung, dass es … Zu Anfang hatte ich jedenfalls noch gehofft, es würde sich von selbst erledigen. Ich habe versucht nachzuhelfen, da gibt es ja so einiges, was man tun kann, aber nichts half. Ich habe das nicht geplant, weißt du. Mir kommt es ziemlich ungelegen.«

Anne erkannte die Lüge in ihrem Tonfall. Nichts kam Amber ungelegen, und alles war geplant.

»Und der Vater? Weiß der von seinem Glück?«, flüsterte sie.

»Ich vermute mal, nein.«

»Du hast es ihm nicht gesagt?«

Amber scharrte mit dem Fuß im Kies und erzeugte ein unangenehmes Geräusch. »Was willst du von mir hören? Dass ich ihn nächste Woche heirate? Damit du mich endlich los bist?« Ihre Stimme wurde schrill, überschlug sich fast. Sie ließ sich gegen den Holzbalken sinken und schloss die Augen. »Ihr wollt mich doch beide loswerden. Für euch wär's am besten, wenn ich tot wäre. Ihr wollt das Geld, und dann soll ich verrecken.«

Anne blinzelte. Über ihr stand die Sonne, dieses schreckliche Ungeheuer, das ihr Gehirn ausbrannte. Dennoch drang in ihren Kopf eine leise Stimme vor, die ihr zuflüsterte, sich nicht auf Ambers Spielchen einzulassen. Aber sie wollte, dass sich Noah verdammt noch mal endlich zu Ambers Zustand äußerte und nicht reglos herumstand! Er verharrte wie jemand, der einen schweren Schlag kassiert hatte, schweißüberströmt und fahl. Warum schwieg er?

Ihre Gedanken rasten. Amber trug ein Kind in sich. Sie wusste es seit zwei Monaten. Also musste der verhängnisvolle Akt vor zehn bis zwölf Wochen stattgefunden haben. Im April. *April*. Das war die Zeit ihres Deutschlandaufenthaltes gewesen, die Zeit, in der Noah und Amber Gelegenheit gehabt hätten, sich ganz ungestört miteinander zu vergnügen.

Prompt fielen Anne all die kleinen Begebenheiten ein, die sie seither bemerkt, aber nicht mit einer Schwangerschaft in Verbindung gebracht hatte. Zum Beispiel hatte Amber häufig über Erschöpfung geklagt, auch über Übelkeit. Und dann ihre Tamponpackung, die sie schon seit Wochen nicht mehr angerührt hatte. Der Abend, an dem Amber sie mit verheulten Augen erwartete. Mit Augen, die wahrscheinlich gerade einen positiven Schwangerschaftstest gelesen hatten.

Jetzt erklärte sie, die sich offensichtlich wieder gefangen hatte, lächelnd: »Ich würde mich gern ein bisschen ausruhen.« Der heiße Wind spielte mit ihren Haaren, wirbelte sie hoch, und Amber sah plötzlich wie eine Hexe aus. »In einem Zimmer nur für mich.«

Endlich regte sich Noah. Er spuckte seinen Kaugummi in den Staub, fuhr sich mit der Hand über die dunklen Stoppeln, die ihn urplötzlich aussehen ließen wie einen alten Mann. Dann bückte er sich nach seiner Tasche. »Ja«, sagte er langsam. »Das Zimmer sollst du kriegen.« Anne bemerkte einen Gesichtsausdruck, den sie noch nie an ihm gesehen hatte.

Später lag Anne schwindelig und schwitzend auf dem Bett. In dem engen Zimmerchen ließ sie Revue passieren, womit Amber da aufgewartet hatte. Das hinterhältige Weib lag nebenan, hinter der Verbindungstür, die Noah sicherheitshalber versperrt hatte. Er traute der Texanerin nicht. Hier traute keiner dem anderen über den Weg.

Der Streit, den Anne anschließend mit ihm ausgefochten hatte, war laut gewesen, so laut, dass Noah ihr unwirsch die Hand auf den Mund presste, damit sie endlich die Klappe hielt. Sie bezichtigte ihn, von Ambers Zustand gewusst, ja, sie geschwängert zu haben, und er brauste auf und schimpfte, das sei alles verlogener Dreck. Amber sei Dreck, ihre Schwangerschaft sei Dreck. Er habe nichts mit Ambers Liebesleben am Hut und damit basta. Annes Unterbewusstsein sagte ihr, dass er log, ihr Herz jedoch ersehnte genau das Gegenteil.

Und jetzt lag sie hier und fragte sich, was als Nächstes geschehen würde. Die Sonne war untergegangen. Vielleicht war es acht Uhr, vielleicht neun oder sogar schon später. Draußen tobte der Sturm, diese irrsinnige Naturgewalt, die über das Death Valley hinwegfegte und alles mitnahm, was nicht niet- und nagelfest war. Irgendwo schepperte es, dann rollte ein schwerer Gegenstand über die Veranda. Hunger hatte Anne nicht, nur diesen entsetzlichen, unstillbaren Durst. Die in Wänden und Boden gespeicherte Hitze schien überall hinzukriechen, ebenso wie der Sand, der sich allerorts ablagerte, sogar im Bett. Die Klimaanlage, dieses mühsam vor sich hinrappelnde Ding, kämpfte einen vergeblichen Kampf. Anne sehnte sich nach Abkühlung, die sie selbst unter der Dusche nicht gefunden hatte. Sie hatte sich eiskalt abbrausen wollen, aber aus der Düse war zunächst brühend heißes, später lauwarmes Wasser gespritzt. Unwillkürlich dachte sie wieder an den Pool. An das Kühlaggregat. An die Nässe, in der man versank. An Ambers Nässe.

Wohin Noah abgetaucht war, konnte sie nicht ausmachen. Er hatte geduscht und saß nun, mit Boxershorts bekleidet, auf der Bettkante. Ein wenig Licht drang von der Laterne herein und warf skurril tanzende Schemen an die Wand. Anne sah Noahs Umrisse, sah, dass er rauchte und vor sich hinstarrte.

Irgendwann siegte die Erschöpfung über Annes eigene Aufgewühltheit. Sie nickte ein und fiel in einen wirren Schlaf. Durch ihre Träume huschten kleine rosafarbene Babys mit Bernsteinaugen. Kleine Teufel, die ein bisschen aussahen wie Amber und ein bisschen wie Noah. Sie stand vor einem riesigen Kraterloch, am Abgrund einer Schlangengrube, in die sie Amber und ihre Brut ohne zu zögern gestoßen hatte. Glühende Bernsteinaugen und in der Tiefe widerhallendes Lachen. Ambers Lachen.

Und dann stieß sie auch Noah hinab.

KAPITEL 15

Anne erwachte von einem Schrei, mitten in der Nacht, und sie hörte Noahs Atem nicht. Ihre Hand wanderte nach rechts, dorthin, wo er gelegen hatte, doch er war nicht da. Alles war dunkel und still, aber sie wusste sofort, dass etwas nicht stimmte. Ihr Herz pochte wild, während der Schrei noch in ihrem Kopf widerhallte. Sie setzte sich auf und knipste das Licht an. Das Bett war auf Noahs Seite zerwühlt, und die Laken waren zurückgeschlagen, im Kopfkissen zeichnete sich eine Delle ab. Mit der flachen Hand fuhr sie über das Betttuch. Es war kalt, was darauf schließen ließ, dass Noah bereits seit Längerem nicht mehr darauf gelegen hatte. Anne sah zur Uhr. Es war zwei Uhr in der Nacht. Der Sturm schien sich gelegt zu haben. Vielleicht war Noah im Wagen und blätterte in seiner Straßenkarte, weil er mal wieder nicht zur Ruhe kam. Sie beschloss, einfach abzuwarten, rutschte in die Kissen zurück und schaltete das Licht aus. Er würde gleich kommen. So simpel war das.

Und dennoch – ein Wunsch, der sie schon die ganze Reise begleitet hatte, wurde plötzlich übermächtig: der Wunsch, daheim anzurufen. In Europa war Abendbrotzeit. Schöne heile Welt. Mit einem Mal sehnte sich Anne schmerzlich nach Hause zurück, auf die im Schatten einer Pappel liegende Terrasse, auf der ihre Eltern jetzt wahrscheinlich saßen und sich um ihr einziges Kind sorgten. Sie wollte die Stimme ihrer Mutter hören und die ihres Vaters, der stets einen Rat wusste. Auch aus dieser Situation würde er einen Ausweg wissen. Anne überlegte, wie einfach es wäre, aufzustehen und den Notruf zu wählen.

Aber sie tat es nicht. Sie drehte den Kopf zur Seite, starrte auf den Lichtstrahl, der unter der Tür hereinfiel. Zwischen ihren Zähnen fühlte sie Sand. Ihre Kehle war ausgedörrt, spröde wie ihre aufgeplatzten Lippen. Womöglich war sie dehydriert und fühlte sich deshalb so entkräftet. Sie spürte die Schwäche in jeder Faser ihres Körpers, merkte, wie sich ihre rechte Wade verkrampfte. Dann wieder die quälenden Stiche in ihrem Kopf. Die irren Visionen. Die Angst.

Sie schloss die Augen und lag grübelnd da.

Wo war Noah? Wo war Amber?

Sie wurde fast verrückt über dieser Frage.

Später in der Nacht hörte Anne, wie Noah auf Zehenspitzen zur Tür hereingeschlichen kam, die Jeans auszog und leise ins Bett schlüpfte. Sein verschwitztes T-Shirt ließ er an. Warum das denn? Noah schlief immer nackt, sommers wie winters. Und dann – oder täuschte sie sich da? – vernahm sie, wie sich eine andere Tür schloss. Ambers Tür?

»Noah«, flüsterte Anne in die Dunkelheit hinein. »Wo warst du?«

Sie spürte, wie er unter ihren Worten zusammenzuckte. »Spazieren«, flüsterte er zurück. »Ich konnte nicht schlafen.«

»Konnte Amber auch nicht schlafen?«

Ein Moment der Stille folgte.

»Woher soll ich das wissen?«

»Ich habe ihre Tür gehört.«

»Oh.«

»Bist du ihr begegnet?«

»Nein, bin ich nicht«, knurrte er.

Sie wusste, dass er log. »Ich habe aber eben ihre Tür gehört.«

»Vielleicht hast du dich *ver*hört, verdammt noch mal.«

Anne atmete tief durch. »Du hast nie so mit mir geredet, Noah. Ich weiß nicht, was mit dir los ist. Was mit *uns* los ist. Wir sollten umkehren.«

»Aber das geht nicht, und ich will jetzt nichts mehr davon hören.«

»Du bist mir fremd. Wir waren uns so nahe, letztes Jahr, als wir uns kennenlernten. Alles war perfekt.«

»Und das ist es jetzt nicht mehr?«

»Siehst du das denn anders?«

»Ich sehe nur, dass du sentimental wirst, Anne. Komm mir heute Nacht nicht mit Beziehungsquatsch. Lass uns lieber schlafen. Ich bin müde von all dem Theater.«

»Und dann?«

»Dann fahren wir weiter. Der Sturm ist vorüber.«

Nein, dachte sie. Er täuscht sich.

»Wohin?«

»Nach L.A., vielleicht nach Frisco. Ich wollte schon immer mal dahin.«

»Und Amber?«

»Die verscharren wir vorher im Sand«, bekundete er wütend.

»Das hast du gestern schon mal gesagt. Aber das meinst du doch nicht ernst.«

»Vielleicht ist es mir ernster damit, als du vermutest.«

Sie hörte, wie er sich umdrehte und das Laken mit heftigen Bewegungen um sich wickelte. Sie streckte eine Hand nach ihm aus und fuhr ihm über den Nacken, kraulte ihn.

Verspürte plötzlich das dringende Bedürfnis nach Sex. Wäre da nicht das tiefe Misstrauen gewesen …

Vielleicht war alles nur ein Hirngespinst. Sie drehte langsam durch. Sie dachte wahnsinnige Sachen, tat verrückte Dinge. Alles nur wegen der Hitze. Sie wäre nicht die Erste, die in der Wüste den Verstand verlor. Anne sehnte sich nach der Zivilisation in New York zurück, nach dem Grau der Fassaden und den gewittrigen Nächten, in denen es wie aus Kübeln geschüttet und die Straßen überflutet hatte, nach dem Donnern und dem Grollen in den Häuserschluchten.

Schlaf mit mir, wollte sie flüstern. *Liebe mich.*

Aber sie tat es nicht, und Noah schlief nicht mit ihr.

Am Morgen erwachte Anne vom Duft des Automatenkaffees, den Noah ihr ans Bett gestellt hatte. Sie schlug die Augen auf und sah ihn keine zwanzig Zentimeter von ihr entfernt sitzen. Er starrte sie an, und in seinem Blick lag etwas Unaussprechliches. Schweigend stand er schließlich auf, und dann bereiteten sie sich auf den Tag vor, jeder für sich und ohne ein Wort. Die aufgehende Wüstensonne tauchte das Zimmer gerade in ein tiefes Rotorange. Anne beobachtete, wie Noah barfuß und mit Kleidungsstücken beladen ins Bad tapste, immer noch missmutig und in seinem verschwitzten, fleckigen T-Shirt, das er offenbar nicht mehr vom Leib nehmen wollte.

»Willst du dieses Shirt nicht ausziehen?«, rief sie ihm nach. Aber er drehte sich nicht einmal um. Eine Viertelstunde später kam ein frisch rasierter Mann zum Vorschein. Er hatte seine Locken gebändigt und trug ein sauberes Poloshirt mit dem New-York-Knicks-Logo sowie seine abgewetzten Levi's. Er war immer noch barfuß, trotz des sandigen Teppichbodens.

»Noch einen Kaffee?«, fragte er knapp. Es waren die ersten Worte, die er an diesem Morgen hervorbrachte.

Sie nickte.

»Dann geh duschen. Ich hole ihn dir inzwischen.«

Im Badezimmer roch es nach Zahnpasta und würzig-herbem Aftershave. Vielleicht war es diese Herbheit, in die sie sich auf jener Studentenfete verliebt hatte, vielleicht auch Noahs Mut. Aber diesmal, so fürchtete sie, würde es nicht bei Blessuren bleiben, wie er sie sich beim Sport immer wieder mal zugezogen hatte. Und die ganze Sache hatte auch nichts mehr mit Mut zu tun.

Als sie nach einer lauwarmen, ausgiebigen Dusche nackt und tropfend aus dem Bad kam, sah sie Noah am Fußende des Bettes sitzen. Den Kaffee hatte er offenbar vergessen. Er sog so heftig an seiner Zigarette, dass die Funken stoben, und starrte wie gebannt auf den Fernseher, in dem gerade die Nachrichten liefen. Anne traute ihren Ohren nicht, und im ersten Moment dachte sie, es sei eine akustische Fata Morgana, die aus dem Kasten waberte. Aber so war es nicht.

Schwankend hielt sie sich am Schrank fest, hörte, wie der Sprecher über Amber sprach. Über Amber Rosley, die verschwundene Erbin eines Ölimperiums, die ihren Vater und seit dem frühen Morgen das ganze Land in Atem hielt. Die Polizei suchte fieberhaft nach ihr, quer durch die Vereinigten Staaten. Es gab bereits Fahndungsplakate. Fernsehsendungen. Funkmeldungen. Eine nationale Suche, an der die Bevölkerung beteiligt werden sollte. Eine Menschenjagd. Und sie waren diejenigen, die man bei dieser Hatz zur Beute erklärt hatte, nicht das Mädchen, das sie als freiwillige Geisel hielten.

Anne ließ sich neben Noah fallen, tropfnass wie sie war

und ganz schwach von der Wucht des Schocks. Sie sah die Wutader in Noahs Schläfe pulsieren, während Ambers Bild im Fernsehen flackerte. Ein altes Passbild, auf dem sie die dunklen, langen Haare in der Mitte gescheitelt trug und sehr bieder aussah, fast wie eine Heilige, die kein Wässerchen trüben konnte. Es ließ vermuten, dass es älteren Datums war. Die Augen, das Kinn … sehr mager, sehr zart und dadurch viel lieblicher, als sie heute war.

»Du hast es also getan«, sagte Anne völlig fassungslos.

Er nickte. »Kurz bevor wir Utah erreichten, in der Nacht, nachdem ich dich eingeweiht habe. Es war längst überfällig. Ich habe Rosley unsere Forderung übermittelt, ihm gesagt, dass seiner Tochter nichts geschieht, wenn er die Polizei aus dem Spiel lässt.«

»Das hat er offenbar nicht getan.«

»Nein, aber damit war zu rechnen. Es war ein Risiko, eine Fifty-fifty-Chance, von Beginn an.«

»Und jetzt?«

»Sind wir auf der Flucht. Daran führt kein Weg mehr vorbei.«

Dann stand er auf, sah auf Anne hinab und befahl ihr, sich anzuziehen. Seine Stimme klang hohl und blechern. Anne hatte plötzlich einen schalen Geschmack im Mund, und für einen erschreckend langen Moment kam es ihr so vor, als habe sich die Zimmerdecke herabgesenkt. Erstaunlicherweise gelang es ihr, die Hysterie abzuwenden und ein »Okay« hervorzupressen. Mit zitternden Knien erhob sie sich und verschwand im Bad, und während sie sich hastig abtrocknete und anzog, waren es immer wieder dieselben Gedanken, die ihr im Kopf umhertanzten: Ambers Vater hatte die Polizei verständigt. Der Streifenwagen war schon auf dem Weg zu ihnen. Er fuhr jeden Moment vor. Sie würde in Handschellen abgeführt werden, hatte ihr Leben verwirkt, nur weil Amber herumgevögelt und sie sich auf zwei Zimmer geeinigt hatten.

Als Anne die Tür öffnete, sah sie Noah vor dem Bett stehen und mit einem glänzenden Gegenstand hantieren. Der Fernseher war ausgeschaltet, alles war ruhig. Wegen der zugezogenen Vorhänge war es halbdunkel im Zimmer. Als sie erkannte, was Noah in der Hand hielt, war sie schon fast bei ihm. Der Schreck schoss ihr wie glühende Lava in die Glieder.

Sie blieb stehen und starrte bestürzt auf das Ding, das in Noahs Händen ruhte. Die Gedanken rasten durch ihren Kopf. *Bringt er mich jetzt um? Bringt er Amber um oder gar uns beide?* Instinktiv sah sie sich nach etwas zur Verteidigung um, etwas Hartem, Scharfem. Sie wollte schreien, aber sie konnte es nicht. Sie stand nur da und rührte sich nicht. »Noah«, flehte sie schließlich, »leg es weg!«

Er nickte, ganz langsam nur und kaum merklich, so als sei er längst woanders. Dabei starrte er durch Anne hindurch. Mit einer unbestimmten Kopfbewegung befahl er ihr, sich zu setzen, in seinen Händen noch immer das todbringende Instrument. Er bemerkte ihr Zögern und stellte mit tonloser Stimme fest: »Du fürchtest, ich schneide dir die Kehle durch.«

Anne spürte, wie ihr Kinn zu beben begann. Sie hatte keine Kontrolle mehr darüber. Sie war doch viel zu jung zum Sterben! »Noah«, wimmerte sie. »Bitte.«

Noah hatte begonnen, im Zimmer auf und ab zu wandern, das scharfe, langstielige Klappmesser noch immer fest umklammert. Vor dem Fenster blieb er stehen, schob die Vorhänge einen Spalt beiseite und spähte hinaus. Der Parkplatz war heiß und staubig wie am Vortag. Die Luft flimmerte. Die gleißenden Sonnenstrahlen, die auf einmal ins Zimmer fielen, zeichneten scharfe Linien und Kanten auf seine Miene. Kanten, die Anne vorher nicht entdeckt hatte und die seinem Gesicht eine beängstigende Rohheit verliehen.

Anne verharrte noch immer regungslos neben dem Bett.

»Komm«, sagte er. »Setz dich. Lass uns reden.«

Sie sah Noah auf sich zu wanken. Als er vor ihr stand, packte er sie mit der einen Hand am Arm, zog sie aufs Bett und legte mit der anderen das Messer außer Reichweite.

»Was willst du damit?«, keuchte sie. »Keine Gewalt, hast du versprochen. Und jetzt bist du bewaffnet!«

»Ja.«

»Was ja?«

»Ich werde es nicht benutzen.«

»Wofür hast du es dann?«

»Ich … Nun, es hat sich eben alles anders entwickelt.«

»Ich habe solche Angst, Noah«, klagte sie, und dann versagte ihre Stimme.

Ihre Augen wanderten immer wieder zu dem spitzen Buschklappmesser, das so unschuldig auf dem Laken ruhte. Auf dem Nachttisch lagen Autoschlüssel und Papiere, daneben ihr Rucksack. Sie zog kurz in Erwägung, danach zu greifen, aber Noah war stärker als sie und würde sie im Handumdrehen überwältigt haben.

Ein rauer Ton entrang sich seiner Kehle, dann sagte er: »Es gibt keinen anderen Weg.«

»Keinen anderen Weg? Wie meinst du das?«

»Wir müssen Amber loswerden.«

»Du willst sie umbringen«, stellte Anne leise fest.

Er schluckte. Über seinem Gesicht lag ein düsterer Schatten. Langsam schüttelte er den Kopf. »Ich töte nicht.«

»Wofür dann das Messer?«

»Am liebsten würde ich es ihr in den Leib rammen, du hast recht. Aber ich kann es nicht. Auch wenn Amber es verdient hätte.«

»Wie kannst du so etwas sagen? Niemand hat den Tod verdient.«

»Amber schon. Die Polizei wird uns bald finden, und Amber wird behaupten … Sie kann alles Mögliche behaupten.«

»Beweisen kann sie nichts. Unsere Aussagen stehen gegen ihre. Sie ist freiwillig bei uns. Wir machen Urlaub, eine Hippie-Reise durch die Staaten. Das war doch so deine Idee, von Anfang an. Niemand kann uns etwas anlasten. Wir fahren noch ein Stück, und dann haben wir eine Meinungsverschiedenheit und schmeißen sie aus dem Wagen. Und schon sind wir sie los.«

»Aber Amber wird nicht mitspielen. Sie …« Noah brachte es nicht fertig. Brachte nicht fertig, ihr zu sagen, was ihm wirklich im Kopf herumging. Sie ahnte nichts von seinem inneren Kampf und dem eigentlichen Hintergrund des Ganzen, wusste nicht, wie es sich tatsächlich verhielt. Was passiert war und wie es sich zugespitzt hatte.

»Ich weiß, dass du mir etwas verheimlichst«, flüsterte sie jetzt.

Noah nickte nur und sah sie fest an. In seinen Augen glomm eine sonderbare Erregung, und Anne war auf alles gefasst, als er zu erläutern begann, was sich vor Monaten abgespielt und ihn zu all dem bewogen hatte.

Es habe ganz harmlos angefangen, mit dieser Pechsträhne – sportlich gesehen zunächst. Er habe auf Angebote gewartet, aber keines sei gekommen, und niemand sei konkret geworden, was seine Zukunft betraf. Nichts, aber auch gar nichts sei nach Plan gelaufen, und vor Frust habe er irgendwann begonnen, über seine Verhältnisse zu leben.

»Das Geld saß zu locker«, erklärte er zerknirscht. »Kneipentouren, hier ein Drink und dort einer. Ich weiß, was du jetzt denkst. Wie kann es sein, dass er auf Sauftour gegangen ist, wenn wir doch immer zusammen waren? Aber das stimmt so nicht. Erinnere dich, Anne, erinnere dich an die Nächte, in denen du über deinen Büchern gebrütet hast. Kaum warst du zur Tür hinaus, brauchte ich Gesellschaft und Ablenkung.«

»Frauen«, flüsterte Anne. »Also doch.«

Er lachte heiser auf und schüttelte den Kopf. »Eines Tages kam ein Typ daher und lud mich auf eine Runde Blackjack ein. Ich ließ mich auf einen Versuch ein, und dann gefiel es mir, und auch das Roulette gefiel mir, und so ging ich immer öfter hin. Ich hatte eigentlich gar kein Geld dafür, also lieh ich mir welches. Am Anfang gewann ich noch, es lief alles wie geschmiert, endlich einmal. Ich fühlte mich wie der King, wenn ich da am Spieltisch saß, und im Geiste sah ich schon all die Münzen und Scheine, die es mit der Zeit regnen würde.

Aber dann folgte die Pechsträhne. Es begann mit einem verbockten Abend, an dem ich zornig aus dem Casino gestürmt bin und mir vornahm, nie wieder hinzugehen. Andererseits konnte ein cleverer Spieler ja wohl nicht dauerhaft verlieren, sodass ich mir zahllose Strategien überlegte, die mein kleines Glücksspielproblem beheben sollten. Aber es klappte nicht. Und so häuften sich Spielschulden, die ich nicht begleichen konnte. Es gab gewisse Leute, die mir etwas pumpten, ganz unbürokratisch und ohne Frist, wie sie großzügig versprachen. Aber die Versprechungen lösten sich in Luft auf, als dann Zahltag war. Da forderten sie alles ein, und zwar mit Zins und Zinseszins.«

Er holte tief Luft. Die Plötzlichkeit, mit der er sein letztes Geld losgeworden war, verschlug ihm noch immer den Atem. »Ich hatte also kein Geld mehr. Die Miete war überfällig, der Kühlschrank leer und das Konto sowieso. Mir stand das Wasser bis zum Hals. Was zum Teufel hätte ich tun sollen? Ich wusste nicht mehr weiter und hoffte, du würdest nichts davon erfahren.

Und dann, eines Tages, kam mir der zündende Gedanke. Ein genialer Gedanke, so verrückt und wirklichkeitsfremd er auch war. Ich dachte an deine Mitbewohnerin. Nach dem, was wir wussten, gehört ihrem Vater angeblich halb Texas. Da musste doch was zu holen sein. Natürlich hatte ich keinen Plan. Das heißt, ich hatte schon einen, aber ich wusste nicht, wie ich ihn realisieren sollte. Ich überlegte hin und her, schließlich wollte ich niemanden nötigen. Es musste ihr also selbst über die Lippen kommen. Dann konnte ich so tun, als sei es ihre Idee.«

»Hast du mit ihr geschlafen?«, fragte Anne plötzlich. »Ist das Kind von dir?«

»Wie kommst du darauf?«, wich Noah aus. »Ich habe ganz andere Dinge am Hals. Falsche Investitionen. Falsche Freunde. Ich habe Dinge auf Pump gekauft und verschenkt, für deren Abzahlung ich wiederum Geld brauchte. Die meisten Gläubiger warten nicht gern auf ihr Geld. Sie werden ungeduldig, verstehst du?«

Anne starrte ihn an und verstand zunächst gar nichts, aber dann erinnerte sie sich plötzlich an den sündhaft teuren Ring, den er ihr zu Weihnachten geschenkt hatte. Erinnerte sich an Halbsätze, im Dunkeln gestammelt, die sie jetzt für ein Fastgeständnis hielt. Die Andeutungen, die sie immer wieder verdrängt hatte, vielleicht, weil sie die Wahrheit nicht hatte hören wollen. Noahs Abwesenheiten. Ihre Vermutungen, die Streitigkeiten. Und immer wieder Amber, die voller Neid auf ihren Ring starrte, als gehöre er ihr.

»Hast du den Ring gestohlen?«, fragte sie leise.

Er schüttelte den Kopf. »Das Geld war allerdings geliehen. Und jetzt muss ich es zurückgeben.«

»Wann?«

»Gestern, am besten vorgestern. Mir steht das Wasser bis zum Hals.«

»Du kannst nicht zurück«, stellte sie fest.

»Es gab ohnehin kein Zurück mehr. Und es gibt auch kein Geld.«

In ihrer Aufregung hatte sie gar nicht daran gedacht, aber es stimmte. Die Möglichkeit, an Rosleys Geld zu kommen, war dahin, und die Option, nach New York zurückzukehren und weiterzuleben wie bisher, bestand nun, da sie sich auf der Flucht befanden, auch nicht mehr. Die Hoffnung auf ein glimpfliches Ende der Entführungsgeschichte war zunichte.

Wie versteinert saß Anne da, realisierte, wie ohnmächtig sie angesichts all dessen war. Sie war Noah ausgeliefert, und er – ja, er wiederum war seinen Gläubigern ausgeliefert. Es war wie ein Labyrinth, in dem sie sich verirrt hatten und aus dem sie nun nicht mehr hinausfanden. Zu allem Übel wurden sie jetzt auch noch verfolgt! Jeden Moment konnten Polizisten die Tür eintreten, auf sie zustürmen und ihnen die Arme auf den Rücken drehen.

Dabei steckte der Dolch von gestern noch immer in ihrem Herzen. Amber war schwanger. Amber wurde vermisst und gesucht.

»Wir müssen etwas finden, wo wir bleiben können«, sagte Noah irgendwann. »Nur eine Zeit lang.«

»Was meinst du?«

»Ein Versteck. Ein Ort, an dem sie uns nicht aufspüren.«

»O Gott.«

»Fällt dir etwas anderes ein?«

»Ich sage doch, wir werden leugnen, und alles ist gut.«

Anne dachte blitzschnell nach. Angenommen, sie ließen Amber zurück und diese ging nicht zur Polizei. Angenommen, sie beide kamen durch und begannen ein neues Leben. Angenommen, Ambers Kind war tatsächlich von Noah …

Er schüttelte den Kopf, sah aus wie zerschlagen. »Das wird nicht funktionieren.«

»Erklär mir, weshalb nicht.« Sie wollte alles wissen, die ganze Wahrheit.

»Verflucht«, zischte er. »Glaub mir einfach!«

Eines Tages, so schwor er sich, würde er ihr alles erzählen. Aber jetzt, so schwer es ihm auch fiel, musste er allein damit fertig werden. Sonst war alles aus. Er sah, wie sich Annes Augen mit Tränen füllten, und dann senkte sie den Kopf und presste die Lippen aufeinander, damit er nicht bemerkte, wie wenig sie ihre Gesichtsmuskeln unter Kontrolle hatte. Als er den Arm nach ihr ausstreckte, wich sie vor ihm zurück, als sei er ein Aussätziger.

»Du hast Angst vor mir«, flüsterte er entsetzt. »Als ob ich dich verletzen würde!«

Anne sah Noah an. Er sah blass und erschöpft aus, ein gehetzter Ausdruck lag auf seinem Gesicht.

»Ich … ich werde durch die Wüste marschieren, wohin auch immer. Jedenfalls habe ich nicht vor, hier auf meine Verhaftung zu warten.«

»Du kannst nicht einfach losgehen«, widersprach er.

Sie stand auf, und im Bruchteil einer Sekunde war er bei ihr und hatte sie mit eisernem Griff gepackt. Anne roch seinen Tabakatem und spürte seine Unbezähmbarkeit, seine Wut. Eine leichte Alkoholfahne schlug ihr entgegen. Wann hatte er getrunken? Etwa am frühen Morgen? Sie versuchte, sich freizumachen, doch er hielt sie so fest an den Handgelenken, dass es schmerzte. Und dann beugte er sich zu ihr hinab und presste seinen Mund auf den ihren. Während sich seine Zunge ungefragt den Weg in ihre Mundhöhle bahnte, zuckte ein einziger, fataler Gedanke durch Annes Kopf: *Wenn sie Noah kriegen,* dachte sie, *dann lassen sie mich laufen.* Sie musste ihn im Glauben lassen, dass sie ihm überallhin und bedingungslos folgte. Wenn sie ihren eigenen Kopf aus der Schlinge ziehen wollte, würde sie seinen opfern müssen.

Und so erwiderte sie seinen ungestümen Kuss. Noah war so ungeduldig und gierig, dass er ihr wehtat. Sie spürte, wie er seinen Unterkörper an sie presste, spürte seinen festen Penis durch die Jeans, seinen drängenden, verzweifelten Atem auf ihrem Gesicht. Seine Hände hielten noch immer ihre Handgelenke umklammert, während er sich an ihrem schweißfeuchten Hals vergrub und stammelnd um Vergebung bettelte. Flehentlich um einen Neuanfang bat. Um ein Leben ohne Flucht, Geld und Amber. »Lass uns von vorn beginnen«, flüsterte er. »Lass Amber nicht zwischen uns treten. Lass Amber sterben.«

Sie zuckte zusammen, wie vom Blitz getroffen. Da waren Noahs barbarische Worte – und da war ein Geräusch. Schritte. Noah schaute auf, erschrocken. Also hatte er es auch gehört. Aber hatte er auch gesagt, was sie vernommen hatte?

Sie würde es nie erfahren.

Denn in diesem Moment donnerte es an der Tür.

KAPITEL 16

Das Herz schlug Anne bis zum Hals. Es konnte nur Amber sein, entweder allein oder mit der herbeigerufenen Polizei. Mit brennenden Augen sah sie, wie Noahs Blick zum Bett wanderte, zu der Stelle, an der sein vertrautes Klappmesser lag. Anne fragte sich, wann er wohl danach greifen würde, um Amber zu töten.

»Setz dich dorthin«, raunte er ihr zu und deutete mit dem Kinn auf die Kissen. Blitzartig erwog Anne, welche Optionen ihr blieben. Doch Noah packte sie erneut brüsk am Arm. Am liebsten hätte sie sich losgerissen und ihm ins Gesicht gespuckt, aber dann dachte sie wieder an das spitze, scharfe Schnappmesser, von dem sie plötzlich sicher war, dass er es benutzen würde, gegen wen auch immer.

Wie ein nasser Sack sank sie aufs Bett, sah zu, wie Noah sich vorbeugte und sein Messer aufnahm, es mit einem geübten Handgriff zuschnappen ließ, um es im Bund seiner Jeans zu verstauen, über den er das T-Shirt zupfte. Lautlos pirschte er zur Tür und öffnete sie mit einem Ruck. Amber stand davor, mit finsterer Miene und offenem Haar, das ihr strähnig ums Gesicht hing. Es war das erste Mal, dass Anne sie so sah, gespensterhaft blass, mit wirrem Blick.

Anne konnte die Spannung, die zwischen Amber und Noah herrschte, beinahe körperlich spüren. Hatte sie die Nachrichten gesehen? Wusste sie, dass das verrückte Spiel aufgehört hatte, eines zu sein? Noah spähte an Amber vorbei in ihr Zimmer. Dann zog er sie grob über die Schwelle der Verbindungstür.

Da erst sah Anne den beachtlichen Bluterguss auf Ambers Wange. Wann war denn das passiert? Bevor sie sich erkundigen konnte, brachte Amber schon eine genuschelte Erklärung hervor. Ihr sei schwindelig geworden, behauptete sie kaum hörbar, und so sei sie beim Aufstehen mit dem Gesicht auf die Kante des Nachtschränkchens gefallen.

Ein feines Frösteln lief über Annes Haut.

Amber log. Sie logen beide. Es reichte, in ihre scheinheiligen Gesichter zu blicken, und schon wusste man es. Sie musste fort von hier, fort von beiden. Aber was für eine Chance hatte sie, wenn sie jetzt aufsprang und davonrannte? Noah war schneller als sie und lief jedem davon, selbst dem Gesetz.

Doch plötzlich sah sie sein Scheitern deutlich vor Augen: Noah an der mexikanischen Grenze. Noah auf der Flucht. Noah im Kugelhagel.

Und bei ihm würde Amber sein.

Amber, die gerade schwankte wie ein Fähnchen im Wind. Die eigentlich immer schwankte wie jemand ohne feste Position – unbeständig und ohne Rückgrat. Im Prinzip konnte man sie nur bedauern. Amber mit ihrer ewigen Lebensunzufriedenheit und all dem Neid. Bemitleidenswert, wie sie so dastand.

Es sei Zeit zu gehen, erklärte Noah nun rau. Und dann packte er Amber am Arm und stieß sie ruppig in Richtung Tür. Anne wunderte sich, dass sich Amber nicht wehrte und ihm ohne einen Mucks folgte. Ihr Gang war schwankend, unsicher. Es war einfach nicht der typische Ambergang.

Die Tür nach draußen wurde geöffnet, die Hitze strömte

herein wie aus einem heißen Gebläse. Gleißendes Licht, aggressiv wie Noah. Seine Schritte waren steif. Mühelos verfrachtete er erst das Gepäck, dann Amber in das mit einer Sandschicht bedeckte Auto, Anne ging hinterher und glitt auf den Beifahrersitz. Sie tat so, als sei nichts geschehen, und versuchte, sich nicht mit dem zu befassen, was vor ihr lag. Als Noah endlich den Motor anließ, schloss sie für einen Moment die Augen und betete. Sie betete, dass Gott ihr verzeihen möge. Sie betete auch für Noah und Amber. Am meisten aber betete sie für sich selbst.

Das grelle Morgenlicht fiel auf die endlose Weite des Death Valley. Der Sandsturm hatte sich in der flirrenden Luft aufgelöst, und die Sonne, die bereits so früh am Morgen eine unbändige Kraft entwickelte, stand am tiefblauen Himmel wie ein todbringendes Höllenfeuer. Während der Wagen über die Wüstenstraße sauste, beschwor sich Anne innerlich, ruhig zu bleiben, niemanden zu provozieren, weder Amber noch den Mann, den sie geliebt und irgendwo zwischen Court und Spieltisch verloren hatte. Und nebenbei überlegte sie sich eine Überlebensstrategie, die keinen der beiden einschloss.

Die Fahrt durch die staubige, glühende Ebene verlief schweigsam. Jeder der drei war in sein eigenes Gedankenchaos versunken. Am Horizont sah man schneebedecktes Gebirge, aber das war bloß eine Sinnestäuschung. Es gab nur die staubige Straße und die sengende Todeshitze. Am Wegesrand ab und an Ballen von ausgedörrtem Dorngestrüpp. Kakteen und Wüstenbüsche.

Irgendwo da draußen lauerte vielleicht schon ein Polizeitrupp, der auf der Suche nach ihnen war.

Und dann ein ohrenbetäubender Knall, der durch Mark

und Bein ging. Es war eine Explosion von irgendwoher. Ein Schuss?

»Shit«, fluchte Noah, der instinktiv auf die Bremse getreten war. Sie schlingerten, die Hinterräder brachen aus und rutschten gefährlich nahe an das Geröllufer, auf dem das Reifenprofil keinen Halt haben würde. Er kämpfte mit dem Lenkrad. Jemand hatte auf sie geschossen! Gleich würden die Scheiben zersplittern, und sie würden alle drei im Kugelhagel sterben. Er spürte den Druck seines Messers an seinem Schenkel.

»Was ist los?«, schrie Anne hysterisch. Ihre Stimme war schrill. Sie schrie und schrie, und Noah brüllte zurück.

Irgendwie brachte er das Gefährt zum Stillstand. Nur das Knacken des Motors war zu hören. Dort, wo sie hergekommen waren, türmte sich eine gigantische Staubwolke auf, die sich langsam auflöste und die Sicht freigab auf das, was sie nicht begriffen: endlose Leere. Offenbar war dort niemand, der auf sie geschossen haben könnte.

Enorme Erleichterung durchflutete Noah. Und einen Augenblick später eine Welle der Wut auf die ganze Welt. Weshalb hatte er nur solch ein verfluchtes Pech im Leben? Und weshalb konnte Anne nicht endlich den Schnabel halten? Er wollte das Gekeife nicht mehr hören. Diese entsetzten, angsterfüllten Augen … dieser Argwohn … Und dann sah er im Rückspiegel die leichenblasse Amber, deren Augäpfel einen ungesunden Glanz aufwiesen. Plötzlich begriff er, was geschehen war.

Er wagte sich kaum auszumalen, was passierte, wenn es ihm nicht gelang, die Karre wieder aufVordermann zu bringen. Schon in zwei Stunden wäre die Hitze gnadenlos. Also, wie lange wollte er eigentlich noch untätig sitzen bleiben? Er musste etwas unternehmen.

Noah stieg aus und schmetterte fluchend die Wagentür zu. Eine Hitzewelle schlug über ihm zusammen.

»Wir verrecken«, stöhnte Anne, aber er hörte sie schon nicht mehr und lief aufgebracht um den Wagen herum, um die Lage zu begutachten. Die Luft flimmerte über der knackenden Motorhaube. Es roch nach verbranntem Gummi. Noah sah nach links und rechts über die glühende, flirrende Straße. Nichts zu sehen. Kein Mensch, kein Tier, nicht mal ein Insekt. Weshalb mussten sie gerade hier in dieser sengenden Hölle Schiffbruch erleiden? Alles schien so unwirklich! Sein Hemd war schweißgetränkt, sein Kopf glühte, während seine Gedanken fieberhaft arbeiteten. Er hatte bereits gemerkt, dass es der rechte Vorderreifen war, der sie beinahe zum Überschlagen gebracht hatte. Und dann, als er sich bückte, um den Reifen genauer in Augenschein zu nehmen, sah er den Einschnitt, der sich von links nach rechts über die ganze Breite des Reifens zog.

Glassplitter, durchzuckte es ihn. Dicke Stücke einer zerbrochenen Flasche, fein säuberlich in das Gummi hineingedrückt. Eine perfide Präzisionsarbeit. Er ahnte sofort, wer dafür verantwortlich war, und spürte, wie sein Gesicht die Farbe wechselte. Solch einen tief greifenden, allumfassenden Zorn hatte er noch nie empfunden. Er hätte in diesem Augenblick töten können, und da war es wieder – das Messer an seinem Schenkel. Sein fester Druck und der Druck hinter seiner Schläfe. Er brüllte wie jemand, der den Verstand verlor. In rasender Wut ließ er seinen kaputten Fuß vorschnellen und trat mit voller Wucht gegen die Karosserie. Einmal, zweimal, dreimal … So lange, bis sich das verfluchte Blech beulte und der Wagen schaukelte wie ein Schiff in Seenot. So lange, bis sich schließlich die Tür öffnete und Anne mit dem Gesicht einer Furie heraussprang und ihn wie eine Wilde anherrschte. Jegliche Furcht in ihrem Antlitz war verschwunden, es gab nur noch den Zorn auf ihn, den Versager. »Sag mal, spinnst du jetzt völlig?«, schrie sie. Ja, sie schrie schon wieder. Wenn sie doch nur ihr verfluchtes Maul halten könnte!

Schon stürmte er auf sie zu und stieß sie so fest gegen den Wagen, dass es krachte. Vor Überraschung keuchend hing sie da, während er in Gedanken auf sie eindrosch, bis sie endlich ihre Klappe hielt. Doch dann überfiel ihn die Scham. Er hatte die Gewalt über sich verloren, und plötzlich schämte er sich dafür, weil er war wie sein Vater. Mitten in der Wüste musste ihm einfallen, dass er genauso rücksichtslos war wie sein Erzeuger, ebenso roh und gewalttätig. Unter seinen Achseln hatten sich dunkle Ringe gebildet, sein Rücken war schweißnass und klebrig, während seine Kopfhaut juckte und die Augen brannten, weil Schweiß hineinlief. Aber er würde den Reifen wechseln müssen, ganz gleich, wie er sich fühlte. Oder wollte er etwa hier stehen bleiben und, über die bebende Anne gebeugt, in seiner eigenen Scham versinken?

Schnaufend und ohne eine Entschuldigung ging er zum Kofferraum und machte sich dort auf die Suche nach Wagenheber und Ersatzrad. Seine größte Sorge bestätigte sich nicht, die Angst nämlich, dass die Sabotage auch davor nicht haltgemacht hatte. Er hievte Rad und Werkzeug heraus und beobachtete aus dem Augenwinkel, wie sich Anne an der hinteren Autotür zu schaffen machte und Amber aus dem Wagen half, die Teufelin, die kaum auf ihren vermeintlich zarten Beinchen stehen konnte. Noah bekam nur am Rande mit, dass sie sich schweigend entfernten. Dass Anne mit Amber am Arm wie im Zeitlupentempo in Richtung Gerölldünen wanderte.

Noah knurrte. Schmutzig und erschöpft machte er sich ans Werk und schraubte den defekten Reifen ab. Bei dieser Affenhitze war das eine wahre Strafarbeit. Ungeduldig strich er sich eine schweißnasse Locke aus der Stirn, ächzte und fluchte, während er sich mit dem Radbolzen abmühte. Noch nie zuvor hatte er sich so eingekesselt gefühlt. Ganz schön paradox, wenn man bedachte, dass es um ihn herum nur unendliche Weite gab. Doch die Freiheit war trügerisch. Wenn jetzt jemand vorbeikäme, der die Nachrichten gesehen hatte und Amber erkannte, wäre es aus.

Noah hievte den Wagen in die Höhe, löste das defekte Rad von der Vorderachse, legte das neue an und begann, es fachgerecht zu befestigen – alles so rasch wie nur möglich. Der Schweiß lief ihm in Strömen über Gesicht und Hals und tropfte in den Staub. Sein Fuß peinigte ihn. Stolz und Erleichterung durchfluteten ihn, als es schließlich vollbracht war. Alles saß, alles war fest.

Keuchend richtete er sich auf, spuckte in den Staub und hielt nach Anne und Amber Ausschau, die sich offenbar die Beine vertraten. Er sah sie nur noch verschwommen. Entkräftet sank er gegen die Karosserie und überlegte, wie er sich nur von all dem Elend befreien konnte. Amber war das Elend. Der Ursprung seines Dilemmas.

In seinem Hirn tanzten die Möglichkeiten, die ihm blieben. Am besten fuhr er einfach davon. Am besten … Als Anne von hinten an ihn herantrat, schrak er zusammen. In seinem Gesicht zuckte es nervös, weil ihm aufging, dass sie allein war. »Wo ist Amber?«

Sie deutete auf den diffusen Klecks, der sich irgendwo auf dem Geröll bewegte und von der flirrenden Luft fast verschluckt wurde. »Sie kotzt wieder«, erklärte sie müde.

»Glaub ihr kein Wort«, quetschte er drohend zwischen den Zähnen hervor. »Kein einziges verdammtes Wort.«

»Aber Noah ... sie ...«

Er reckte die Faust und schnaubte vor Wut und brüllte: »Komm zurück, du Miststück!« Doch seine Worte verhallten in der endlosen Weite, seine Faust sackte hinab.

»Hol dieses Weib zurück!«, warnte er Anne. »Ich vergesse mich sonst.«

Anne starrte ihn an. Ja, begriff er denn nicht?

»Sie läuft immer weiter«, sagte sie. »Ich kann sie nicht zurückholen.«

»Weiter, sagst du?« Sein gehetzter Blick wanderte umher. Wohin wollte Amber denn? Dort hinten gab es nichts außer Geröll, Sand und Leere. Jäh packte Noah Anne am Arm und zog sie mit sich, in Richtung des tanzenden Punktes.

»Die wird was erleben«, fluchte er und schrie Amber zu, sie solle verflucht noch mal endlich stehen bleiben. Wenn sie nicht sofort freiwillig stehen blieb, dachte er, dann ... Das zusammengeklappte Messer drückte noch immer gegen seine Hüfte. Es musste inzwischen nass sein. Der Schweiß lief ihm in Bächen herab. Durch Annes T-Shirt konnte er spüren, dass auch sie schwitzte. Ihre Brüste tanzten unter dem Hemd auf und ab. Trug sie keinen BH? Sie hatte immer einen getragen. Sie war immer ein anständiges Mädchen gewesen. Kein Sex mit anderen Männern. Eine treue Seele, die er gar nicht verdient hatte. So eine wie sie würde er nie wieder finden.

Er und Anne gingen weiter. Sahen, dass sich der Fleck nicht mehr bewegte. Wann war der Stillstand eingetreten? War es überhaupt Stillstand oder wieder nur eine verzerrte Wahrnehmung? Dann war der Punkt nicht mehr klein. Der Punkt wurde Amber. Sie hockte im Sand, das dunkle Haar über dem Gesicht wie ein Vorhang, der sie vor der Sonnenmarter schützen sollte. Der Geröllsand dampfte. Noah hörte Anne neben sich keuchen. Sie keuchte wie beim Sex, aber daran durfte er jetzt nicht denken. Er durfte nicht daran denken, was geworden wäre und was hätte sein können, wenn es Amber und diese beschissene Wüste nicht gegeben hätte.

Plötzlich blieb er stehen und deutete mit dem Kinn in Richtung der Texanerin. Wie bei einer Betrunkenen schwankte ihr Kopf hin und her, vor und zurück, unter ihr eine Lache von Erbrochenem. Anne wollte sich gerade von Noah losreißen, als Ambers Oberkörper nach vorn kippte. Sie knickte in der Hüfte ein und fiel wie ein nasser Sack vornüber in den Sand. Mit verdrehten Gliedern blieb sie liegen. Noah stürzte zu ihr, fiel auf die Knie und schüttelte sie. Amber war ohnmächtig, aus ihrem Mundwinkel lief Speichel. Der saure Geruch von frisch Erbrochenem hing in der Luft. Noah, der sich nicht anders zu helfen wusste, holte aus und ohrfeigte Amber so heftig, dass es knallte. Ihr Kopf hing schlaff herab. Die falsche Schlange bot eine gute Show. Und wenn es keine war? Was dann?

»Wasser!«, brüllte er Anne zu. »Hol schnell Wasser!«

Anne kämpfte sich durch die Hitze, ihre Beine bewegten sich von ganz allein. Am Wagen angelangt, schnappte sie eine Plastikflasche und eilte zurück. Die Sonne war mörderisch. Ihr wollte der Kopf zerspringen, als sie wieder vor Noah stand und ihm die Flasche reichte, deren brühwarmen Inhalt er in einem Schwall über Ambers Gesicht schüttete. Er kniete noch immer im Geröllsand, und Ambers Kopf war in seinen Schoß gebettet. Seine linke Hand ruhte auf ihrem Hals, fühlte ihren fliegenden Puls.

Anne sah wie gelähmt zu und dachte an das eigentümliche Widerstreben, das sich in den letzten Tagen in ihr breitgemacht hatte. An die Momente, in denen sie sich das Unaussprechliche gewünscht hatte. Aber das hier hatte sie doch nicht wirklich und ernsthaft gewollt. Oder etwa doch?

»Wir müssen sie ins Krankenhaus bringen«, stammelte Anne.

»Machst du Witze? Garantiert gibt es im Umkreis von hundertfünfzig Meilen keins.«

»Und wenn wir nach Stovepipe Wells zurückfahren? Dort können wir telefonieren. In der Broschüre stand etwas von Nothelikoptern, die …«

»Aber denk doch mal nach!«, unterbrach er sie brüllend, inzwischen selbst völlig kopflos und verzweifelt. »Wenn wir im Krankenhaus auftauchen, haben sie uns!«

»Ist dir lieber, sie stirbt?«

»Sie *wird* nicht sterben! Sie *darf* nicht sterben!«

Abermals schlug er Amber mit der flachen Hand ins Gesicht.

Ihre Augenlider vibrierten, aus ihrem Mundwinkel lief schaumiger, rosa schimmernder Speichel. Zunächst hatte Noah geglaubt, sie bluffte nur, aber jetzt brach scheinbar ihr Organismus zusammen. Ambers Augen waren verdreht. Stöhnte sie? Er meinte etwas zu hören, aber vielleicht war es auch nur der Wind. Plötzlich zuckte Amber. Eine Welle des Aufbäumens durchlief ihren schönen, kleinen Körper. Und dann regte sie sich nicht mehr. Sie atmete nicht mehr.

Noah wurde von jähem Schwindel erfasst. Panisch beugte er sich über sie. Er verschloss Ambers Nase mit Daumen und Zeigefinger, holte tief Atem und umschloss ihren Mund mit seinem eigenen. Pumpte die Luft aus seinen Lungen in ihre, wiederholte den Vorgang in kurzer, schneller Abfolge. Nach jeder Atemgabe hob er den Kopf und beobachtete, wie ihr Brustkorb zurücksank. Zunächst hörte er auch die entweichende Luft, ein kleines, fieses Pfeifen, das aus der Tiefe ihres Körpers kam, aber dann – dann hörte er nichts mehr.

Wie von Sinnen riss er dem Mädchen die Bluse auf. Knöpfe sprangen in die flirrende Luft, zum Vorschein kam ihr kleiner, fester Busen. Er kniete sich über sie, legte die Hände fest übereinander und begann mit kräftigen, kurz aufeinander folgenden Stößen senkrecht auf die untere Hälfte des Brustbeins zu drücken. Er gönnte sich keine Pause, presste und drückte, keuchte und presste. Irgendwann spürte er, dass etwas in Ambers schlaffem Körper nachgab und knackte.

Später – wie viele Minuten waren vergangen? – ließ er von ihr ab und kontrollierte ihren Puls. Nichts. Kein Herzschlag mehr. Ihr Gesicht hatte eine bläulich-blasse Färbung angenommen.

»Sie atmet nicht mehr«, flüsterte er. Anne stand nur da. Sie starrte Amber an, und dann starrte sie Noah an, der über das leblose Mädchen gebeugt im Sand saß.

Amber war tot. Tot, tot, tot! Und Noah hockte einfach da und sagte kein Wort.

»Du hast sie umgebracht!«, schrie sie tränenblind und stürzte sich auf ihn. Binnen weniger Tage hatte sich ihr Leben in ein albtraumhaftes Chaos verwandelt, und jetzt brach alles, was geschehen war, wie eine Sintflut aus ihr hervor. Sie hasste diesen Ort, sie hasste Noah Berry, dem sie einen verzweifelten Stoß verpasste. Er fiel hintenüber in den Sand, und sie stürzte sich auf ihn. Doch während sie völlig von Sinnen auf ihn einprügelte, blieb er ganz ruhig. Er packte sie mit stählernem Griff bei den Handgelenken, und sie schrie entsetzt auf, als er so fest zudrückte, dass sie glaubte, ihre Knochen würden splittern.

»Du reißt dich jetzt zusammen!«, raunte er ihr zu. »Sonst bist du auch gleich tot.«

Wie vom Donner gerührt hörte sie auf zu zappeln. Stille umgab sie. Eine Grabesstille. Lauernd und böse. Noahs Griff lockerte sich. Er gab Anne frei und überließ sie ihrem hemmungslosen Weinen. Er sah Amber dort liegen und beschwor sich, jetzt nicht die Nerven zu verlieren. Womöglich gab es ja doch eine Möglichkeit, gemeinsam mit Anne zu entkommen. Sie konnten sich ins Ausland absetzen, nach Südamerika oder in die Südsee, wo sie vom Fischen leben und sich ein Leben lang daran erinnern würden, wie es war, einen Menschen auf dem Gewissen zu haben. Schlimm genug, aber wenn er nicht entkam, wurde er des Mordes angeklagt. Ein totes Mädchen im Sand, mit einer gebrochenen Rippe und einer zerrissenen Bluse. Die Spuren – auch die, die sie erst später auf dem Obduktionstisch finden würden – waren eindeutig. Die Polizei war gründlich, und es war nur eine Frage der Zeit, bis sie ihn hatten. Ein Frösteln durchlief Noahs Körper.

Amber, sie roch jetzt schon – tot.

Was sie am allerwenigsten hatten, war Zeit. Bei diesen Temperaturen schritt die Fäulnis schnell voran. Er sah sich um. Alles still. Totenstill. Aber jeden Augenblick konnte jemand vorbeikommen.

»Wir haben keine Schaufel dabei«, stieß er hervor und bemerkte, wie Anne zusammenzuckte. Er wusste, sie würde es ohnehin nicht fertigbringen, ein Loch für Amber zu graben und sie dann einfach hineinzuwerfen wie einen Sack Müll. »Halt!«, sagte sie. »Wir müssen noch warten.«

»Warten?«, krächzte er. »Worauf denn?«

Kaum hatte er gefragt, da ahnte er es schon. Konnte es wirklich sein, dass Amber gleich die Augen aufschlug und ihm zulächelte, als sei nichts gewesen? War es ein schauriger Schabernack, den sie mit ihnen trieb? Vielleicht hatte Anne recht. Vielleicht war Amber in der Lage, sich tot zu stellen. Vielleicht war sie gar kein Mensch.

Hexe, knurrte er innerlich. *Verfluchte Hexe.* Erst gestern hatte sie bewiesen, dass sie eine war.

Aber ihr Herz schlug ja nicht mehr. Wie sollte sie da noch leben? Dennoch erwog er, auf Anne zu hören und abzuwarten. Eine Stunde vielleicht oder zwei. Wenn sie dann immer noch nicht wieder wach war, war sie definitiv tot. Und was, wenn sie sie begruben und sie wachte dort unten auf? Kalt erwog er, wie gründlich man die Leiche untersuchen würde, falls man sie je fand. Er durfte jetzt keinen Fehler mehr machen. Vielleicht leistete die Hitze ja rasche Arbeit und verwischte, was sich an Spuren auf dem Gewebe befand. Spätestens in einer Stunde würde die Leichenstarre einsetzen. Noch war Ambers Körper weich und biegsam. Aber bereits in Kürze würde sie in dieser Hitze zu verfaulen beginnen.

Seine Mutter war schon starr gewesen, als er sie gefunden hatte. Kalt und steif und mit lauter Flecken übersät, so hielt er sie in seiner düsteren Erinnerung. Er wollte nicht, dass auch Amber sich auf diese Weise in seine Träume schlich. Er beobachtete, wie sich eine Fliege auf ihrem hübschen Gesicht niederließ. Nicht mehr lange, dann würden auch die Maden kommen. Oder mumifizierte eine Leiche bei diesem Klima?

Ihm klebte die Zunge am Gaumen. Eigentlich musste er unbedingt etwas trinken, aber er würde kotzen, wenn er auch nur einen Schluck zu sich nahm.

»Wir müssen sie beseitigen«, sagte er und deutete mit dem Kinn nach Westen. Dort führte ein Weg fort von der

Hauptstraße und verschwand hinter einem Hügel. Ohne Annes Reaktion abzuwarten, packte er Amber, die auf einmal tonnenschwer schien, hievte sie über die Schulter und trug sie zum Wagen, wo er ihren schlaffen Körper auf den Rücksitz gleiten ließ. Sie war klein, aber ihre Beine wollten nicht so, wie er wollte, sodass er mehrere Anläufe brauchte, bis sie bequem lag. Er musste lachen. Das war nun wirklich idiotisch! Eine Leiche, die es sich bequem machte ... Noah keuchte schwer. Ein wilder Schreck durchfuhr ihn, als er ein Geräusch hörte, dabei war es nur Anne, die japsend auf den Beifahrersitz fiel. Er wollte ihr erklären, wohin sie fahren würden, aber seine Stimme versagte ihm den Dienst. Vielleicht war es besser, wenn sie nicht redeten.

Der Wagen glitt hinter die Anhöhe und noch ein Stück weiter. Von der Straße aus waren sie nun nicht mehr zu sehen. Dann rumpelten sie eine Schotterpiste hinauf, die irgendwann abrupt endete. Noah hielt an und schaltete den Motor ab.

»Und jetzt?«, fragte Anne. Schweiß perlte ihr von der Stirn.

»Wir müssen sie beseitigen«, wiederholte Noah kalt.

Sie starrte ihn an, und er starrte zurück, bevor er ausstieg und ganz sachlich den Boden am Wegesrand prüfte. Ja, hier würde es gehen.

»Los, raus!«, befahl er Anne und klappte in einem Atemzug den Kofferraum auf, aus dem er Wagenheber und Bolzenschlüssel hervorholte. Er brauchte eigentlich eine Schaufel, aber er hatte nur diesen dämlichen Wagenheber, mit dem er wie ein Verrückter in die Erde stach, bis sie schließlich nachgab. In einem geradezu rauschhaften Zustand begann er, das Grab auszuheben – mit dem Werkzeug und den bloßen Händen. Er musste schneller graben. *Schneller, schneller.* Und es musste tief genug sein. Breit genug, lang genug. Amber war klein, aber er wollte, dass sie es behaglich hatte. Einen Moment lang überfiel ihn die absurde Angst, sie könnte sich noch nach dem Tod an ihm rächen, wenn sie unbequem lag. Sie würde für immer unruhig sein und sich aus der Hölle melden.

Er nutzte den Bolzenschlüssel als Stecheisen, sank immer tiefer ein. Seine Arme schmerzten, er spürte, wie sich seine Fingernägel vom Nagelbett hoben und abplatzten. Die Schmerzen waren teuflisch, und je tiefer er grub, desto schlimmer wurde es, denn unter dem Geröllsand befand sich steinhart gebackene Erde, in die er immer wieder mit dem Werkzeug stechen musste, bevor sie sich löste. Hätte er doch einen Spaten gehabt! Wo war eigentlich der Wagenheber? Er grub, rang nach Atem, machte eine Pause und buddelte weiter. Der Schweiß lief ihm beißend in die Augen. Was für eine Hitze. Irgendwann spürte er, wie Anne an ihn herantrat. Wie sie ihm von oben an die Schulter fasste und sagte: »Jetzt ist es gut.«

Er hielt inne und sah zu ihr hinauf. Er zwinkerte, da die Sonne ihn blendete. Annes Gesicht war wie ein großer weißer Fleck, ganz nahe an dem Abgrund, an dem sie stand.

»Meinst du, wir können sie jetzt hinablassen?«

Sie zuckte die Schultern und schwieg. Irgendwas stimmte nicht.

»Was hast du?«, fragte er.

Sie antwortete nicht, starrte nur auf ihn herab. Er musste wirklich ein dämliches Bild abgeben, wie er da in dem Grab kniete. Ein lähmender Gedanke durchzuckte ihn, eiskalt und böse. Wenn nun Anne zu Ungeahntem fähig war? Sie würde ihn doch nicht … nein, dazu war sie nicht imstande.

Sein Blick fiel auf den Wagenheber, der keinen halben Meter von ihrem rechten Fuß entfernt ruhte. Sie brauchte sich nur zu bücken und danach zu greifen. Einmal ausholen und mit voller Wucht auf seinen, Noahs, Schädel krachen lassen. Die Kraft der Frauen hatte er bereits am eigenen Leib spüren dürfen. Als sich Anne rührte, fuhr ihm der Schreck in die Glieder. Wie paralysiert beobachtete er, dass sie nach hinten trat. Einen Schritt, und noch einen. Einmal bücken, einmal zuhauen …

Blitzartig warf er den Bolzenschlüssel in ihre Richtung und stemmte sich mit einem Ruck hinaus aus der Vertiefung, die mehr eine Rinne war denn ein Grab. Anne blieb erschrocken stehen und sah ihn entsetzt an.

»Spinnst du?«, zischte sie. »Willst du mich auch noch umbringen?«

Und da war es. *Willst du mich auch noch umbringen? Auch noch.* Ja, natürlich. *Er* war es gewesen, der Amber getötet hatte. Es war seine verfluchte Idee gewesen, hierherzufahren. Aber eigentlich konnte es ihm niemand nachweisen. Hatten sie jemandem von ihrem Vorhaben erzählt? Natürlich nicht. Das war ihr Pakt gewesen. Niemand außer ihnen dreien kannte ihre Pläne, niemand ihre Route. Nun war Amber tot. Und Anne lebte noch.

Sie würde ihn verraten. In diesem Moment war er sich dessen ganz sicher. Was blieb ihr auch anderes übrig, als die Kronzeugin abzugeben? Das war ihre einzige Chance, um ihr hübsches Köpfchen aus der Schlinge zu ziehen. Seinen Kopf gegen ihren Kopf. Oder umgekehrt. Genauso war es.

Er sah Annes Kopf, und er sah den Wagenheber. Schweres, eisernes Gerät, das härter war als jeder Schädelknochen. Ein Hieb, ein Schlag, und es war vorüber. Kein Mitwisser mehr und kein Verrat. Nur noch eine Leiche mehr. Das Grab war schon geschaufelt …

Als er auf sie zuschwankte, machte Anne einen Rückwärtsschritt und dann noch einen. Blass und schwitzend. Mit brennenden Augen sah Noah, wie einfach es sein konnte. Wie schlicht und endgültig. Er trat noch einen Schritt vor und noch einen, bis er Anne so nahe war, dass er sie wittern konnte. Sie roch nach Schweiß, und er war sich ganz sicher, dass sie noch nie nach Schweiß gerochen hatte. Er legte seine Hände auf ihre Schultern und spürte, wie sie vor ihm zurückzuckte.

»Anne«, keuchte er. »Anne, verzeih.«

Seine Arme zitterten von der Anstrengung, seine Hände waren blutig. Er merkte, dass auch sein Mund blutverklebt war. Am liebsten hätte er sich gesetzt und einen Moment lang ausgeruht, nur einen Augenblick. Aber es half alles nichts. Er musste Amber aus dem Auto holen und sie in dieses Höllenloch legen.

»Komm«, sagte er zu Anne. »Uns bleibt nichts anderes übrig.«

Er marschierte zum Wagen und sah, dass Amber in derselben Position dalag, wie er sie hineingequetscht hatte: mit angewinkelten Beinen und abgeknicktem Kopf. Das Hexenhaar hing vom Sitz herab. Ihr Hals war verdreht, das Gesicht bleich und wächsern. Er meinte, eine Woge süßlichen Aasgeruchs einzuatmen, was ihm fast die Besinnung raubte. Er packte Amber an den Füßen, zog sie zur Hälfte heraus und schwang sich den Körper mit einem Ruck über die Schulter. Mit schwerfälligen Schritten trug er sie hinüber zum Grab. Tot war sie schwerer als lebendig. Er rang noch mit ihrem Gewicht, als er sie sah – die Fußspuren, die er hinterlassen hatte. Er musste sie dringend beseitigen, später.

Dann ließ er den Leichnam kopfüber von seiner Schulter gleiten, hinein in die frisch geschaufelte Grube. Sie fiel. Ein schreckliches Geräusch. Aber kein Schrei. Mit verrenkten Gliedern und verdrehtem Hals blieb Amber liegen. Neben ihm schnappte Anne nach Luft. Doch er hatte keine Zeit für Sentimentalität. Alles musste schnell gehen.

»Was stehst du da und heulst?«, fuhr er Anne kaltschnäuzig an. »Hilf mir lieber!«

Und schon ging er in die Knie und schaufelte in Windeseile mit den bloßen Händen die Sanderde hinunter. Immer mehr, immer schneller. Immer bemüht, nicht Ambers Augen zu begegnen. Wie durch einen Schleier nahm er wahr, dass der fragile Körper Stück für Stück verschwand, erst die Beine, dann die Arme und zuletzt der Rumpf. Nur der Kopf mit den anklagenden Augen war noch frei. Einen schrecklichen Augenblick lang überlegte er, ob er es überhaupt fertigbrachte, ihn verschwinden zu lassen, doch schon einen Moment später prallte wie von selbst ein Klumpen Erde hinab, und dann noch einer und noch einer, bis schließlich nichts mehr von der Toten zu sehen und das Loch zugeschüttet war.

Als er sein Werk vollendet hatte, stand Noah auf und trat zurück, um es zu begutachten. *Verflucht!* Auch wenn die Stelle fernab der Straße lag, bestand die Möglichkeit, dass sich jemand hierher verirrte. Und wenn es nur ein Tier war. Ein aasfressendes Tier würde die Leiche *riechen*! Davon abgesehen war die Erde frisch umgegraben. Jeder Narr sah auf den ersten Blick, dass hier etwas verscharrt lag …

Noah hetzte zum Wagen und zog die Fußmatte hervor, mit der er kurz darauf wie ein Wilder auf den Sand eindrosch – so lange, bis er einigermaßen geglättet war. Jetzt noch ein paar Steine darauf, und alles wirkte wieder ganz natürlich. Zufrieden starrte er auf die Stelle, an der Amber Rosley ohne Kreuz und letzten Gruß begraben lag.

Anne tat das, was er nicht fertigbrachte. Sie weinte, das Gesicht in den Händen vergraben, während sie darauf wartete, dass Gott sie erschlug. Noah überließ sie ihrer Verzweiflung.

»Wir müssen wenigstens ein Kreuz aus Steinen drauflegen«, schluchzte sie. Ihr Gesicht war von Tränen überströmt. »Irgendetwas, das an sie erinnert.«

»Lass es gut sein«, entgegnete er. »Komm jetzt.«

»Aber ich werde damit nicht fertig!«

»Denkst du, ich?«

»Was machen wir denn jetzt?«

»Keine Ahnung.« Er überlegte für eine Weile, ahnte, dass es an ihm war, eine Entscheidung zu treffen – ganz allein. Es hatte keinen Sinn, hier inmitten der glühenden Sandhölle zu warten, bis sich irgendetwas von selbst erledigte. Er musste einen plausiblen Vorschlag vorbringen – und zwar sofort.

Doch Anne kam ihm zuvor. »Und wenn wir uns stellen?«, krächzte sie, vom Weinen ganz heiser.

Sein Kopf fuhr herum. »Stellen? Warum?«

»Schuldgefühle sind dir wohl fremd, was?«, fuhr sie ihn an.

»Hör auf mit dem sentimentalen Quatsch!« Abermals stellte er sich vor, was mit ihm geschehen würde, wenn er zur Polizei ging, und alles in ihm sträubte sich. Er würde für ein Verbrechen büßen, das er nicht begangen hatte, das eine Inszenierung war, fein säuberlich eingefädelt von einer Schizophrenen. Wenn Anne doch nur wüsste …

Er sah sie an, die schöne Anne, in die er sich ernsthaft verliebt hatte, weil sie so rein und unschuldig, so herrlich unamerikanisch gewesen war.

»Wir könnten gegenseitig bezeugen, wie es gewesen ist«, flüsterte sie. »Es war eine Verkettung tragischer Umstände.«

»Lass uns vergessen, dass es sie je gegeben hat.«

»Wir können doch nicht einfach so tun, als hätte sie nie existiert! Man wird Nachforschungen anstellen. Vielleicht erinnert sich jemand der Motelangestellten an uns, irgendjemand, bei dem wir getankt oder eingekauft haben. Sie rekonstruieren unsere Route, finden Spuren, und schließlich finden sie uns. Es ist nur eine Frage der Zeit, bis sie uns haben.«

»Womöglich hast du recht. Wir müssen weg.« Er würde versuchen müssen, die Staaten zu verlassen, nach Süden, hinunter nach Mexiko und noch viel weiter, aber natürlich hatte er keine Ahnung, wie man sich von einem Tag zum anderen in Luft auflöste. Wenn er nur erst einmal über die Grenze wäre …

Seine Gedanken überstürzten sich und verloren sich in dem tiefen Schweigen der Wüste, das ihn umgab. Er hatte sich noch nie so leer gefühlt. Und zu allem Überfluss hatte er die Frau, die er liebte, in etwas hineingezogen, das ihr weiteres Leben zerstörte. Das unschuldige Mädchen gab es nicht mehr. Aber es gab eine Chance. Eine einzige, bittere Chance …

Sein Herz klopfte wie wild, während er fieberhaft überlegte, wie er es anstellen sollte. Ein paar Stunden noch, dann versanken sie vielleicht beide im Treibsand. Und kamen nie wieder heraus.

Sein Blick glitt über die glühende Ebene, die sich scheinbar endlos in alle vier Himmelsrichtungen erstreckte. Sie waren beide mit den Nerven am Ende. Wenn jemand sie anhielt, würde man ihnen bereits an der Nasenspitze ansehen, dass etwas nicht stimmte. Sie würden sich verhaspeln, sich in Widersprüche verwickeln. Anne hielt definitiv keiner weiteren Belastung stand. Sie war eine Gefahr für sich selbst und eine Gefahr für ihn. Mit ihr zusammen sah es düster für ihn aus. Ihm blieb keine andere Wahl.

Er sah auf die Uhr. Es war fünf vor zwölf.

»Wir fahren zurück nach Vegas«, erklärte er. »Leg dich hinten auf die Rückbank, und schlaf ein bisschen.«

»Ich verstehe nicht …«

»Du fliegst nach Deutschland, noch heute.«

Durch den Schleier ihrer Tränen konnte Anne Noahs Gesicht nicht sehen, aber sie hörte, was er sagte. All das, was er schon immer hätte sagen sollen. Und was sie schon immer hatte hören wollen. *Noah,* dachte sie, *und du*? Aber sie schwieg und glitt wie eine von ihm geführte Marionette auf den Rücksitz. Er startete den Motor und registrierte, dass die Räder durchdrehten. Einen Moment lang fürchtete er, sie steckten fest, aber dann gab es einen Ruck, und der Wagen rumpelte den Hügel hinab. Er sah noch, wie der Staub hinter ihnen aufwirbelte und wie die Stelle, an der sie Ambers Körper zurückgelassen hatten, im Sanddunst verschwand. Noah hoffte inständig, dass es damit getan war.

Während der vierstündigen Fahrt schwiegen sie und überlegten jeder für sich, wie es nun weitergehen würde. Sie kamen gut voran. Gegen zwei hatten sie den Rand des Death Valley erreicht. Noch zwei weitere Stunden bis Vegas. Jede Sekunde konnten sie einem Streifenwagen begegnen. Endlich erhob sich die Skyline von Las Vegas hinter den Hügeln. Ein flammendes Glitzermeer, in dem sich Noah am liebsten betrunken und verloren hätte. Abtauchen und nie wieder zum Vorschein kommen. Er bog zum Flughafen ab. Die letzten zwei Meilen mit Anne. Zwei Meilen, die er nutzen konnte, um sein Geheimnis zu offenbaren. Anne gehen zu lassen, ohne dass sie die Wahrheit kannte, schien ihm fast pervers. Sie würde ihn ewig als den Schuldigen in Erinnerung behalten. Als den Abgebrühten, der kleine, reiche Mädchen im Wüstensand verscharrte. Und dabei war alles ganz anders. Aber er schwieg, denn was hätte es geändert?

Noah hatte vor, Anne nur abzusetzen und gleich zu verschwinden. »Wir sollten nicht zusammen gesehen werden«, erklärte er ihr und hielt vor dem Eingangsportal, hinter dem sich die Abflugschalter befanden.

»Kauf dir ein Ticket.«

»Ich kann nicht«, wimmerte sie.

»Du kannst nicht nur, du *musst*.«

Es brach ihr das Herz, ihn zurückzulassen. Sie würde nie wieder in die Vereinigten Staaten einreisen, und Noah …

So sachlich wie möglich sagte sie: »Du willst es also allein durchziehen.«

»Ich will dich raushalten.«

»Wie soll das funktionieren? Ich werde nie an etwas anderes denken als an das … was wir zurückgelassen haben.«

»Versuch, es zu vergessen.«

»Und dich soll ich wohl auch vergessen.«

Er nickte langsam. Bald wäre sie bloß noch ein schwieriges Kapitel in seiner Vergangenheit.

»Was wirst du tun?«, fragte sie leise und mit einem Kloß im Hals.

»Mal sehen«, sagte er ausweichend. »Vielleicht fahre ich runter nach Mexiko, und wenn Gras über die Sache gewachsen ist, komme ich zurück, um hier ein ehrbares Leben zu führen. Vielleicht überlege ich es mir aber auch anders und stelle mich. Keine Angst, niemand wird je erfahren, dass du bei mir warst. Ich gebe dir mein Ehrenwort – das Einzige, was ich noch zu geben habe. Es tut mir leid, Anne.«

Er küsste sie kurz und brüderlich auf die Stirn, bevor er sie zur Tür hinausschob. »Ich parke irgendwo und warte dort drinnen hinter dem Pfeiler. Siehst du den?«

Anne sah hin und nickte.

»Dann geh jetzt.«

Mit weichen Knien stieg sie aus dem Wagen und marschierte in die Abflughalle. Sie sah sich noch einmal um, aber Noah war schon im Gewühl der Taxis verschwunden, so rasch und so endgültig, als sei er nie bei ihr gewesen. Sie steuerte auf den nächsten Schalter zu und erkundigte sich mit brennendem Hals nach Flügen, die nach Deutschland gingen, egal in welche Stadt. Die Blondine hinter dem Tresen suchte in ihrem Computer, während Anne von einem Bein aufs andere trat. Ihre Füße waren geschwollen von der Hitze, sie hatte offene Blasen an Zehen und Fersen und spürte, wie Blut in die Turnschuhe sickerte.

»Es gibt noch einen freien Platz in der Economy Class nach Frankfurt«, sagte die Dame jetzt. »Die Maschine geht in vier Stunden. Sie müssten in New York umsteigen.«

»Den nehme ich«, presste Anne hervor. Ihre Stimme war zittrig wie ihr ganzer Körper. Sie hatte das Gefühl, ihr Herz klopfte so laut, dass alle es hören mussten. Von diesem Moment an würde ihr niemand mehr glauben, dass Ambers Tod ein Unfall gewesen war. Jetzt befand sie sich auf der Flucht …

Die Dame hinter dem Schalter hatte etwas gesagt.

»Wie bitte?«, fragte Anne.

»Ich brauche Ihre persönlichen Daten«, wiederholte die Blondine.

Annes Herz schlug schneller. »O ja, sicher«, sagte sie und überreichte ihr den Reisepass der Bundesrepublik Deutschland. Wenn jetzt nichts schiefging, war sie gerettet. Die Sekunden wurden zur Ewigkeit. Warum dauerte das alles so lange? Die Finger der Flughafenmitarbeiterin huschten über die Tasten, ihre Augen verharrten auf dem Bildschirm. Dann verweilten sie auf Anne und schließlich auf deren Passbild, auf dem sie zwei Jahre jünger war und die Haare etwas länger trug. Die Blondine tippte die Nummer ein. Wartete. Tippte. Wartete.

Ist was, verdammt noch mal?, hätte Anne am liebsten geschrien. Aber sie blieb ruhig stehen. Schließlich blickte die Dame auf. Ihr Gesicht war professionell, in ihren Händen hielt sie den Flugschein und Annes Pass.

»Hier, bitte«, sagte sie und zeigte ihr, wie sie später zum richtigen Gate kommen würde.

Als Anne Ticket und Pass an sich nahm, zitterte ihre Hand so sehr, dass ihr beides entglitt und zu Boden fiel. Sie bückte sich und hob die Sachen auf. Hinter ihr hatte sich eine Schlange gebildet. Ein schwitzender Anzugträger mit Aktentasche schüttelte den Kopf und sah zur Uhr. Offenbar hatte er es eilig. Als Anne wieder hochkam, fühlte sie sich schwindelig. Ärgerliche Blicke ruhten auf ihr. Ihr Gesicht war hochrot und verschwitzt. Das Haar klebte ihr an der feuchten Stirn. Alle starrten sie an.

Auch die Mitarbeiterin hinter dem Schalter fixierte sie, Befremden lag in ihrer Miene. »Alles in Ordnung mit Ihnen?«

Anne nickte hastig und umklammerte den Flugschein. Sie wollte gehen, aber ihre Beine bewegten sich einfach nicht.

»Kann ich sonst noch etwas für Sie tun?«

Anne schüttelte den Kopf. Ihr Herz pochte voller Furcht, durchschaut worden zu sein. Als sie endlich zur Seite trat, drängelte sich der nächste Passagier ungeduldig an den Schalter. Rasch drehte sich Anne um und eilte zu der verabredeten Stelle. Aber Noah war nicht da. Er würde sicher gleich kommen, der Flughafen war immerhin riesig. Sie sah zur Uhr. Kurz vor fünf. Um neun ging ihr Flieger. Bald würde sie durchs Gate verschwinden und Noah in seinem Chaos zurücklassen. Sie setzte sich ganz in der Nähe auf eine Bank und wartete. Manchmal glaubte sie, ihn im Gewühl des Flughafens zu erkennen, aber dann war es doch jemand anderes.

Lange Zeit saß sie dort auf der kalten Plastikbank. Sie hatten nicht einmal darüber gesprochen, ob sie sich jemals wiedersahen. Was, wenn er beschloss, sich zu stellen?

Sie durfte jetzt nicht daran denken. Sie musste weiterleben und stark sein. In dem Moment, als Anne aufstand und schnellen Schrittes auf das Gate zusteuerte, überfiel sie die Gewissheit, dass sie Noah nicht wiedersehen würde. Mit wackeligen Knien passierte sie die Sicherheitsschleusen und Passkontrollen, immer in der Angst vor Entdeckung. Sie trug nicht viel Gepäck bei sich. Das wenige, was sie besaß, ging als Handgepäck durch. In Deutschland würde man sie fragen, wo sie all ihre Sachen gelassen hatte, und sie würde keine Antwort wissen.

Später konnte sie sich nicht mehr an die Wartezeit erinnern, auch nicht an den Aufruf ihres Flugs und die Gesichter der Menschen, die sie umgaben. Sie ließ sich einfach in der schwatzenden Menge dem Ausgang entgegentreiben und dann zu dem Schlauch, der sie in den Bauch der Maschine führte.

Ihr Platz war neben einem älteren Herrn mit Hörgerät,

der keinen Ton von sich gab. Das war Anne nur recht, denn sie versuchte, das Grauen aus ihrem Gehirn zu verdrängen. Irgendwann schlief sie vor Erschöpfung ein. Sie verschlief fast den ganzen Flug und träumte wirres Zeug.

Als sie wach wurde, war ihr kalt, und die Maschine machte sich bereit für den Landeanflug auf den Flughafen von La Guardia. Anne fühlte sich wie gerädert, in ihrem Kopf hämmerte es noch immer. Und sie wusste, der Schock würde nicht weichen, ebenso wenig wie der Schmerz über den Verlust und die panische Angst, die ihr im Nacken saß.

TEIL 2

KAPITEL 1

Niemand sollte je erfahren, wie er es nach all der Zeit angestellt hatte, sie zu finden, doch plötzlich, sechzehn Jahre später, trat er wieder in ihr Leben, um es zu zerstören.

Insbesondere nachts kam das Gift über ihn. Anklagende Blicke, die ihn verurteilten. Sie verfolgten ihn. Marterten ihn.

Das Zimmerfenster ging zur Straße hinaus. In großer Geschäftigkeit rauschten die Autos am Gebäude vorbei, Menschen eilten zu ihren Arbeitsstellen. Der Raum war schmutzig, die Wände fleckig. Telefon und Whisky befanden sich in Reichweite. In seinem Bauch flackerte bereits ein Feuerchen, die Flasche war beinahe leer. Er strich mit dem Finger über den vergilbten Zeitungsschnipsel, der ihm geblieben war und nun zwischen Zigarettenpackungen und überquellendem Aschenbecher auf dem Nachttisch lag.

Chaos ringsum. Chaos, das auch in seinem Kopf herrschte.

Seine Ambivalenz war sein ärgster, beharrlichster Feind, war es schon immer gewesen. Besessenheit und Gleichmut passten wohl nicht gut zueinander. Er schwankte zwischen beidem, so wie er andauernd schwankte. Zwischen Vernunft und Leichtfertigkeit.

Dumpf und angetrunken überlegte er, wie andere wohl mit dem Alleinsein fertig wurden. Wie sie das Leben nahmen. In seinem Kopf drehte sich alles, wirbelte in einem hypnotischen Tanz wie bei jedem seiner Abstürze, die ihn in regelmäßigen Abständen heimsuchten. Quartalstrinker nannte man das. Er soff und pausierte, je nach Stimmungslage. Sie würde seinen alkoholgeschwängerten Atem riechen. Und vermutlich würde sie ihn nicht mal erkennen.

Er stand auf und versuchte, Fuß zu fassen – etwas, was er praktisch sein Leben lang getan hatte. Dann schwankte er zum Bad. Das Neonlicht prallte auf sein gegerbtes, unrasiertes Gesicht. Er sah aus wie ein Seemann, den das Meer vergessen hatte zu holen. Ihm wurde schlecht, weil er den Anblick nicht ertrug, er sank nach vorn und übergab sich in die Waschschüssel. Besiegt ließ er den Kopf hängen, spürte, wie ihm der Schweiß über den Rücken rann. Es würde ihn umbringen. Eines Tages. Wenn er es nicht vorher selbst erledigte.

Er löschte das Licht und tapste aus dem Bad. Er war nackt, sein Körper stramm und sehnig, mit unzähligen Spuren, die das Leben unter freiem Himmel hinterlassen hatte. Er stieg ins Bett und zog sich das kalte Laken bis zum Kinn. Der Morgen graute, und er war allein, wie meist. Schon lange hatte er sein Bett nicht mehr mit einer Frau geteilt. Die zahlreichen Abenteuer, in die er sich im Laufe der Jahre gestürzt hatte, hatten einen schalen Geschmack hinterlassen. Noch während er mit den Frauen schlief, sehnte er sich nach Flucht, und kaum dass er sich von ihnen gelöst hatte, stand er auch schon auf und stieg in seine Klamotten. Er war zum Schluss kein guter Liebhaber mehr gewesen, und der Akt befriedigte weder ihn noch die Frauen, mit denen er sich einließ. Er war ein Egoist, und nun erkannte er, dass er auch ein Idiot war. Selbstgefälligkeit stand niemandem gut zu Gesicht. Er hätte das früher erkennen müssen, aber damals … tja, was war damals eigentlich passiert?

Nur selten kamen die Erinnerungen, wenn er wach war. Meist fielen sie als Traum über ihn her, und wenn er dann morgens erwachte, war sein Körper schweißnass, als sei er in der Hölle gewesen. *Verdammnis und Hölle. Hölle und Verdammnis.* Sein Kopf fuhr Karussell.

Auch zwei Tage später fuhr er wieder Karussell – dann nämlich, als Noah sie sah und ihm der Atem stockte. Langes, schwarzes Haar, das ihr bis zur Brust reichte. Einen Moment lang dachte er, der Teufel sei zurückgekehrt. Aber das war er nicht. Die Illusion kam und ging. Ein flüchtiger Schatten, der auf den lang ersehnten Augenblick fiel.

Mit angstvoll klopfendem Herzen ging er ihr entgegen. Dass sie tatsächlich gekommen war, überraschte ihn. Ihr Gang wirkte entschlossen und selbstbewusst wie der einer Diva, die ihrem Lakaien die Ehre erweist. Er hatte sie anders in Erinnerung, nicht so zielstrebig.

Sie stand dicht vor ihm, auf Armeslänge, zum Greifen nahe. Schlank und zierlich und so hübsch wie damals, wenn auch ein wenig blass – ein deutlicher Kontrast zu dem dunklen Haar, das nicht recht zu ihr passen wollte. Sie trug Jeans und eine kurzärmelige Seidenbluse, dazu ein Tuch, dessen Farbe ihrem zarten Gesicht schmeichelte. Er fühlte sich befangen und konnte nicht anders, als sie anzustarren. Die Jahre hatten sie verändert, aber die gewonnene Reife stand ihr durchaus. Nur ihre Augen, die einst so strahlend in die Welt blickten, hatten ein wenig von ihrem Glanz verloren.

Sein Kopf war voller Worte, doch obwohl er sich gut vorbereitet hatte, wollte ihm kein einziges über die Lippen kommen. Jahrelang hatte er sich dieses Wiedersehen ausgemalt, und jetzt wusste er nicht, was er sagen sollte. Unbeholfen stand er da, mit den Händen in der Hosentasche, unfähig, die Worte auszusprechen, die er sich mühsam zurechtgelegt hatte.

Die Verwirrung hatte wohl auch ihr die Sprache verschlagen. Die Anspannung war ihr deutlich anzumerken, ihre Mundwinkel zuckten ein wenig. Verblüfft blickte sie in das verschlossene, wettergegerbte Gesicht des Mannes, der sie in die Flucht getrieben hatte.

Er war alt geworden. Alt und grau. Rund fünfzehn Jahre hatten ihn um mindestens die doppelte Anzahl altern lassen. Seine Haare waren an den Schläfen silbern, sein Gesicht wies Falten auf, die von einem bewegten Dasein erzählten. Um seinen Mund lag ein Zug von Härte, um seine Augen eine Spur Melancholie. Außerdem war er wohl ein bisschen schmaler geworden.

»Da bin ich also«, sagte sie schließlich, fast so, als wäre sie gerade mal eine halbe Stunde fort gewesen, und ihn durchflutete große Erleichterung, obgleich es sachlich und distanziert klang und nur das Vibrieren ihrer Stimme verräterisch war. Nervös strich sie sich eine Haarsträhne aus dem Gesicht. Er sah, dass es sich um eine Perücke handeln musste. So lebte es sich also, wenn man mit einem Stararchitekten zusammen war.

Er schloss die Tür. Geräuschlos fiel sie zu.

Jetzt reichte er ihr die Hand. Ihr Händedruck war fest, er spürte die Weichheit ihrer Finger, die Wärme. Seine eigenen Hände waren rau.

»Wovor hast du Angst?«, fragte er leise.

»Weshalb sollte ich Angst haben?« Es klang nicht überzeugt. Sie war offensichtlich noch immer auf der Flucht.

»Es ist lange her. Niemand hat dich aufgespürt.«

»Du schon.«

»Ja«, sagte er und wusste nicht, wo er die Hände lassen sollte. »Jetzt bin ich hier.«

Ein paar Sekunden vergingen. »Unser Traum«, fügte er dann hinzu, wohl wissend, dass es gänzlich unpassend war. »Erinnerst du dich noch? Sonne, Sand und Meer. Keine leeren Versprechen, keine Verpflichtungen. Nur du und ich. Aber es hätte nicht funktioniert.«

»Wie hast du mich gefunden?«, fragte sie, ohne auf seine Worte einzugehen.

»Der Zufall nimmt merkwürdige Wege«, antwortete er knapp.

Sie runzelte die Stirn. »Das musst du mir erklären.«

»Muss ich nicht.«

»Ich weiß gar nicht, was das alles zu bedeuten hat.«

»Ich würde es dir gern sagen.«

Sie nickte und steuerte rasch einen Stuhl an, den einzigen, den es im Raum gab. Die Luft war abgestanden, ein miefiges Pensionszimmer in einer Gegend, die sie unter normalen Umständen wohl gemieden hätte. Schließlich war sie jetzt die Gattin eines Architekten und lebte in dem Wohlstand, zu dem er es nie gebracht hatte. Neid wallte in ihm auf. Und Eifersucht, die er schon seit Tagen schürte, indem er ständig an Dinge dachte, die ihn nichts angingen.

Er stand immer noch wie ein Idiot herum.

Schließlich setzte sich Noah auf die gesplitterte Bettkante und wunderte sich, dass er versäumt hatte, vorher die zerknüllten Laken zu glätten. Es war ein berauschendes Gefühl, sie so nahe bei sich zu haben, und er hatte keine Ahnung, wie er die Nähe ertragen sollte, ohne sie zu sich herüberzuziehen und zu berühren. Er starrte auf die Flasche Rotwein, die er im Supermarkt erstanden hatte, und am liebsten hätte er gleich das ganze Zeug in sich hineingeschüttet. Aber er wusste, dass das nur schiefgehen konnte.

»Wein?«, bot er an, doch dann fiel ihm ein, dass er nicht mal ein Glas zur Hand hatte. Sie würde mit dem Zahnputzbecher vorliebnehmen müssen.

»Nein«, sagte sie erfreulicherweise und verlangte nach einem Wasser.

Er reichte ihr eine angebrochene Flasche Sprudel und wartete ab, ob sie trank. Sie tat es nicht. Er spürte, wie er zu zittern begann. Er griff nach einer Zigarette und steckte sie an. Er fragte sie nicht, ob es sie störte. Um das Empfinden anderer hatte er sich nie groß geschert.

»Weshalb bist du also gekommen?«, fragte sie in die Rauchwolke hinein.

Er sah auf seine Turnschuhe, die an den Spitzen fast durchgescheuert waren. Warum hatte er das nicht früher bemerkt?

»Zieh sie aus«, forderte er sie leise auf. »Ich will dich sehen.«

Sie wusste sofort, was er meinte, und nahm nach kurzem Zögern das schwere Haarteil ab. Zum Vorschein kam ein blonder Pagenkopf, glänzendes, dichtes Haar, das ihr das Aussehen einer nordischen Göttin verlieh. Die Sehnsucht streifte ihn wie ein Blitz. Mit den Fingern richtete sie ihre Frisur. Er beobachtete jede Bewegung, saugte sie in sich auf.

»Du hast es also weit gebracht«, stellte er fest. »Man erkennt dich auf der Straße.«

»Man weiß nie, wem man begegnet«, wich sie aus. »Man weiß nie, wie es im Leben kommt.«

»Und wie ist es gekommen?«

»Besser, als ich seinerzeit vermutet hatte.«

»Tja, mit mir wäre das wohl nichts geworden.«

Er musterte sie aufmerksam, beobachtete ihr Mienenspiel. Sie hatte sich unter Kontrolle. Die latente Unsicherheit, die ihr einst angehaftet hatte, war verschwunden, vor ihm saß eine Frau von Welt, der scheinbar nichts und niemand etwas anhaben konnte. Unvermittelt fragte er: »Wie ist das eigentlich, wenn man es all die Jahre so gut hatte wie du?«

Mit dem festen Vorsatz, sich nicht provozieren zu lassen, schwor sich Anne, kein Wort darüber zu verlieren, dass sie es keineswegs so gut gehabt hatte, wie Noah meinte. Ganz im Gegenteil: Insbesondere die erste Zeit nach ihrer Rückkehr war in einem albtraumartigen Nebel voller Furcht und Gewissenskonflikten vergangen, und sie hatte, von schrecklichen Träumen heimgesucht, in der ständigen Angst vor Entdeckung gelebt, ja, in der Gewissheit, dass man ihr eines Tages auf die Schliche kommen würde. Immerhin arbeitete die Polizei auf internationaler Ebene zusammen, verfolgte Spuren, und sie war in New York als Studentin registriert gewesen, nur um von heute auf morgen praktisch ihre gesamte Habe in der mit Amber Rosley bewohnten Wohnung zurückzulassen …

Und natürlich hatte es auch wegen Noah eine große Ungewissheit gegeben. Obwohl sie nichts vereinbart hatten, wartete sie verzweifelt auf ein Lebenszeichen von ihm, wochenlang, monatelang. Bis sie begriff, dass er sich vermutlich über die mexikanische Grenze abgesetzt hatte oder irgendwo im Gefängnis schmorte – während sie sein Kind unter dem Herzen trug!

Anne fühlte die Welt über sich zusammenstürzen, als sie von ihrer Schwangerschaft erfuhr, und konnte es zunächst gar nicht glauben. Hatten sie sich nicht immer irgendwie geschützt und achtgegeben, dass dies nicht passierte? Aber dann fiel ihr jenes eine, innige Mal am See ein, dieser Moment, in dem es wahrscheinlich geschehen war. Als sie ihren Zustand schließlich unter Tränen ihren Eltern beichtete, hatten diese nichts Besseres zu tun, als ihr eine Abtreibung vorzuschlagen. Dafür war es jedoch zu spät.

Also bekam sie das Baby. Einen Sohn. Der Noah erschreckend ähnlich sah. Die Kopfform, das starke Kinn, das energische Gesicht, in dem sich alle Wut der Welt widerspiegelte. Er besaß dunkles, gewelltes Haar und blaue Augen, die sich im Laufe der Zeit in Noahs gesprenkeltes Braungrün verwandelten. Es zerriss Anne das Herz, dass Noah nicht mal etwas von der Existenz seines Sohnes wusste, doch sie versuchte sich mit der Überlegung zu trösten, dass er es ohnehin nicht lange bei ihnen ausgehalten und einen lausigen Vater abgegeben hätte.

Anne zog mit Toby in eine eigene kleine Wohnung, die sie zunächst nur mit Hilfe ihrer Familie finanzieren konnte. Die Angst, sich zu verraten, war indessen immer da. Nur ein falsches Wort, und ihre Eltern würden nachhaken, und vielleicht brach sie dann in Tränen aus und gestand. Aber ein Geständnis, jetzt wo sie sich um ihren Sohn kümmern musste, war inzwischen schier undenkbar geworden, denn die schlimmste all ihrer Visionen war die, dass sie im Gefängnis landete und ihr Kind zurücklassen musste.

War Noah jetzt, anderthalb Jahrzehnte nach den Ereignissen in der Wüste, etwa nur gekommen, um ihr unter die Nase zu reiben, wie gut sie es im Gegensatz zu ihm angetroffen hatte? Wenn man ihn so ansah, musste man angesichts seiner abgerissenen Erscheinung zu dem Schluss kommen, dass es ihm in der Tat ziemlich schlecht ergangen war. Und dass er ihr vielleicht neidete, was sie besaß. Aber zum Glück wusste er ja nichts von Toby. Und auch nichts von Paul, ihrem Ehemann.

»Wie ist er denn so, dein Mann?«, fragte Noah, als hätte er ihre Gedanken gelesen.

Anne zuckte zusammen und versuchte, in Noahs Augen zu ergründen, ob seine Frage vielleicht auf reiner Mutmaßung basierte, oder ob er letzten Endes doch viel mehr über sie hatte in Erfahrung bringen können, als ihr bewusst war.

»Ich muss dir nicht mein Leben offenbaren«, erwiderte sie ausweichend.

Unwillkürlich schossen ihr dabei Gedanken an die langen Jahre der Zurückgezogenheit durch den Kopf. An die einsamen Jahre, in denen sie von Männern nichts wissen wollte, nicht zuletzt, weil ihr niemand würdig erschien, die Vaterrolle an ihrer Seite zu übernehmen. Als Paul Lessing schließlich in ihr Leben trat, war es beinahe wie eine Überraschung gewesen.

Die Szene ihrer ersten Begegnung schwebte vor ihrem inneren Auge, als hätte sie sich erst gestern ereignet: Sie sah sich selbst über eine rote Ampel zur Straßenbahn spurten, hörte einen Wagen mit quietschenden Reifen auf sich zukommen. Der Fahrer stieg aus – ein eleganter Mann im Nadelstreifenanzug, ganz offenbar auf dem Weg ins Büro. Sie erwartete eine Rüge und war überrascht, dass er sich stattdessen höflich nach ihrem Befinden erkundigte, sich sogar entschuldigte, obwohl es dafür keinen Grund gab. Sie war spät dran, daher kam es ihr gelegen, als er seine Hilfe anbot und sie ein Stück mitnahm. Er sei Architekt, sagte er und gerade auf dem Weg zu einem Termin. Eine starke Souveränität ging von ihm aus, eine Ehrlichkeit, die sie ansprach. Der Mann setzte sie an einer Straßenecke ab, nicht weit von ihrer Arbeit. Bevor sie sich verabschiedeten, erkundigte er sich nach ihrer Telefonnummer, und sie kritzelte die Nummer, ohne nachzudenken, auf eine seiner Visitenkarten.

Zwei Tage später lud Paul Lessing sie als Wiedergutmachung für den morgendlichen Schreck in ein kleines, dezentes Restaurant am Rheinufer ein. Sie aßen Seezunge und tranken Weißwein, es wurde ein wunderbarer Abend. Anne erfuhr, dass Le Corbusier sein Vorbild und er nachts am kreativsten war. Dass er oft Französisch aß und Irish Coffee liebte. In seiner spärlichen Freizeit segelte er gern vor den Kykladen. Seine Schläfen wurden bereits grau, er kannte sich aus mit dem Leben. Anne fand Paul sympathisch, aber keineswegs erotisch, doch es war das erste Mal seit Noah, dass sie einen Mann gern um sich hatte. Dass sie jemandem zuhörte und die Welt vergaß.

Sie fühlte sich gelöster, freute sich, wenn Paul anrief. Er war aufmerksam, aber nicht aufdringlich. Er machte ihr kleine Geschenke – Blumen, Pralinen –, drängte sie jedoch zu nichts. Meist lud er sie zum Essen ein, und eines Tages bat er sie in sein im Bau befindliches Haus und führte sie umher. Das Gebäude war wie Paul selbst – klar und angenehm. Der Garten würde ein Paradies werden, ein Traum, in dem man im Grünen sitzend die Sonnenuntergänge genießen und Toby beim Spielen zusehen konnte. Sie erschrak über den Gedanken und brachte ihn nicht einmal ganz zu Ende.

Als sich Paul erkundigte, ob er ihren Sohn kennenlernen dürfe, stimmte Anne zu und fürchtete sich zunächst vor ihrer eigenen Courage, doch als Paul am darauffolgenden Sonntag zu ihr kam, machte er alle Bedenken zunichte. Er trug eine Tweedhose und ein helles Hemd, seine Schuhe waren frisch poliert. Er lächelte souverän und überreichte ihr einen Strauß Sommerblumen. Für Toby hatte er eine Carrerabahn dabei, die sicher ein Heidengeld gekostet hatte. Ein Anflug von schlechtem Gewissen überfiel Anne, aber dann sah sie den Glanz in Tobys Augen und schob den Gedanken beiseite. Paul konnte es sich leisten, sie nicht. Später spielten die beiden auf dem Teppich, und Anne schaute zu. Paul hatte keine Kinder, war nie verheiratet gewesen. Er war fünfundvierzig Jahre alt. Da lag der Gedanke nahe, er habe nie Kinder gewollt, doch der Anblick, der sich ihr bot, belehrte sie eines Besseren.

Als sie zum ersten Mal miteinander schliefen, ging es leise und zärtlich vonstatten, sehr langsam und innig. Anne verspürte zwar ein verzweifeltes Drängen, aber der Sex mit einem reiferen Mann war etwas anderes als mit einem ungestümen Sportler Anfang zwanzig. Paul war ein perfekter Gentleman, der Marathon lief statt Sprints und nichts dem Zufall überließ. Sie heirateten, richteten das neue Haus gemeinsam ein und verbrachten die Ferien entweder mit Pauls Segelfreunden in der Ägäis oder beim Skifahren in St. Moritz. Paul begann, geschäftliche Beziehungen zum Fernen Osten aufzubauen. Er verbrachte viel Zeit in Hongkong und Singapur. Nicht ein einziges Mal vergaß er die Mitbringsel, und immer waren sie teuer und exquisit. Paul war ein Mann, der stets sein Wort hielt. Und er war ein Mann, der letztendlich nichts von seiner Frau wusste. Denn auch während ihrer Ehe wurde Anne immer wieder von regen Erinnerungen an ihr Vorleben übermannt. Von Erinnerungen an Noah, die Sportskanone. An Noah, den Liebhaber. Noah, den Totengräber. Sie konnte den Anblick einfach nicht vergessen. Ständig sah sie vor sich, wie er Amber das Grab schaufelte. Ständig fragte sie sich, weshalb er am Flughafen nicht mehr zu ihr gekommen war.

Und jetzt saß der Verschwundene auf einmal wieder vor ihr und versuchte, ihr ein schlechtes Gewissen einzureden, nur weil sie im Gegensatz zu ihm ein komfortables Leben führte.

»Ich weiß überhaupt nicht, was du von mir willst.« Ihre Stimme klirrte vor Wut. »Du warst verschwunden. Mehr als fünfzehn Jahre später kreuzt du plötzlich hier auf. Verzeih mir, wenn ich verwirrt bin.« In Wahrheit hatte sie Angst.

»Ich bin untergetaucht, nur für eine Weile.«

»Aha«, sagte sie. »Untergetaucht nennst du das also.«

»Mutig nenne ich das.«

Sie hakte nicht nach. Aber ihr Argwohn war offensichtlich, die Wunde nicht verheilt. Ihre Finger zitterten. Sie war nervös. Er beobachtete, wie ihre Augen zum Rotwein wanderten und sie in Gedanken daran nippte.

»Es gibt etwas«, sagte er leise, »etwas, worüber ich mit dir sprechen muss.«

»Was denn?«

»Das mit Amber.«

Das Zittern ihrer Hände wurde stärker. Sie fixierten einander, Unausgesprochenes schwebte zwischen ihnen. Anne versuchte ein gelassenes Lächeln. »Amber ist tot«, sagte sie.

»Und wenn sie es nicht wäre?«

»Wir beide wissen, wie es war.«

Es entstand eine Pause. Sie sahen sich an. Schwiegen. Die Angst war wieder da.

»Die Million«, sagte er plötzlich. »Es geht um das Geld.«

»Schon damals ging es darum.«

»Aber es existierte nicht.«

Es wurde still im Zimmer. So still, dass Anne glaubte, Noahs Herzschlag zu hören. »Wie meinst du das?«

»Sie hat uns belogen.«

»Inwiefern?«

»In vielerlei Hinsicht. Ich weiß gar nicht, wo ich anfangen soll.«

»Du sagtest etwas vom Geld.«

»Ach ja, das liebe Geld ihres Vaters. Dabei war er pleite. Er hätte das Lösegeld nie im Leben aufbringen können.«

Anne hatte ein ganz unwirkliches Gefühl, rieb sich mit der flachen Hand über die Stirn, ließ die Information sacken, dass Amber, die reiche Erbin, in Wirklichkeit Amber, die arme Schwindlerin gewesen sein sollte.

»Außerdem gab es noch etwas anderes …«, fuhr Noah fort, bevor sie nachhaken konnte. Er zündete sich eine neue Zigarette an, obwohl die andere noch im Aschenbecher glomm.

»Was denn?«, fragte Anne rasch. Sie wusste noch immer nicht, weshalb er ihr das nach all den Jahren erzählte, worauf er hinauswollte.

Er war nervös, inhalierte tief. »In der Nacht vor ihrem Tod hatten wir einen bösen Streit. Sie schlug ein Treffen kurz nach Mitternacht vor. Ich wusste nicht, was diese Geheimniskrämerei sollte. Aber sie bestand darauf, mich allein zu sprechen, wartete vor ihrem Zimmer und forderte mich zu einem Spaziergang auf. Mir gefiel die Idee besser, als mit ihr in einem Raum eingesperrt zu sein. Wir liefen also am Büro des Rangers vorbei, hin zu den Hütten der Motelangestellten. Ich wollte bald umkehren, aber Amber stolzierte selbstbewusst weiter, bis wir irgendwann an den Hügeln hinter dem Ort ankamen. Weshalb ich ihr überhaupt gefolgt bin, weiß ich bis heute nicht, aber ich tat es – vielleicht aus Neugier.«

Anne beschlich eine Ahnung, beinahe eine Gewissheit. »Worüber wollte sie mit dir sprechen?«, fragte sie stumpf.

»Sprechen wollte sie eigentlich gar nicht«, sagte Noah trocken.

In Annes Kopf drehte sich alles. Sie fühlte sich auf einmal ganz schwach. »Was wollte sie dann?«

»Mich rumkriegen. Sie hatte das die ganze Zeit geplant, von Anfang an, und als sie merkte, dass ihre Anmache bei mir nicht fruchtete … nun …« Noah machte eine kurze Pause, atmete tief ein, bevor er fortfuhr: »An jenem Abend startete sie also einen letzten verzweifelten Versuch. Im Grunde war es sogar der erste, denn sie hatte mir zuvor nie irgendwelche deutlichen Avancen gemacht. Aber vielleicht war ich auch nur blind dafür.

Hinter dem Hügel blieb sie also stehen und drehte sich zu mir herum. Dann fragte sie mich aus heiterem Himmel, ob ich sie anfangs nicht gemocht hätte und ob ich es jetzt nur wegen des Geldes tat. Ich wollte abermals umkehren, aber sie hielt mich zurück mit dem Satz, ich hätte viel zu verlieren – dich beispielsweise. Sie legte mir ihre Hand auf den Arm und schabte mit den Fingernägeln über meine Haut, ganz langsam, vor und zurück. Dabei sah sie mir tief in die Augen und flüsterte meinen Namen. Es war klar, worauf sie es anlegte. Ich schüttelte sie ab und schlug vor, das Gespräch einfach zu vergessen. Es gab schon genug Ärger, weil du dachtest, ich hätte Amber geschwängert. Ich hakte nach, ob sie überhaupt schwanger war, und ihre Antwort war ein Grinsen, ein heimtückisches, fieses kleines Grinsen. Ich versuchte, sie zur Vernunft zu bringen, erklärte ihr, dass das mit uns nichts werden würde, weil ich mit dir zusammen sei.

Mir ist heute klar, dass ich das nicht hätte tun dürfen. Dass ich damit alles nur noch schlimmer machte: ihren Neid, ihre Komplexe, ihren Jähzorn.«

Noah zündete sich eine weitere Zigarette an, inhalierte

nachdenklich, während er ins Leere starrte. »Ich hatte ihr geglaubt«, gab er leise zu. »Dabei war alles erstunken und erlogen. Sie war nicht die Tochter eines reichen Ölbarons, sondern eine Hochstaplerin. Ihre Kindheit hatte sie zwar mit ihren streitenden Eltern in Luxusapartments und exklusiven Beachclubs verbracht, aber als wir sie kennenlernten, besaß ihr Daddy längst keinen Heller mehr. Und Ambers Selbstmordversuch war frei erfunden. Vielleicht hat sie sich tatsächlich die Pulsadern aufgeschnitten, aber bestimmt nicht, um zu sterben, sondern weil sie sich wichtigmachen wollte. Als sie mir das gestanden hat, lachte sie mir doch glatt ins Gesicht, weil ich auf ihre Story hereingefallen war.«

»Ich verstehe das alles nicht«, stammelte Anne, die benebelt war von diesem Verwirrspiel und immer noch nicht begriff.

»Das Foto«, sagte sie, »wir haben es doch in den Nachrichten gesehen.«

»Hm«, bestätigte Noah. »Rosley war in Texas ein bekannter Mann, auch wenn er sich in den vergangenen Jahren nicht gerade mit Ruhm bekleckert hatte. Die lokale Anteilnahme war daher groß, als sein Töchterchen verschwand. Und da sie ihm letzten Endes gleichgültig war, schaltete er ohne zu zögern die Polizei ein. Das Geld für Ambers Auslösung hätte er ohnehin nicht aufbringen können, und Amber war das von Beginn an klar. Was sie wollte, war Aufmerksamkeit. Im Fernsehen zu erscheinen fand sie wohl grandios. Sie muss sich gefühlt haben wie ein Star, zumindest führte sie sich in jener Nacht so auf …«

Anne sah Noah verblüfft an. Langsam erkannte sie die Zusammenhänge. Wer war Amber wirklich gewesen? Und was hatte sie angetrieben?

»Das Ganze war komplett abgefahren«, fuhr Noah

schließlich fort. »So verrückt, dass ich es zunächst nicht glauben konnte. Ich fragte sie, was sie sich dabei gedacht hatte, woraufhin sie ihren Kopf in den Nacken warf und schallend lachte.«

»Ihr muss doch klar gewesen sein, dass diese irre Entführungsgeschichte zum Scheitern verurteilt war«, unterbrach Anne ihn atemlos. »Dass sie damit niemals die Liebe ihres Vaters würde erzwingen können …«

»Aber meine vielleicht«, sagte Noah.

Anne fröstelte plötzlich. »Wie das?«

Eine Pause entstand, dann fuhr er schließlich fort: »Sie wirkte auf einmal wie im Rausch. Es war abstrus: Ihr Daddy war inzwischen arm wie eine Kirchenmaus, und sie faselte trotzdem etwas von baldiger Thronbesteigung, von einer Prinzenhochzeit und etwas in der Art. Schließlich hatte sie es angeblich nicht nur für sich getan, sondern auch für mich. Für uns.«

Anne, die stumm zugehört hatte, war es, als bekäme sie plötzlich keine Luft mehr.

»Erzähl weiter«, flüsterte sie.

Noah seufzte, rang mit sich. »Wir standen also da und starrten uns an: Amber ungläubig, dass ich sie abblitzen ließ, und ich völlig entsetzt, wie geistesgestört sie war. Ich war so wütend, dass ich ihr am liebsten den Hals zugedrückt hätte. Als sie fertig war mit ihren absurden Erklärungen, schlug ich sie so fest ins Gesicht, dass meine Handflächen brannten. Sie ging auf mich los wie eine Raubkatze, heulend und kratzend, und dann faselte sie etwas von Liebe und von Rache, und dass sie dich eigenhändig umlegen wolle. Sie hat sich aufgeführt wie eine Irre, und ich bekam es mit der Angst zu tun. Das ganze beschissene Motel hätte wach werden können.«

Er hielt inne und dachte an den wilden Impuls, der ihn dazu gebracht hatte, zu weit zu gehen. »In jener Nacht steigerte ich mich in die fixe Idee hinein, die abstruse Sache bis zum bitteren Ende durchzuziehen, auch wenn sie aussichtslos war. Und dann war da noch die Angst. Ich fürchtete mich plötzlich so sehr vor einer Verhaftung, dass ich fast den Verstand verlor. Immerhin war ich derjenige gewesen, der ihren Vater kontaktiert hatte. Mir wurde bewusst, dass Amber mich von Anfang an in der Hand gehabt hatte. Rosleys Tochter würde man mehr glauben als mir. Sie hielt die Fäden, und ich war ihre Marionette. Irgendwann nahm ich sie bei den Schultern und wollte mit ihr reden. Sie lachte und meinte, es sei doch alles gesagt. Doch ich ließ nicht locker, bat sie, noch ein Stück weiter mit mir zu gehen.«

Noah machte eine Pause, sah Anne lange und intensiv an. »Versteh doch«, flüsterte er heiser. »Es war meine letzte Chance.«

Sie schüttelte den Kopf, verstand überhaupt nichts mehr. »Weiter«, sagte sie ungeduldig. »Was geschah dann?«

»Ich führte sie zu einem Felsen, auf dem wir beide Platz hatten. Wir setzten uns. Es war Vollmond, eine sternenklare Nacht, und es war auch zu dieser Stunde noch heiß wie im Backofen. Meine Kehle war trocken, und in meinem Kopf drehte sich alles. Ich sah Ambers aufgerichtete Brustwarzen, spürte ihren Schweiß durch ihre dünne Bluse, so nahe war sie mir. Sie faselte etwas von der brutalen Hitze, und dabei sah ich, wie sie ihre Beine spreizte.«

Anne ahnte schon, was kam, und die Eifersucht schnürte ihr die Kehle zu. Auch so viele Jahre danach saß der Stachel noch tief in ihrem Fleisch.

»Wie konntest du nur«, flüsterte sie mit belegter Stimme. »Du hast dich mit ihr eingelassen?«

»Das ist richtig, ja.«

Es stimmte also. Fassungslos versuchte sie sich vorzustellen, wie er auf Amber gelegen hatte, in sie eingedrungen war, wie er sie mit seinen kräftigen Stößen geliebt hatte und schließlich in ihrem Bauch gekommen war. Sie wollte sich die Ohren zuhalten und von alldem nichts mehr hören.

Doch Noah sprach weiter, redete jetzt sehr leise. »Ich weiß nicht, wie ich es erklären soll, aber …«

»Was?«, flüsterte Anne heiser.

»Nun ja, sie sagte, sie wolle nur wissen, wie ich mich anfühle. Danach würde sie uns in Frieden lassen. Ich wusste nicht, ob ich ihr diesmal glauben konnte. Ich wollte fliehen, doch ich blieb und sah zu, wie sie ihre Bluse aufknöpfte und schließlich ihre Jeans. Ich fragte sie nach einem Gummi, aber sie beruhigte mich, sie sei doch schwanger, und schließlich – tja, was soll ich sagen, da passierte es halt.« Ein tiefer Seufzer entglitt seiner Kehle. »Ich wollte mich zurückziehen, um ganz sicherzugehen, aber sie entwickelte eine Kraft, die ich ihr nie zugetraut hätte. Natürlich war ich ihr zunächst überlegen, aber dann, plötzlich, war ich es nicht mehr, und sie saß auf mir und ritt mich wie eine Hexe ihren Besen. Wie gesagt, es dauerte nicht lange, aber bevor ich von ihr ablassen konnte, beugte sie sich hinab und biss in meine Schulter. Ich sah gerade noch, wie sie ein Stück blutige Haut ausspuckte …«

Wie versteinert saß Noah da, starrte ins Leere. Anne fragte sich, was wohl als Nächstes kam.

»Als es vorüber war, stand ich auf und klopfte mir den Sand von der Hose. Wenn du es genau wissen willst, ich hatte sie nicht mal ausgezogen. Amber zog mich am Hosenbein zurück, schnurrte wie eine rollige Katze. Ich wurde pampig und schüttelte sie ab. Da erklärte sie mit einem Lächeln, jetzt könne sie ja aussagen, dass ich sie vergewaltigt habe. Sie lachte und deutete auf meine Fleischwunde. Wie auch immer es gewesen war – ihr würde doch jeder glauben, oder?

In dem Moment begriff ich, dass sie mich, dass sie *uns* nie in Frieden lassen würde. Dass die ganze Sache ans Tageslicht kommen würde, früher oder später. Und sie trug die Schuld. Ich musste sie loswerden.

Die Idee kam mir plötzlich. Ich redete so lange auf Amber ein, bis sie zu einem vernünftigen Gespräch bereit war. Schließlich einigten wir uns und schlossen einen Kompromiss.«

»Einen Kompromiss?«

»Ja, wir …« Er wusste nicht, wie er Anne begreiflich machen sollte, wie schrecklich er sich gerade fühlte, wie er ihr erklären sollte, was er selbst nicht verstand. Und dann ließ er es einfach hinaus und sagte: »Wir vereinbarten, dich zurückzulassen.«

Anne sah ihn versteinert an. Ihr schwirrte der Kopf vom Gewicht der Worte. Er konnte doch wohl nicht gemeint haben, sie in der Wüste dem sicheren Tod zu überlassen?

Im Zimmer war es still geworden. Gefährlich still.

»Lass es mich erklären …«

»Was gibt es da noch zu erklären?« Sie zitterte am ganzen Körper, spürte eine Eiseskälte in sich hochkriechen.

Doch Noah fuhr bereits fort: »Sie schien sich tatsächlich einzubilden, ich hätte mit ihr geschlafen, weil ich ihr verfallen war. Was weiß ich … Jedenfalls glaubte sie mir aufs Wort.« Noah war jetzt sehr blass, wirkte ausgezehrt und müde. Mit tragischem Ausdruck sah er Anne an. »Ich küsste sie, und offenbar bedeutete ihr das mehr als der lieblose Akt. Ich schlug ihr vor, von vorn zu beginnen. Nur sie und ich.

Sie glaubte mir auf Anhieb, aber ich ahnte, dass sie gleichzeitig eine weitere Teufelei im Sinn hatte. Ich sah alles zerplatzen – meine Träume, meine Ziele, alles. Ich hatte Angst. Und dich zurückzulassen war Mord. Kein Totschlag, sondern vorsätzlicher Mord.

Amber sagte ganz ruhig, dass ihr das sehr wohl bewusst sei, und ich fragte mich, wie sie nur so eiskalt sein konnte. Ich schlug ihr vor, nach Los Angeles zu fahren, damit wir uns dort von dir trennen konnten. Aber das reichte ihr nicht. Sie wollte, dass wir dich ein für alle Mal los waren. Dich in der Wüste verdursten zu lassen kam für mich nicht infrage. Wenn du es am Ende doch schaffen würdest …

Aber Amber hatte auf alles eine Antwort parat. Sie würde sich schon darum kümmern, dass du nicht mit dem Leben davonkamst. Es hatte keinen Zweck, mit ihr zu diskutieren. Ich sah sie nur an und fragte mich, was sie für ein Mensch sein musste, dass sie erst mit mir vögelt und anschließend in Seelenruhe einen Mord plant. In meinem Kopf drehte sich alles. Ich wollte sie töten, doch dann konnte ich es nicht. Ich überlegte, wie viel klüger es war, ihr nicht zu widersprechen. Mir würde schon etwas einfallen. Wir redeten jedenfalls noch eine Weile lang und kamen schließlich überein, dich am nächsten Tag in der Wüste auszusetzen.«

Anne war sprachlos vor Schock. Sie hatte plötzlich Angst vor dem fremden Mann, der ihr gegenübersaß. Ihr Blick ging zur Tür. Sie war verschlossen.

»Ich hingegen wollte *sie* zurücklassen«, versicherte Noah. »Ich musste sie nur zum Schweigen bringen, und du würdest nichts von uns erfahren – und auch niemand sonst. Sie würde sterben, und dann war alles gut.«

»Ihr Tod …«, sagte Anne, »es … es war ein Unfall.«

»Nein«, erwiderte Noah. »Es war kein Unfall.«

»Was soll das heißen?«, keuchte sie. »Kein Unfall?«

Noah forschte in ihren Augen. Suchte nach Misstrauen und Argwohn. Nach Spuren von Vertrauen oder Verrat. Glaubte sie ihm? Glaubte sie ihm nicht? Was wusste sie?

»Als wir die Reifenpanne hatten … Du erinnerst dich? Sie war müde und blass, stieg aus, wanderte über die Sanddünen, bis sie kaum noch zu sehen war. Du warst an ihrer Seite, sahst, wie sie schwankte, wie sie zusammenbrach …« Er hielt inne, fixierte Anne. »Später erst konnte es rekonstruiert werden …«

»Was konnte rekonstruiert werden?«, fragte sie rasch. Der Schweiß brach ihr aus allen Poren, lief ihr bereits den Rücken hinunter.

»Eine Putzfrau fand das leere Fläschchen im Bad … leer, weil sie alles genommen hatte. Ein Schlafmittel in einer Dosis, die einen Bären getötet hätte … ein Schlafmittel namens Narcosam.«

»Ja«, sagte sie abwesend.

»Was, ja?«

Noah spürte plötzlich, dass etwas nicht stimmte. Aber Anne nahm nicht wahr, dass er sie anstarrte. Dass er auf eine Erklärung wartete. Eine unklare Erinnerung stieg in Anne auf: Amber, wie sie die Augen verdrehte und wegkippte. Wie sie dalag und starb. Die schwangere Amber. Ihre Feindin.

Ein kalter Schauer rieselte über ihren Rücken, und eine Erinnerung schoss ihr durch den Kopf, vage und dunkel.

»Hat man sie entdeckt?«, fragte sie atemlos.

»Ja«, sagte er. »Man exhumierte sie, sah ihre zerrissene Bluse. Und dann … dann war da noch der Sand.«

»Welcher Sand?«

»Man fand Sand in Ambers Lunge.«

Anne fröstelte, begann zu ahnen.

»Amber muss sich wohl eine Rippe gebrochen haben, als sie dort hinunterfiel, vielleicht auch schon vorher, als ich versuchte, sie zu reanimieren. Der gesplitterte Knochen durchbohrte ihre Lunge, aus deren Restfasern man Sand isolierte.«

»Sand, an dem sie erstickt ist?«

»Man vermutet es, ja. Sie war sehr stark verwest.«

Sand. Bei lebendigem Leib begraben. Anne schlug die Hände vors Gesicht, um dem Entsetzen zu entkommen. »Aber sie war doch …« Ihre Verwirrung wich schlagartig der Bestürzung. »Hast du es etwa gewusst?«

Ein Schatten huschte über Noahs Gesicht. Er antwortete nicht.

Unweigerlich preschten sie auf sie zu, die Erinnerungen an Amber und die Zeit, in der sie Freundinnen gewesen waren und sich wie Verbündete in einer Studentenbude zusammenrauften. Aber dann fielen ihr auch die Konflikte wieder ein. Ambers Unberechenbarkeit. Ihr Jähzorn. Die plötzlichen Ausbrüche, wenn etwas nicht so lief, wie sie es sich vorstellte. Das war wohl das, was echt an ihr gewesen war. Die Momente, in denen sie aufgebraust und wegen Nichtigkeiten aus dem Raum gerauscht war. Wie Amber wegen banaler Auseinandersetzungen tagelang nicht mit ihr gesprochen hatte, um dann, nach der Versöhnung, im Halbdunkel endlos viele abenteuerliche Geschichten zu erzählen, deren sie, Anne, manchmal sogar schon überdrüssig gewesen war und bei denen sie Amber mehr als einmal beim Flunkern erwischt hatte. Beim Lügen, um genau zu sein, aber sie war viel zu beschäftigt gewesen mit Noah und ihrem Studium, und so hatte sie all das nicht ernst genommen.

»Nachdem du weg warst, lebte ich wie im Nebel«, gestand Noah. »Ich tingelte durch den Südwesten und wurde fast verrückt. Eines Morgens las ich von der spurlos verschwundenen Rosley-Tochter, die seit zwanzig Tagen wie vom Erdboden verschluckt war. Es gab die absurdesten Spekulationen über ihren Verbleib. Ich war drauf und dran, auf offener Straße stehen zu bleiben und zu schreien: *Ich weiß, dass Rosleys Tochter tot ist, tot, tot, tot!* Es war ekelhaft. Amber lag tot in der Wüste, und ich lief frei herum. Ich hatte plötzlich eine Riesenangst vor dem Tod. Himmel und Hölle und der ganze Firlefanz – eigentlich hatte ich nie einen Gedanken dran verschwendet, aber nun … Ich packte das einfach nicht mehr, diese Panik vor der Strafe am Tag X. Diese Angst, im ewigen Feuer zu schmoren … Ständig sah ich Amber vor mir, wie ihre Leiche unter der Erde vor sich hin faulte. Wie sich die Würmer langsam in ihre Augenhöhlen fraßen, sich in ihre Eingeweide bohrten. Wie der süßliche Geruch des Todes über ihrem Grab waberte und von ihrem Körper nichts als ein faulendes Schwarz zurückblieb. Grausige Halluzinationen, die mich auf Schritt und Tritt verfolgten wie Paranoia.

Ich haderte mit mir, fast zwei Wochen lang, bis ich es in einem gottverlassenen Nest, kurz vor der mexikanischen Grenze, nicht mehr aushielt. Es war der dreißigste Tag nach Ambers Tod. Und dann sah ich sie – die Schlagzeile, die es beendete.

Verweste Leiche der Ölbarontochter im Death Valley gefunden.

Ich rannte nach draußen und kotzte in den Staub.

Der Kioskbesitzer eilte hinter mir her und fragte: ›Was haben Sie denn, junger Mann? Brauchen Sie einen Arzt?‹

›Bringen Sie mir die Zeitung‹, stieß ich hervor. ›Die mit der Rosley-Tochter.‹

Der verwunderte Mann brachte mir das Blatt, ich zahlte,

und er blieb vor mir stehen und sagte: ›Ist schon widerlich, was sie mit der gemacht haben.‹

Unter der glühenden Sonne schlich ich durch die staubigen Straßen. Mir war schlecht, und ich würgte pausenlos, während ich mir vorstellte, wie eine Leiche nach einem Monat in der Bullenhitze aussehen mochte.

Die Journalisten hatten für die sensationslustigen Leser alles haarklein geschildert. Es war einer dieser Cops an der Tankstelle gewesen, der sich an Amber erinnerte. Und somit auch an mich. Ich starrte auf das Phantombild, das mir erschreckend ähnlich sah. Auf die Beschreibung meiner Person. In meinem Kopf drehte sich alles. Es war nur eine Frage der Zeit, bis sie mich hatten.

Irgendwie gelangte ich zum Büro des Sheriffs, saß ihm schließlich gegenüber und berichtete von meiner Flucht mit einem Mädchen namens Amber Rosley, das ich gekidnappt und im Wüstensand verscharrt hatte, weil es plötzlich tot umgekippt war.

Der Mann starrte mich ratlos an wie einen Geistesgestörten und bat mich zu wiederholen. Ich schilderte sie noch einmal – die ganze verworrene Geschichte. Nur dich erwähnte ich nicht, und ich betete zu Gott, dass dich niemand aufspüren würde. Der Cop meinte zwar, eine zweite Frau im Wagen gesehen zu haben, aber ich beharrte später darauf, du seiest eine Nutte aus Las Vegas gewesen. Und dann erzählte ich dem Sheriff, wie wir im Death Valley die Reifenpanne hatten und Amber einfach umkippte und vornüber in den Sand fiel.

Ich jammerte, dass ich ja nicht hätte ahnen können, dass sie die Hitze nicht vertrug. Im Übrigen sei sie bereitwillig mitgefahren. Ich tat so, als seien wir ein Liebespaar gewesen, erklärte, ich sei noch immer wie betäubt.

Der Sheriff nickte, stand auf und kam mit schweren Schritten zu mir herüber. Dann machte er sich daran, mir Handschellen anzulegen.«

Noah wurde still, senkte seinen Kopf, und als er ihn wieder hob, war sein Gesicht düster wie damals, als Amber gerade gestorben war. Er wusste nicht, ob Anne die Wahrheit vertragen konnte, aber das war ihm inzwischen gleichgültig. Er erleichterte seine Seele, indem er von den zwölf Jahren im Zuchthaus berichtete, zu denen ihn ein milder Richter wegen Freiheitsberaubung mit Todesfolge verurteilt hatte. Von den endlosen, dunklen Korridoren und den engen, überfüllten Zellen, in denen Männer jeder Art und Herkunft einsaßen und wo es nicht mal ein Köter ausgehalten hätte. Er erzählte von den korrupten Wächtern und der Gier, vor der auch er nicht verschont geblieben war. Dann hob er sein T-Shirt an und deutete auf seinen Bauch, den eine tiefe, unübersehbare Narbe zierte. »Da haben sie versucht, mir die Eingeweide herauszuschneiden. Und hier …« – er legte den Finger an den Hals – »das ist von einer Gitterstange, die sie mir in den Hals rammen wollten, nachdem ich verhindert hatte, dass sie sie mir woanders reinrammen.« Schließlich zeigte er auf eine Stelle an seiner Schulter, wo sich eine kreisrunde weiße Narbe abzeichnete. »Und das war Amber«, erklärte er schlicht.

Als Noah ein gutes Jahrzehnt später aus dem Gefängnis kam, hatte er sich verändert. Aus Noah, dem Sportler, war Noah, der Sträfling geworden, der weder Unterkunft noch Perspektive hatte und nichts besaß außer ein paar schäbigen Häftlingsklamotten. Mit dem wenigen Geld, das man ihm bei der Entlassung zur Verfügung gestellt hatte, quartierte er sich in einer schmuddeligen Pension ein und verbrachte die Tage mit Schlafen. Es war, als ob es ihn nicht gäbe. Im Prinzip existierte er nicht, denn wenn er einfach verschwunden wäre, hätte ihn niemand vermisst.

Als er sich zum ersten Mal im Spiegel betrachtete, waren vierzehn Tage und Nächte vergangen, in denen er kaum etwas zu sich genommen hatte. Er duschte, rasierte sich den Bart ab und machte sich auf den Weg, um etwas Essbares zu besorgen. Die Pensionsdame, die ihm vierzehn Tage zuvor den Schlüssel überreicht hatte, erkannte ihn nicht, so verändert sah er aus. Es erschreckte ihn, dass die Leute vor ihm zurückwichen. Selbst der Chinese, bei dem er eine Portion Reisnudeln bestellte, betrachtete ihn mit Vorsicht. Oder bildete er sich nur ein, als sähe ihm alle Welt auf Anhieb an, wo er die letzten zwölf Jahre gewesen war?

Es kam ohnehin der Tag, an dem er mit offenen Karten spielen musste. Wenn es um einen Job ging, konnte er nichts verschweigen. Und so geriet er in ein wahres Kesseltreiben, denn Vorbestrafte wollte niemand anstellen, und überhaupt, womit konnte er schon aufwarten? Alles, was er beherrschte, war Körbe werfen und Autos knacken.

Er war jetzt vierunddreißig Jahre alt, und was ihm blieb, war der Blick auf die grauen Wände seiner Zehnquadratmeterbleibe und ein Gebirge von Schwierigkeiten, das sich wohl irgendwann vor allen Verlierern auftürmt. Seine Rastlosigkeit trieb ihn quer durch die Vereinigten Staaten, bis ihm aufging, dass er nie einen Ort finden würde, an dem er länger bleiben wollte, gleichgültig, wie lange er herumirrte.

Wie er nach Jamaika gekommen war, wollte er nicht verraten. Tatsache war, dass er dort die vielleicht ruhigste Zeit seines Lebens verbrachte. Er legte seine Armbanduhr ab, als hätte er nie eine besessen. Meist schlief er am Strand auf einer Bambusmatte, die er für einen Dollar erstanden hatte. Sein verfilztes Haar hing wild um das von der Sonne gegerbte Gesicht. Wenn er gelegentlich in einer öffentlichen Toilette in den Spiegel sah, erkannte er sich nicht wieder, aber das machte nichts, weil er der Person, die er in Erinnerung hatte, ohnehin nicht nachtrauerte. Auch Amerika trauerte er nicht nach. Zurückkehren wollte er nie mehr.

Aber dann brach seine alte Unrast wieder durch. Wenn er zum Horizont schaute, fragte er sich, was dahinter lag. Sein Finger fuhr die Landkarte entlang, mal hierher, mal dorthin, während sein Kopf Entscheidungen fällte und er sich Fantasien von einem anderen Leben hingab. Wie ein Vagabund streunte er durch die Welt, aß, wenn man ihn einlud, schlief, wenn er ein geeignetes Plätzchen fand. Hier und da half er ein paar Bauern bei ihrer Feldarbeit und lebte eine Zeit lang bei Indianern im Dschungel. Er war wie ein blinder Passagier, trieb dahin wie ein Stück morsches Treibholz, innerlich zerrissen, stets auf der Flucht vor sich selbst.

Während er all dies Anne erzählte, drang leise ein altes Reggaelied aus dem Radio. Es hatte mal eine Zeit gegeben, in der sie sich in diese Musik geflüchtet hatten. *No woman, no cry.* Das war so lange her … Sie stellte sich Noah am Strand vor. Mit filzigen Rastalocken und braun gebrannt. In seinen Händen ein Spieß zum Fischfangen. In seinem Mund eine Zigarette, vielleicht ein Joint. Pralle Muskeln, sehniges Fleisch.

Er beugte sich zu ihr hinüber und zog sie zu sich auf die Bettkante. Sie redete sich ein, dass es sie nicht berührte, aber der vertraute Duft, der ihr in die Nase drang, sagte ihr etwas anderes. Noah übte noch immer eine starke Anziehungskraft auf sie aus. Er war ein Opfer der tragischen Umstände, das nun verbittert und einsam heimkam, um sein Recht einzufordern. Doch was für ein Recht?, fragte sie sich, benebelt von seiner Nähe.

Sein Blick wanderte kühn von ihren Augen zu ihrem Dekolleté und wieder hinauf zu ihren bebenden Lippen. Verlegen sah sie zu Boden. Es war töricht, hier zu sitzen und sich in Gegenwart einer verhängnisvollen Jugendliebe derart leicht zu fühlen. Sie war fast vierzig Jahre alt, eine reife Frau, kein Teenager mehr und auch keine junge Auslandsstudentin, die sich auf ein Abenteuer mit unabsehbaren Folgen einließ.

Noah sah sie nur an und vermittelte seine Reue.

Er schämte sich dafür, dass er versagt und diese einzigartige Frau hatte gehen lassen, schämte sich für die Geschichte mit Amber und auch für seine zahllosen Affären, die er gehabt und die ihm letztlich nur Frust und Ärger beschert hatten. Anne war die einzige Gewissheit im Leben, die er besaß. Alles, wonach er sich immer gesehnt hatte, war Sesshaftigkeit und Anne an seiner Seite. Wäre ihm das früher klar geworden, hätten sich die Dinge vielleicht zum Guten gewendet. Die Versuchung, sie aufzuspüren, war in all den Jahren da gewesen. Aber er hatte in den Tag hineingelebt, als ob seine Zeit ewig währte, und sich nur insgeheim ständig gefragt, was aus seiner klugen deutschen Anne geworden war. Und ob auch sie manchmal an ihn dachte.

Er wusste jetzt, dass er an die ewige Treue glaubte. In einem Buch hatte er mal gelesen, dass Schwäne ihr Leben lang zusammenblieben und monogam lebten. Sie taten sich zusammen und ließen nicht mehr voneinander, bis sie starben. Damals hatte er es befremdlich gefunden. *Was für kluge Tiere,* dachte er jetzt.

All das sprudelte aus ihm heraus, und es wurde die längste, die verworrenste Liebeserklärung, die Anne je gehört hatte. Er sagte all die Dinge, die er zuvor für allzu romantisch gehalten hatte: Rechtfertigungen und Schwüre, die ihm niemals über die Lippen gekommen waren. Anne hörte wie versteinert zu. Niemand hatte ihr je mit einer derartigen Inbrunst solche Dinge gesagt, ganz sicher nicht Paul, der immer Haltung bewahrte und der seine Leidenschaft zum Ausdruck brachte, indem er ihr teure Parfüms vom Flughafen mitbrachte und sie am Hochzeitstag in ein nobles Lokal ausführte. Wenn er mit ihr schlief, war er liebevoll, aber niemals ungestüm, wie Noah es gewesen war. Noah war wild und egoistisch, aber er gab, was er forderte, und das machte ihn so attraktiv.

Doch sie hatte keine Illusionen, was ihn betraf. Er war ein Mann, den sie nie würde halten können. Eines Tages würde ihn auch bei ihr die Langeweile packen, die ihn von ihr fort und wieder hinaus in die Welt zog. Sie passten nun einmal nicht zueinander. Und dennoch fühlte sie sich Noah plötzlich so nahe, dass sie am liebsten in seine Arme gesunken wäre. Zunächst musste sie ihm jedoch etwas erklären …

Sie war kurz davor, ihm zu beichten, dass Toby sein Sohn war. Aber dann empfand sie es als geradezu absurd. In all den Jahren war Paul wie ein Vater für Toby gewesen. Er war tolerant, gerecht und aufmerksam, und der ungestüme Toby sah in gewisser Weise zu Paul auf, auch wenn er sich von niemandem mehr viel sagen ließ. Sie konnte Tobys ohnehin wankende Welt unmöglich zum Einstürzen bringen. Und Noah? Er war all die Jahre ohne Toby ausgekommen, wusste ja nicht mal von seiner Existenz.

Mehr als alles andere auf der Welt wünschte sich Anne plötzlich, die feinen, dunklen Haare auf Noahs sonnengebräunten Unterarmen zu berühren. Hin- und hergerissen zwischen Vernunft und Emotion saß sie da und starrte ihn an. Es war verwirrend, Noah so nahe zu sein, weil sie ihn mit derselben Intensität wollte, wie sie ihn fortwünschte. In ihren Augen spiegelte sich der Widerstreit der Gefühle, während seine Finger über ihren Hals wanderten, hinab zu ihrer Schulter.

Sie wusste genau, wohin das alles führen würde. Sie wussten es beide. Der alte Zauber wirkte noch immer. Sie waren damals in Flammen aufgegangen, sowohl im Bett als auch in den Gesprächen, in denen sie eifrig die Welt auseinandernahmen. Es war nie belanglos geworden zwischen ihnen, nie so festgefahren, wie es zwischen Paul und ihr war.

Bis vor ein paar Minuten hatte Anne gar nicht gewusst, dass ihre Ehe festgefahren war. Die gemeinsamen Jahre wollte sie zwar nicht einfach wegwischen, doch sie waren ein langer Weg gewesen, und irgendwo unterwegs hatten sie sich scheinbar verloren. Immer seltener hatten sie Zeit für sich gehabt und zueinandergefunden. Routine nannte man so etwas. Langeweile vielleicht. Ein Zustand, den sie mit Noah sicher nie erlebt hätte.

Einen schwindelerregenden Moment lang war ihr ganzes Sein von einem einzigen Wunsch erfüllt: wieder mit Noah zusammen zu sein. Mit ihm ein neues Leben anzufangen und zu vergessen, was geschehen war. Vielleicht wollte sie auch Paul vergessen. Doch dann kam ihr wieder Toby in den Sinn, und sie verwarf die alberne Idee, eine solche Verrücktheit zu begehen.

In ihren Schläfen pochte es, während Noahs Finger weiter auf Wanderschaft gingen und beide von der ewigen Jugend träumten. Von der Sehnsucht, von der Ekstase …

»Anne«, flüsterte er. »Anne.«

Sie protestierte leise, als er ihre Bluse aufknöpfte und mit der Hand hinab in ihren Büstenhalter wanderte, zu ihren aufgerichteten Brustwarzen, die er sanft massierte, und während sie sich abermals der Vorstellung hingab, wie es damals gewesen war und wie es vielleicht heute wäre, spürte sie, dass sie nach und nach den Widerstand aufgab. Irgendwann erstarb ihr Protest, und sie ließ sich einfach fallen, voller Sehnsucht nach ihm, ertrinkend in einem Strudel der verschütteten Emotionen. Seine Arme umfingen sie, sie atmete den männlichen Duft seiner Haut ein. Sein Mund senkte sich auf ihren, und als er sie hungrig küsste und sie das Spiel seiner warmen Muskeln spürte, war es wie das Paradies. Sie hatte nie den erotischen Geschmack seines Mundes vergessen: Tabak und Lust, aber nun war noch Bitterkeit hinzugekommen. Und – auch wenn sie es sich nicht eingestehen wollte – eine Spur Grobheit.

Als es vorüber war, ruhte ihr Kopf auf seinem Arm. Er lag auf der Seite und betrachtete sie, verfolgte mit seinen Augen jede noch so feine Linie in ihrem Gesicht. Sie war älter geworden, reifer, rationaler. Sie verstand jetzt, dass sie ihn nicht begriff und nie durchschauen würde.

»Es ist dein erstes Mal«, flüsterte er. Es klang wie eine Diagnose.

Sie ahnte sofort, was er meinte. »Ein Seitensprung, meinst du?«

»Ja.«

»Ich war immer treu.«

»Jetzt bist du es nicht mehr«, stellte er trocken fest und lächelte dabei. Es war ein sonderbares Lächeln. Seine Stimme war leise, aber plötzlich kam sie Anne auf subtile Weise verwandelt vor. Beinahe bösartig hatten die Worte geklungen. Endgültig, so als wolle er damit ausdrücken, dass sie jetzt ihm gehörte.

Das schwache Licht der Straßenlaterne fiel ins Zimmer und zauberte ein Schattenspiel an die Wand hinterm Bett. Anne konnte Noahs Gesicht sehen, das sich verdüstert hatte. Seine Augen, zwei aufgewühlte, unberechenbare Meere, schienen auf den Grund ihrer Seele zu dringen. »Liebst du deinen Mann überhaupt?«

»Ja«, sagte sie rasch. Viel zu rasch.

»Du liebst ihn nicht«, widersprach er selbstsicher. »Du liebst *mich*. Damit hast du nie aufgehört.«

Das ist Blödsinn, wollte sie schreien, und doch war es die Wahrheit. Ja, es stimmte, dass sie ihn nicht hatte vergessen können und dass in all den Jahren kein Tag vergangen war, an dem sie nicht an ihn gedacht und sich gefragt hatte, was aus ihm geworden war. Was aus *ihnen* hätte werden können, wenn sie nicht so leichtfertig und ungleich gewesen wären. Wenn das Liebe war, ja, dann liebte sie ihn wohl.

Sie stellte sich vor, wie es wäre, mit Noah zu leben, mit ihm zu fliehen. Einfach in ein Flugzeug zu steigen, irgendwohin zu fliegen, wo sie niemand aufspürte und ewig die Sonne schien. Brasilien vielleicht oder die Fidschi-Inseln. Alle Brücken abreißen, ein neues Leben beginnen. Die Mittel hatte sie. Sie brauchte nur ihre Kreditkarte zu schnappen, ihren Schmuck. Niemand würde sie je finden. Aber Toby würde sie nie wiedersehen.

Noah hatte etwas Derbes an sich, redete konfus. Was auch immer sich zwischen ihnen abgespielt habe, es sei nun nicht mehr rückgängig zu machen. Dinge geschahen, und dann zogen sie anderes nach sich. Was aus einem Fehltritt resultiere, wisse man nie. Aber man müsse sich wappnen.

In ihren Ohren klang das alles fast wie eine Drohung, aber zu diesem Zeitpunkt war es noch keine.

Am frühen Morgen nickte sie ein, von Noahs Armen umschlungen, beseelt von seiner Wärme, seine Lippen in ihrem Haar. Ein paar Stunden später erwachte sie von einem seltsamen Geräusch, das sie nicht zuordnen konnte. Als sie die Augen aufschlug, sah sie, dass es schon spät sein musste. Tageslicht durchflutete den Raum, und sie hörte Noahs Atem nicht mehr. Es war wie damals.

Dann sah sie ihn auf der anderen Hälfte des Bettes liegen: ein Bündel Mensch, in Schweiß gebadet. Ruckartig richtete sie sich auf. Saß da wie versteinert, lauschte seinem Stöhnen. Sie langte hinüber und legte die Hand auf seine schweißbedeckte Stirn, die förmlich glühte. Das Laken unter ihm war nass. Anne betrachtete ihn ebenso verwundert wie ratlos. Entschlossen stand sie auf, holte ein feuchtes Handtuch aus dem Bad und platzierte es auf seiner nackten Brust. Er zeigte keine Reaktion. Sie versuchte, klar und rational zu denken. Fest stand, dass dieses Fieber heftiger und plötzlicher gekommen war als ein herkömmliches Fieber und sie eigentlich einen Arzt rufen musste. Aber zunächst wartete sie.

Seine Temperatur sank nicht, sie schien vielmehr noch zu steigen. Ein Blick auf die Uhr sagte Anne, dass es bald Mittag war. Es beunruhigte sie nicht, denn Paul war bis Montag in Bangkok, und Toby übernachtete bei einem Freund. Ihr Handy, über das man sie hätte erreichen können, lag ausgeschaltet in ihrer Handtasche. Das schlechte Gewissen sollte sich erst später einstellen.

Sie ging ins Bad und duschte. Die Erinnerung an die vergangene Nacht war frisch und lebendig. Jede Pore ihres Körpers strömte Noahs Duft aus. Den Duft der Erregung, den Duft des Verrats.

Ihr schwirrte noch immer der Kopf von den Dingen, die er enthüllt hatte. Es gab nicht den geringsten Beweis für seine Geschichte, aber sie nahm sie ihm ab. Seltsam, damals hatte sie ihm misstraut, doch jetzt empfand sie ein Gemisch aus Vertrauen und Ohnmacht.

Sie schlüpfte schnell in ihre Kleidung. Dann überlegte sie, was zu tun sei. Es war warm im Raum, stickig. Sie setzte sich auf die Bettkante. Ihr war schwindelig. Einen Moment lang meinte sie, ebenfalls krank zu werden. Als sie Noah die Hand auf die Stirn legte, schien diese kühler zu sein als zuvor. Einmal schlug er die Augen auf. Sie waren glasig, sein Blick wirkte verschleiert. Dann schloss er die Augen wieder und dämmerte weiter in diesem ohnmachtähnlichen Schlaf. Er fantasierte, stammelte Unverständliches. Warf seinen Kopf hin und her. Das Kissen war schweißnass. Sein Atem ging flach, der Puls viel zu schnell. Anne hielt seine Hand und wusste, dass sie ihn nicht verlassen konnte. Paul war völlig aus ihrem Gedankenfeld verschwunden, er existierte nicht mehr.

Das Fieber sank und stieg, dann sank es wieder, nur um wieder in die Höhe zu preschen. Hoch und runter, in ständigem Wechsel …

Wechselfieber, fuhr es Anne plötzlich durch den Kopf. *Malaria!*

In jähem Entsetzen schloss sie die Augen. Sie hatte gelesen, dass sich die Erreger in der Leber ansiedelten, die Milz zerfraßen, Herz und Lunge angriffen. Dass sie einen Menschen binnen kurzer Zeit oder auch über Jahre hinweg zerstörten. Niedergeschlagen saß sie auf der Bettkante und lauschte Noahs rasselndem Atem. Sie fühlte sich machtlos und ausgeliefert. Was machte man mit einem malariakranken Mann? Mit einem Mann, der gerade flüsterte, die schlimmste Krankheit in seinem Leben sei nicht die Malaria, sondern *sie*!

»Was kann ich tun?«, flüsterte sie zurück. »Sag mir, wie ich dir helfen kann.«

»Sei mit mir zusammen«, sagte er leise, bevor er erneut in tiefen Fieberschlaf fiel.

Ein paar Stunden später – es war früher Abend – pausierte das Fieber, aber es war heimtückisch und würde zurückkehren. Noah fühlte sich dennoch kräftig genug für eine Dusche. Es war erstaunlich, wie rasch er sich aus den Laken schälte und ins Badezimmer ging. Sein Körper war ausgezehrt, Anne sah erst jetzt, wie dünn er eigentlich war.

Während das Wasser rauschte, rief sie Toby an und sprach ihm auf die Mailbox, dass sie später kommen würde. Einen Moment lang dachte sie auch an Paul, aber in Fernost war es jetzt mitten in der Nacht. Er hatte ihr zwei SMS geschickt, die sie beantwortete, um ihr Gewissen zu erleichtern. Als Noah aus dem Bad kam, sah er, wie sie ihr Handy schnell in die Handtasche steckte, aber er sagte nichts. Stattdessen fragte Anne, was es mit der Krankheit auf sich habe. Ob es die Malaria sei.

Noah erklärte ihr, dass er es seit Jahren wusste und die Geißel hinnahm, da ohnehin nicht viel auszurichten sei. Ob es nun die Malaria sei, ein anderes tropisches Buschfieber oder eine Kombination aus beidem, könne ihm niemand sagen. Er habe sich Medizinmännern anvertraut, die über ein großes Repertoire an Wissen und Mitteln verfügten, aber niemand habe ihm bislang helfen und das zerstörerische Werk des Fiebers aufhalten können. Es ziehe sich stets zurück, um einige Zeit später wieder gnadenlos zuzuschlagen. Nun habe er sich daran gewöhnt und damit abgefunden.

»Mach dir keine Sorgen«, erklärte er leichthin. »Ich habe die Konstitution eines Wasserbüffels.«

»Hast du es mit herkömmlichen Mitteln versucht?«

»Was meinst du mit herkömmlich?«

»Chinin beispielsweise.«

»Ja«, sagte er nur. »Und nun lass uns über etwas anderes sprechen.«

Sie spürte, wie sich bereits das bittere Gefühl des Verlustes in ihr breitmachte. Sie hatte einen Mann geliebt, ihn verloren und wiedergefunden, nur um ihn erneut hergeben zu müssen. Was gab es da noch zu besprechen?

»Wünsch dir nicht, was nicht sein kann«, wisperte sie. »Schau nicht zurück.«

»Ich sehe nicht zurück, ich sehe nach vorn. Lass uns ein neues Leben anfangen«, sagte er eindringlich. »Du und ich.«

»Nein, das kann ich nicht.«

»Es hat dir also nichts bedeutet?«

»Natürlich hat es das. Aber ich bin verheiratet, ich habe ein Leben, Noah.«

»In das ich nicht gehöre.«

Sie zuckte hilflos die Schultern in der Gewissheit, sich fortan immer die Frage stellen zu müssen, was gewesen wäre, wenn.

»Hast du Kinder?«, fragte er geradeheraus und beobachtete, wie sich eine leichte Röte über ihr Gesicht zog.

»Nein«, log sie. »Mein Mann wollte keine.«

»Ich hätte welche gewollt. Es ist nicht zu spät, Kinder zu haben.«

Sie seufzte.

»Du willst also nicht«, sagte er. »Weder die Kinder noch mich.«

»Was soll ich dir sagen?«

»Nichts«, antwortete er bitter. »Am besten sagst du gar nichts mehr.«

Er wollte nichts mehr hören, sah er doch ohnehin der Wahrheit ins Auge. Sie gehörte einem anderen und war für ihn längst verloren. Die Geschichte war vorbei, wie so viele andere auch. Nur dass er sich von dieser hier nicht mehr erholen würde. Schwerfällig stand er auf. Er kam sich alt und gebrechlich vor – vor allem aber benutzt.

Einige quälend lange Sekunden vergingen.

Da saß sie nun, Anne Lessing, die Architektenfrau, die sich in Kreisen bewegte, in denen er nicht verkehrte. Eine Frau, die man sicher für ihre erfrischende Art schätzte. Eine Grande Dame mit gestärkter Bluse und Perlohrringen, die ein Heidengeld gekostet haben mussten. Sein Angebot hingegen war sehr begrenzt und beschränkte sich auf ein paar lustvolle Stunden. Die waren natürlich schnell vergessen. Aber Reue führte zu nichts. Er hatte sich getäuscht. Vor allem in ihr. Sie war seine Sehnsucht, die sich nie erfüllen würde. Noah war zutiefst gekränkt, ein gebrochener Mann, dem das Leben übel mitgespielt hatte. Und sie saß nur da und starrte ihn fragend an. Dass ihr die Möglichkeit einer nun folgenden Erpressung durch den Kopf ging, war nicht schwer zu erraten, und fast schmerzte das mehr als die Zurückweisung an sich. Auf seinem Gesicht hatte das unstete Leben seine Spuren hinterlassen, und nun kam auch noch die Enttäuschung hinzu. Als sie schließlich aufstand und in ihren Mantel schlüpfte, hatte er sich bereits von ihr abgewandt. Rauchend stand er am Fenster und starrte auf die Straße hinaus. Vielleicht – ja, vielleicht – wäre sie noch eine Weile geblieben, wenn er sie darum gebeten hätte. Aber er tat es nicht. Er ließ sie gehen, und sie sagte nicht einmal: »Auf Wiedersehen.«

KAPITEL 2

Erst nachdem sie fort war, fand er das Geld.

Zweitausend Mark in Hundertmarkscheinen.

Sie lagen mit einem Zettel auf dem Waschbecken.

Auf dem Papier stand: *Du kannst es gebrauchen, also nimm es.*

Es war ungeheuerlich, eine barbarische Erniedrigung, ebenso schlimm wie damals, als er die Entlohnung seiner Mutter auf dem Küchentisch entdeckt hatte. Die Frau, die er geliebt hatte, hatte ihn bezahlt wie ein Freier seine Nutte.

In dem Moment kam ihm der Gedanke, es ihr zurückzuzahlen …

An einem Sonntagmittag machte sich Noah auf den Weg. Auf den Tag genau drei Wochen, nachdem Anne bei ihm gewesen war. Er befand sich nur ein paar Kilometer vom Stadtzentrum entfernt, aber man hatte das Gefühl, man sei auf einem anderen Planeten gelandet. Die Hektik der City schien Lichtjahre entfernt, beinahe dörflich mutete alles an. Er hatte sich einen besonders schönen Sommertag ausgesucht, einen, an dem der Himmel azurblau war und die Augustsonne die Welt in ein strahlendes, hoffnungsvolles Licht tauchte. In den Parks, die er durchquerte, waren Spaziergänger unterwegs, die ruhigen Stadtrandstraßen waren wenig befahren und von gepflegten Baumreihen gesäumt. Je näher er seinem Ziel kam, desto größer wurden die Grundstücke, desto vornehmer die Häuser und die Wagen, die davor parkten. Wer hier lebte, hatte keine Geldsorgen, das war augenscheinlich.

Er erahnte das Anwesen bereits von Weitem: ein architektonisches Meisterwerk mit liebevoll gestaltetem Vorgarten. Sicher gab es einen Gärtner, der sich um die adrette Außenanlage kümmerte und alles in Schuss hielt. Und Hauspersonal, welches das Silber polierte und samstags ein Menü für ausgewählte Gäste zusammenstellte. In der breiten Auffahrt parkte ein schwarzer BMW mit blinkenden Chromarmaturen – frisch geputzt und vermutlich vollgetankt. Das Kennzeichen beinhaltete Annes Initialen. Dann fiel sein Blick auf ein Baumhaus, hoch oben in einer prächtigen Eiche. Von einer Plattform baumelte ein Seil herunter.

Schwer atmend blieb Noah stehen und fragte sich, was er eigentlich hier tat. Vermutlich würde man die Polizei rufen, wenn man einen wie ihn hier herumlungern sah. In Gedanken hatte er es schon tausend Mal durchgespielt – weshalb ihn an diesem Punkt der Mut verließ, wusste er nicht. Irgendeine Eingebung war es, eine innere Stimme, die ihn mahnte. Am besten, er verschwand auf Nimmerwiedersehen. Schwindel erfasste ihn. Malaria und Ausschweifungen vertrugen sich nicht allzu gut, sein Grab war bereits geschaufelt.

Doch er blieb, wo er war, und bemitleidete sich umso mehr, da er überlegte, welch fürstliches Leben Anne hinter diesen Mauern führte. Ihr Mann war gewiss ein abgeklärter Typ, der auf Sicherheit setzte und jeden Schritt mehrmals durchdachte, ehe er ihn wagte. Ein Mann, der auf Empfängen edlen Champagner nippte, wie es sich gehörte. Ob er sie auch liebte, wie es sich gehörte?

Jeder Gedanke an den Unbekannten war wie ein Dolchstoß in Noahs Herz und führte ihm vor Augen, wie einflusslos er selbst war. Erschöpft und frustriert stand er an der Straßenecke, nur ein paar Meter entfernt von der Villa, in der er sich selbst gern gesehen hätte.

Plötzlich bewegte sich etwas in seinem Sichtfeld. Er zuckte zusammen. Dann sah er, dass das Garagentor in die Höhe glitt – vollautomatisch und beinah geräuschlos. Er hörte Schritte. Jemand trat durch das offene Tor. Ein Mann! Vermutlich *ihr* Mann. Dann sah er genauer hin. Nein, es war ein Junge. Ein Halbwüchsiger von vielleicht sechzehn oder siebzehn Jahren, der angerissene Hip-Hop-Jeans trug und eine kakifarbene Jacke, deren Rücken ein Fußballemblem zierte. Knapp über seinen Schultern endeten dichte Naturlocken in einer Farbe, die an dunkles Gold erinnerte. Sein Kinn war ebenso energisch wie sein Gang, seine Schultern waren breit. Er lief schnurstracks zu seinem Moped und machte sich für die Fahrt bereit. Für einen Moment sah er herüber.

Noah stand wie vom Donner gerührt da, fühlte sich betäubt, bar jeder Empfindung. Die Ähnlichkeit war frappierend. Der Junge hätte er selbst in jungen Jahren sein können. Sein Ebenbild in Blond. Das Alter stimmte. Die Größe, die Figur, der Gang. Wie war es möglich, dass er davon nichts gewusst hatte?

Selbst in der Nacht, in der sich Anne lustvoll unter ihm wand, hatte sie ihm vorenthalten, was ihm gehörte. Er hatte sie gedeckt und für sie Jahre hinter Gittern verbracht. Er hatte sich vergewaltigen und demütigen lassen. Dann war er durch die Welt gestolpert, hatte jahrelang am Hungertuch genagt, während sie in Saus und Braus mit diesem Architektenkerl zusammenlebte und mit ihm seinen, *Noahs*, Sohn großzog.

All das schoss ihm durch den Kopf, während er das Moped viel zu schnell davonbrausen sah. Ein Impuls befahl ihm loszurennen, hinter dem Jungen her, dem er alles begreiflich machen wollte, vom Anfang bis zum Ende. Aber ob er ihm glauben würde? Da kam jemand Wildfremdes und stammelte Geschichten von Vater und Mutter, die einfach fadenscheinig klingen mussten. Und was sollte daraus resultieren? Eine tränenreiche Familienvereinigung? Wollte er die überhaupt?

Im Augenblick – und das wusste er mit beinahe schmerzhafter Gewissheit – wollte er nur töten.

KAPITEL 3

An einem sonnigkalten Oktobernachmittag trat Noah aus dem Hinterhalt. Er war vorbereitet, auch was die Äußerlichkeiten betraf. Er hatte sich rasiert und seine Mähne gestutzt. Außerdem trug er saubere Bluejeans, Markenturnschuhe und einen sportlichen Blouson, der ihm hervorragend stand und ihn zu dem gefälligen Durchschnittstypen machte, der er nie gewesen war. Einzig ein leichtes Hinken hob ihn von der Masse ab. Es gab Tage, an denen verschwand es fast vollständig, und es gab Tage wie diesen. Tage, an denen er sich als behäbig und seinen Körper wie ein Gefängnis empfand.

Noah wartete, bis der Junge auftauchte. Über dessen Schultern hingen ein schwerer Rucksack und zusammengeknotete Sneakers von Nike, darüber schwebten diese engelsgleichen Berry-Locken, die seine eigenen hätten sein können. Die Schuhe zog der Junge auf einem Treppenvorsprung an, anschließend klopfte er lachend einem seiner Sportskumpels auf die Schulter. Es war einer der seltenen Augenblicke, in denen Noah ihn gelöst und heiter gestimmt sah.

Und dann begann das Match, das wohl eher ein Zeitvertreib ohne große Ambitionen war. Zwischendurch wurden Zigaretten geraucht und ein paar Flaschen Cola herumgereicht. Vielleicht war auch Alkoholisches beigemischt, die

Stimmung war jedenfalls prächtig. Was feixend besprochen wurde, verstand Noah nicht. Es waren sicher irgendwelche Jungenthemen.

Ich werde einen Fehler begehen, dachte Noah noch. Aber er konnte nicht zurück.

Später, als es bereits dämmerte, begab sich der verschwitzte und in eine warme Jacke gehüllte Junge wieder zu seinem Moped. Seine Altersgenossen hatten sich bereits in alle Winde verstreut, er war allein. Die Sekunden krochen dahin, Noah wartete angespannt. Dann registrierte er, wie der Junge fluchend feststellte, dass seine Kiste nicht ansprang. Ihr war nur ein müdes Knattern zu entlocken, ganz gleich, wie oft er auch versuchte, sie zu starten.

Gerade wollte er sein Handy zücken, da glitt Noah in den matten Laternenschein und blieb vor ihm stehen. Aus der Nähe sah der Junge ihm noch ähnlicher.

Wider Erwarten entspannten sich die Züge des gestrandeten Mopedfahrers, und er grinste Noah an. Dieser brachte ein »Hallo« zuwege und grinste zurück, wobei seine Zähne aufblitzten. Er versuchte, mit entgegenkommenden Gesten seine Hilfe anzubieten, aber der Junge winkte ab und schüttelte selbstbewusst den Kopf. Dass er keine Furcht vor ihm zeigte, erschütterte Noah. Die meisten wären erst einmal wachsam gewesen, sein Sohn jedoch schien keine Vorbehalte zu hegen.

Der Abend war kalt, in der Nacht sollte es Bodenfrost geben. Trotz der klaren Luft spürte Noah, dass er zu schwitzen begann. Er konnte nicht anders, als den Jungen anzustarren. Er war fast noch ein Kind und dabei doch schon ein junger Mann, um dessen Mund bereits ein paar Stoppeln sprossen, die er sicher sorgsam pflegte. »Probleme?«, erkundigte sich Noah mit unüberhörbar amerikanischem Akzent.

Der Junge brummte etwas, das wie ein »Nein« klang – eines der ersten deutschen Worte, die Noah gelernt hatte. Inzwischen hatte er sich zwar ein paar Brocken Deutsch angeeignet, aber das war nahezu bedeutungslos, weil er sie nicht anzuwenden wusste. Wenn sie kommunizieren wollten, musste das auf Englisch vonstattengehen, und so erklärte er, dass er aus den Vereinigten Staaten komme und geschäftlich in Europa zu tun habe. Er stellte mit Wohlwollen fest, dass der Junge ihm folgen konnte und verständig, wenn auch nicht gerade beeindruckt nickte.

Noah zog zwei Marlboro hervor und reichte dem Jungen eine davon. Beiläufig gab er zu verstehen, dass er sich ganz gut mit Motoren auskannte. Ob er es mal versuchen solle?, fragte er.

Schulterzuckend und ohne große Begeisterung nahm der Junge den Glimmstängel und trat, Skepsis im Blick, zur Seite. Noah ging in die Knie und machte sich an der Maschine zu schaffen. Er werkelte ein bisschen herum und tat für eine Weile sehr geschäftig, während der Jüngere in aller Ruhe seine Zigarette paffte und ihm zusah. Schließlich räusperte sich Noah und gab zu, dass er auch nicht weiterwisse. Es sehe alles richtig aus, sagte er und fügte hinzu, dass er sich eigentlich mehr auf die Fitness von Menschen als auf die von Fahrzeugen verstehe.

Der Junge, dem der Fremde auf irritierende Weise vertraut vorkam, sah ihn fragend an.

»Du weißt nicht, wovon ich rede«, sagte Noah und lächelte. »Wenn du willst, erkläre ich es dir.«

»Ich muss nach Hause«, sagte der Junge knapp.

»Wirklich?«

»Ja. Weshalb interessiert Sie das überhaupt?«

»Weil du eben sehr gut warst.«

»Haben Sie uns etwa beobachtet?«

»Eine Weile lang, ja.«

»Tun Sie das immer – fremde Leute beobachten?«

»Manchmal«, sagte der Amerikaner ausweichend. »Ich heiße übrigens Noah. Und du?«

»Toby«, antwortete er knapp.

Toby, dachte Noah gerührt. *Mein Sohn.*

Bedachtsam tastete er sich vor, fragte, ob Toby schon lange Fußball spiele. Seine Stimme klang kratzig und eingerostet, aber schon bald hatte er den ahnungslosen Jungen in ein Gespräch verstrickt. Dessen Englisch war recht passabel, wenn auch unsicher und von einem starken deutschen Akzent durchzogen. Mit tiefer, ausgereifter Stimme berichtete er, er komme ein paarmal die Woche hierher, um mit seinen Kumpels zu kicken. Sein Vorbild sei Zinedine Zidane. Der habe es von der Straße bis ganz nach oben gebracht. Das imponiere ihm.

»Was würdest du sagen, wenn auch ich es so geschafft hätte?«

Toby zog die Augenbraue in die Höhe. »Was geschafft?«

»Man hat mich vom Spielfeld gepickt. Damals, als ich so jung war wie du, vielleicht noch ein bisschen älter, kam jemand daher und behauptete, ich hätte Talent. Ich war überrascht, denn mir war das damals nicht bewusst. Du spielst einfach, schießt Tore und bist zufrieden. Dein einziges Publikum sind ein paar Zaungäste, aber du wünschst dir mehr. So war es bei mir. Ich weiß nicht, ob du dich mit Zaungästen wie mir zufriedengibst.«

»Besser als keiner«, bemerkte Toby trocken. »Der Platz ist nicht der Rede wert.«

»Aber du bist es.«

Nachdenklich senkte Toby die Augen. Er schien hin- und hergerissen. »Nein«, murmelte er. »Bin ich nicht.«

»Du glaubst nicht an dich?«

»Woran sollte ich schon glauben?«

»Daran, dass du ein Großer werden könntest, ein Zidane.«

»Ach was, das ist doch Unsinn.«

»Wenn man es will, nicht.«

»Bist du ein Verhaltensforscher oder so was?«, fragte Toby misstrauisch.

Der Knoten in Noahs Magen fühlte sich plötzlich an wie ein Basketball, und der Talentscout mischte sich wieder ein. Aber das hier war sein eigenes Ding. Sein eigener Sohn.

»In gewisser Weise bin ich das«, sagte er. »Hat aber nichts mit Psychologie zu tun. Ich bin eher auf der Suche.«

»Auf der Suche nach was?«

»Nach Ausnahmetalenten wie dir.«

»Willst du mich veräppeln?«, stieß Toby hervor.

»Keineswegs. Ich will dich fördern.«

Der Junge wurde langsam neugierig. Aus seinem Blick sprach Unglaube, aber auch eine gewisse Gier. Das Motorrad schien angesichts der Tatsache, dass da plötzlich jemand war, der ihn fördern wollte, vergessen.

»Wie könntest du das tun?«, erkundigte er sich.

»Ich bin der Beginn eines Prozesses. Man schickt mich, und dann finde ich Jungs wie dich, bei denen es schade wäre, wenn man sie nicht entdeckte. Du spielst nicht im Verein?«

Toby schüttelte den Kopf. »Früher mal. Jetzt lasse ich es locker angehen.«

»Ein Profi muss sich ganz schön ins Zeug legen. Und du könntest einer werden, wenn du nur hart genug an dir arbeitest.«

Toby blieb skeptisch. »Woher weiß ich, dass du mir keinen Quatsch erzählst? Für wen arbeitest du überhaupt?«

Noah griff in die Innentasche seiner Jacke und holte einen von Annes unangetasteten Hundertmarkscheinen hervor. Er wollte nicht wie ein Großkotz wirken, aber es gefiel ihm, Autorität zu zeigen. Geld regierte nun mal die Welt.

»Hast du Lust auf ein Bier?«, erkundigte er sich. »Gleich um die Ecke habe ich ein nettes Bistro gesehen. Dort könnten wir reden und einen Happen essen. Wenn du allerdings nach Hause musst …«

»Nein, nein«, wandte Toby schnell ein. »Das war nur so dahergesagt. Jetzt will ich mir anhören, was du mir zu sagen hast.«

Noah nickte bedächtig. Dann reichte er Toby die Hand – und der schlug ein.

KAPITEL 4

Normalerweise spionierte Anne niemandem nach, aber jetzt tat sie es. Vermutlich war es nur ihr Instinkt, der sie in Tobys Zimmer führte, ein vager Argwohn. Und zunächst sah sie auch nichts Eigentümliches, wenn man einmal von der heillosen Unordnung und der abgestandenen Luft absah. Das Fenster war den ganzen Tag geschlossen gewesen, und da Toby das verhängte Rauchverbot ignorierte, roch es unangenehm nach erkaltetem Qualm. Das Bett war zerwühlt. Auf dem Nachttisch standen zwei Fotos, eins zeigte ihn mit seinen Kumpels bei einem Angelausflug im vergangenen Sommer, ein anderes ein Mädchen, das Anne nicht kannte. Sie betrachtete das wilde Durcheinander eines rebellischen Teenagers:

Auf der Kommode reihten sich Dutzende von alten Teddybären aneinander, denen Toby offenbar die Augen entfernt hatte. An der Wand prangte das Poster eines tätowierten Rapstars, daneben eines von Pamela Anderson, in deren Brüste Toby provokativ Riesensicherheitsnadeln gesteckt hatte. Unter seinem Kopfkissen fand sie zwei Pornomagazine, in einer Dose eine Packung Kondome mit Erdbeergeschmack. Seit Neuestem drehte er seine Zigaretten offenbar selbst. Auf dem Boden lag neben einem überquellenden Aschenbecher eine Packung Tabak, deren Inhalt eine süßliche Note verströmte. Sie kannte sich da nicht aus, aber das

Aroma missfiel ihr. Das ganze Zimmer missfiel ihr. Es war verwahrlost und verkommen. Es war nicht das, was sie sich von ihrem Sohn erhoffte. Und sie verstand es nicht.

Was sie verstand, war, dass Toby längst nicht mehr ihr Baby war. Aus dem wilden Kind war eine eigensinnige Persönlichkeit geworden, die mit der Pubertät rang und rasant wuchs. Toby war der Größte seines Jahrgangs, und er bestach in der Schule durchweg mehr durch seine sportlichen Leistungen als durch seine Wissbegierde. An Büchern und Bildung zeigte er kaum Interesse, sodass er über ein schwaches Mittelmaß nicht hinauskam. Es gab auch immer wieder gewisse Vorfälle, die die Aufmerksamkeit der Lehrer erregten: kleine und größere Eskapaden, bei denen er sich Strafen einhandelte. Erst kürzlich war er in der Schultoilette beim Kiffen erwischt worden, was natürlich einen Mordsärger nach sich gezogen hatte.

Wo er sich nachmittags herumtrieb, wusste Anne nicht. Sie wusste nur, dass er viel Zeit auf dem Fußballplatz verbrachte und Stürmer seiner Mannschaft war. Die Freunde seiner Kindheit kannte sie, die Leute, mit denen er sich jetzt umgab, waren vielleicht ganz andere. Wenn sie ihn danach fragte, reagierte er abweisend und verschlossen.

Hilflosigkeit übermannte sie von Zeit zu Zeit – ein Gefühl, das sie nicht mit Paul teilen konnte. Paul war zwar ein großartiger Architekt, ein aufmerksamer Ehemann und ein bemühter Vater, aber er war eben nicht der leibliche Vater. Das Wort ›Stiefvater‹ hatte etwas Böses an sich, und deshalb benutzten sie es nie. Aber Toby kannte die Zusammenhänge, und je älter er wurde, desto mehr schienen sie ihn zu belasten. Nach seinem richtigen Vater hatte er seit Jahren nicht mehr gefragt, aber sie wusste, dass ein gewisser idealistischer Eifer in ihm schwelte wie ein Brand – eine Tatsache, die Anne erschreckte, denn er sah nicht nur aus wie Noah, er verhielt sich auch so. Es waren Gesten und Bewegungen, die sie an Noah erinnerten. Und die ungestüme, widerspenstige Art. Toby konnte nie warten. Er wollte alles, und zwar sofort und auf einmal.

Irritiert sah sie sich um. Von der hellen, freundlichen Einrichtung, den Jugenddesignermöbeln, die eine Messeneuheit gewesen waren und ein Heidengeld gekostet hatten, war nichts mehr zu sehen – ebenso wenig wie von der Ordnung, die ihre Zugehfrau einmal die Woche schaffte. Offensichtlich bereitete es Toby Freude, alles wieder in einen desolaten Zustand zu versetzen, kaum dass sie fort war. Toby kam mit Ordnung nicht klar, er kam mit Regeln nicht klar, und auch das hatte er mit seinem Vater gemeinsam. Irgendwie hatte dieser Gedanke etwas Tragisches, denn Anne spürte instinktiv, dass es ein böses Ende mit ihrem Sohn nehmen würde. Ein Ende, das sie nicht steuern konnte, genauso wenig, wie sie es bei Noah hatte steuern können.

Die Schubladen von Tobys Schreibtisch waren verschlossen. Annes Verstand sagte ihr, dass er seine Gründe dafür hatte. Sie nahm Hefte in die Hand und Bücher, die zwischen benutzten Gläsern und Tassen lagen, blätterte sie grob durch und fand hier und da handgeschriebene Notizen, auf denen Dinge vermerkt waren, denen sie nicht folgen konnte. Hätte sie eine Tochter gehabt, wäre sie vermutlich in Versuchung geraten, ihr Tagebuch zu lesen, aber Jungs schrieben keine Tagebücher, und Toby schon gar nicht.

Sie zuckte zusammen. Ihr war, als hätte sie ein Geräusch gehört. Just in diesem Moment sah sie einen Papierschnipsel unter dem Kakteentopf hervorschauen. Sie stutzte und griff danach, faltete ihn auseinander. Starrte auf eine gekritzelte Uhrzeit – und dann auf den darunter vermerkten Namen, der ihr jäh ins Auge sprang.

Noah stand da. Einfach *Noah*.

Nun war er gekommen. Der Augenblick, den Anne immer gefürchtet hatte. Sie spürte, wie sich der Raum zu drehen begann, und zeitgleich überfiel sie eine rasende Angst um ihr einziges Kind. Ihre Gedanken überschlugen sich, tausend Befürchtungen schossen ihr durch den Kopf.

Noah musste sie beschattet haben, musste Toby beschattet haben. Vielleicht vor dem Haus, vielleicht vor der Schule oder der Disko. Dort hätte er jeder sein können: ein Passant, ein wartender Vater, der alltägliche Freund eines Mädchens. Noah war ein Verwandlungskünstler, der sich die Wahrheit so zurechtbog, wie sie ihm am ehesten zupasskam. Vielleicht war er durch die Clubs gezogen, um dem Jungen dort einen Drink zu spendieren und irgendeine Story aufzutischen, die er nicht einmal selbst glaubte. Toby stand auf solche Geschichten, auf schräge Gestalten.

Anne spürte den überwältigenden Drang, mehr über ihren Sohn herauszufinden, und hasste sich dafür, es nicht schon früher getan zu haben. Wo trieb er sich nach der Schule herum? Und mit wem? Hatte er eine Freundin? Einen besten Kumpel? Ein Hobby, von dem sie nichts wusste? Und wieso hatte sie ihn nie danach gefragt? Was war sie für eine Rabenmutter? Die letzte große Unterredung hatte vor einem Dreivierteljahr stattgefunden, als er eine sizilianische Mitschülerin in Schwierigkeiten gebracht hatte. Da hatten sie gesprochen – oder besser gesagt lautstark gestritten. Dem Vorfall war verbittertes Schweigen gefolgt, das bis heute nicht gebrochen worden war – was ihr erst jetzt richtig zu Bewusstsein kam. Eine Welle von Schuldgefühlen stieg in ihr auf. Auch deshalb, weil sie ihn nicht vor Noah Berry bewahrt hatte.

Was um Himmels willen führte er im Schilde?

Bei der Vorstellung, dass Noah überhaupt noch in der Stadt war, wurde ihr kalt. Drei Monate waren seit jener kopflosen Nacht vergangen, und ja, sie hatte an jedem einzelnen Tag gelitten und bereut. Bereut, dass sie Paul betrogen hatte, und bereut, dass sie Noah hatte gehen lassen. Ihre Entscheidung, ihn nicht wiederzusehen, war endgültig gewesen, und sie hatte ihn längst erneut im Dschungel gewähnt, irgendwo auf der Welt, fernab der Zivilisation, fernab aller Gesetze, die er ohnehin nicht achtete. Und sie war fast verrückt geworden wegen der Tatsache, dass er auf immer fort und unerreichbar war und nie von der Existenz seines Sohnes erfahren würde.

Aber nun wurde sie verrückt bei dem Gedanken, dass er es selbst herausgefunden hatte. Was hatte er vor?

Noah handelte stets impulsiv. Er war wankelmütig und unberechenbar. Anne dachte an den bewaffneten Wutausbruch im Motel. Seine mangelnde Selbstbeherrschung in der Wüste. Wie er sie angesehen hatte, als er Ambers Grab schaufelte. Und dann an die Ausflüchte. Das verspielte Geld, die irrsinnige Entführung, den Sex mit Amber.

Wäre Paul hier gewesen, hätte sie ihn um Rat gefragt, sich an seiner Schulter ausgeweint. Aber dann fiel ihr wieder ein, dass sie das nicht tun konnte. Sie war allein. Musste einen klaren Kopf bewahren. Toby beschützen. Ein Impuls befahl ihr, die Polizei anzurufen. Die Vernunft hielt sie davon ab. Es würde ihr ohnehin niemand glauben.

Sie wollte gerade das Zimmer ihres Sohnes verlassen, als sich plötzlich die Tür öffnete. Anne fuhr zusammen wie eine auf frischer Tat ertappte Sünderin.

»Was machst *du* denn hier?«, fragte Toby verblüfft, als er seine Mutter wie angewurzelt in seinem Zimmer stehen sah.

Anne war noch immer wie gelähmt, zögerte für einen Moment und sagte dann so ruhig wie möglich: »Hör zu, Toby. Wir müssen reden.«

»Ich bin müde«, stöhnte er genervt. »Können wir das vertagen?«

»Nein, können wir nicht.«

»Na schön. Ich räume auf. Ich gebe mir Mühe, ein braver Junge zu sein, okay?«

»Darum geht es nicht.«

Er zog die Augenbraue hoch. Wurde wachsam. »Worum denn dann?«

Anne deutete auf die kleine, bequeme Couch, die von dem Chaos einigermaßen verschont geblieben war. »Komm, wir setzen uns.«

»Ich bleibe lieber stehen.«

Sie seufzte angesichts seiner Sturheit. »Du bist kaum noch zu Hause, bist so schweigsam. Du hast sicher tausend Geheimnisse, die man in deinem Alter auch haben sollte. Aber lass mich doch wenigstens ein wenig an deinem Leben teilhaben.«

»Offenbar hast du dir ja schon ein Bild gemacht. Was willst du denn noch?«

»Ich weiß nichts über deine Freunde.«

Toby zuckte trotzig die Schultern. »Es gibt keine Sizilianerin mehr und auch keine andere Babykandidatin. Zufrieden?«

»Ich möchte nicht, dass du in schlechte Gesellschaft gerätst.«

Seine Stimme wurde scharf. »Wie kommst du darauf? Hast du in meinen Sachen herumgeschnüffelt?«

»Hätte ich das tun sollen?«

»Du *hast es* getan.«

»Was hätte ich denn finden können?«

»Sachen, die dich einen Scheißdreck angehen.«

Bleierne Stille erfüllte den Raum. Anne merkte, dass Toby eine Reaktion auf seine Provokation erwartete. Aber sie blieb ruhig. Doch die Frage, diese einzige, unvermeidliche, simple Frage, musste sie stellen.

»Wer ist das?«, erkundigte sie sich mit zittriger Stimme. Der Zettel in ihrer Hand vibrierte, ihr Arm war wie elektrisiert. Sie streckte ihn aus und hielt Toby den weißen Schnipsel mit Noahs Namen und der notierten Uhrzeit unter die Nase.

Toby starrte sie an und wusste offenbar nicht, was er sagen sollte. Er wirkte verärgert und verblüfft zugleich. »Soll das ein Verhör werden?«

»Ich wüsste gern, wer das ist«, wiederholte Anne ihre Frage. »Ein Freund von dir?«

»Weshalb willst du das wissen? Vermutest du einen Dealer?«

»Ich will nur wissen, wer sich dahinter verbirgt.«

Er lachte, runzelte die Stirn, lachte wieder. »Du spinnst komplett.«

»Wenn ich spinne, dann sag mir, weshalb du mir nicht verrätst, wer dieser Kerl ist.«

»Das ist doch albern, Mann.« Er schüttelte den Kopf. »Du bist wirklich hysterisch.«

Hatte er recht? Vielleicht war es gar nicht *der* Noah, sondern bloß ein Zufall. Auch andere trugen schließlich diesen Namen. Vielleicht sah sie schon Gespenster.

KAPITEL 5

Ein erhebendes Gefühl durchflutete Toby seit jener ersten Begegnung auf dem Sportplatz. Sie hatten sich getroffen, schon mehrmals jetzt, und jedes Mal hatten sie geredet und heißen Kakao oder Bier getrunken, je nachdem. Sein Moped war inzwischen wieder fahrtüchtig, und er raste durch die Stadt, der Zukunft entgegen, die auf einmal so verheißungsvoll schien. Das Sportförderprogramm würde seinen womöglich sogar internationalen Weg ebnen. Die Mädels würden ihn anhimmeln, ihm nachreisen, ihn nach Autogrammkarten fragen.

Der Amerikaner – von dem Toby lediglich wusste, dass er ein ehemaliger Ligaprofi war, dessen aktive Karriere ein Unfall zunichtegemacht hatte – wirkte kompetent. Er war durchtrainiert, erfahren und freundlich. Er protzte nicht, sondern überzeugte, hielt keine langen Reden, sondern kam auf den Punkt. Und der Punkt war, dass er, Tobias Lessing, selbst ein weltbekannter Sportstar werden wollte. Ein Zidane. Das könne er durchaus erreichen, hatte Noah gesagt, mit hartem Training unter einer kompetenten Führung. Wo ein Wille sei, sei auch ein Weg. Daran solle er stets denken.

Toby dachte an nichts anderes mehr. Irgendwie fühlte er sich Noah verbunden, vertraute ihm wie einem alten Freund. Es war cool, sich mit ihm zu unterhalten. Toby hatte gar nicht gewusst, dass sein Englisch so gut war, denn in der Schule kassierte er verheerende Noten für das, was er nun mit Leichtigkeit anwendete. Das beste Beispiel dafür, dass sich alle Welt in ihm täuschte, insbesondere seine Mutter, die sich eines Tages noch wundern und hoffentlich auch bereuen würde, dass sie in seinen Sachen geschnüffelt und somit sein Vertrauen missbraucht hatte.

Langsam hatte er genug von dem Bevormundungstheater, das sie in den letzten Wochen spielte. Bald würde er sie vor vollendete Tatsachen stellen, und er dachte schon voller Vorfreude daran, wie sich die Gesichtsfarbe seiner Mutter verändern und sie innerlich beben würde, dem Nervenzusammenbruch nahe. Seine eigene Bitterkeit verwirrte ihn zwar, aber schließlich schaffte er sich gerade Freiräume, ging Wege, die sonst niemand einschlug. Niemand sonst war dem Amerikaner aufgefallen. Das gab ihm den gewissen Kick und die Rechtfertigung, das Schema zu sprengen. Er war kein Musterschüler, kein Musterknabe. Er sei ein beispielloses Ausnahmetalent, hatte sein neuer Freund vehement erklärt. Ob er bereit sei für ein unwägbares Abenteuer, bei dem er ihn begleiten wolle?

An jenem Spätnachmittag, an dem Anne ihren Sohn zur Rede gestellt hatte, war eine Entscheidung gefallen, so schnell und hastig und aus einem wütenden Bauch heraus, dass sich Toby später kaum noch an seine verqueren Gedankengänge erinnern konnte. Seine Mutter war aus dem Zimmer gerauscht, und er war ihr gefolgt, und dann hatte er sie boshaft angebrüllt – er wusste kaum noch, was er alles von sich gegeben hatte.

Anschließend war er zurück in sein Zimmer gestürmt, um hastig ein paar Sachen zusammenzupacken: T-Shirts,

Socken, ein paar Unterhosen. Alles, was er auf die Schnelle fand, steckte er in seinen Rucksack und hoffte, dass er nie wiederkommen musste, um den Rest zu holen.

»Ich gehe jetzt«, erklärte er schließlich siegesgewiss und donnerte die Haustür zu.

KAPITEL 6

Er war dabei, den größten Fehler seines Lebens zu begehen, und hätte Toby davon gewusst, wäre er mit Sicherheit geflohen.

Das Fahrerfenster des Wagens war heruntergekurbelt. Noah nickte dem Jungen zu und winkte ihn heran. »Steig ein«, sagte er mit seltsam gedämpfter Stimme. »Wir machen eine Spritztour.« Es klang fast wie ein Befehl. Ein Hauch von Unmut schwang in seiner Stimme mit, ein Hauch von Ungeduld.

Toby bemerkte es, verleugnete es aber. Er sah nur den aufgemotzten Wagen im Schein der Straßenlaterne und traute seinen Augen nicht. Eine Sekunde lang zögerte er – später würde er sich fragen, weshalb er nicht auf seinen Instinkt gehört hatte – und folgte dann der Aufforderung des Amerikaners. Beeindruckt ließ er sich in den tiefen Ledersitz sinken und fragte sich, weshalb Noah ihm bisher nicht verraten hatte, dass er einen solchen Schlitten fuhr.

Es war düster im Wageninnern, Konturen zeichneten sich nur schemenhaft ab. Das Erste, was Toby auffiel, war das neongrell beleuchtete Hightech-Armaturenbrett und die strenge Alkoholfahne, die ihm ins Gesicht schlug. Zum ersten Mal fühlte er sich unbehaglich in der Nähe des Amerikaners.

Ihm fiel auf, dass sie nicht in Richtung Zentrum fuhren,

sondern stadtauswärts, nach Westen. Die Stadtgrenze näherte sich, der Berufsverkehr war um diese Zeit dicht. An der Ampel bemerkte er einen älteren Herrn mit Hut, der zu ihnen in den Wagen gaffte, und streckte ihm die Zunge raus. Noah, der sonst immer zu Späßen aufgelegt war, verzog keine Miene und stierte geradeaus. Sie nahmen die Autobahnauffahrt. Im Rückspiegel sah Toby, dass der Mann mit Hut ihm einen Vogel zeigte. Aus dem Radio dröhnte Clubmusik, während sie über die A4 brausten.

Der Amerikaner war blass und wirkte geistesabwesend. Er schwitzte. Sein Gesicht wurde von einem struppigen Dreitagebart überwuchert, was ihm ein düsteres Aussehen und ein noch markanteres Profil verlieh. Toby wurde plötzlich bewusst, dass er nichts von diesem Mann wusste. Nach ein wenig Small Talk schwiegen sie beide und rauchten. Die Zeit verstrich, und sie ließen Kilometer für Kilometer hinter sich. Toby bemerkte, dass Noah den Wagen nur mit einer Hand steuerte und dass diese zitterte. Er bemerkte auch, dass die Mundwinkel des Amerikaners zuckten. Als ob er etwas sagen wollte und sich nicht traute.

Toby fand die Frage, die Noah schließlich stellte, recht banal und scheinbar aus der Luft gegriffen. »Wie ist dein Stiefvater eigentlich so?«

»Wie meinst du das?«

»Ihr kommt zurecht, oder?«

»Mal ja, mal nein. Ich sehe ihn nicht sehr oft.«

»Zu viel neue Häuser?«

»Woher weißt du das?«

»Du sagtest, dass er Architekt ist.«

Nein. Toby war sich sicher, dass er Noah nichts dergleichen gesagt hatte. Er stutzte angespannt, überlegte. Es war natürlich möglich, dass er es irgendwann mal erwähnt hatte und sich jetzt nicht mehr daran erinnerte. Alles war möglich.

»Was ist?«, fragte Noah.

»Nichts.«

»Er verlangt dir viel ab, stimmt's?«

Toby zögerte. Was man von ihm erwartete, lag auf der Hand. Er sollte es einmal weit bringen: Abitur, Numerus clausus und ein Studium, das ihm alle Türen öffnete. Sollten sie doch zum Himmel fahren mit ihrem Ehrgeiz, ihrem verfluchten Geld! Es war ohnehin abzusehen, dass er die nächste Runde nicht überstehen würde. Dieses Mal war er noch durchgerutscht, aber seine Noten waren miserabel. »Erst einmal ein Einserabitur«, murrte er schließlich. »Dann eine Akademikerlaufbahn. Die ganze Palette. Vom Doktortitel angefangen bis hin zum Politiker im Bundestag. Denen wäre alles recht, solange es nur etwas Höhergestelltes ist.«

»Denen?«

»Ja, beiden eben. Meiner Mutter und ihm.«

»Sie sind sich also einig.«

»Nicht immer.«

»Streit?«

Toby zuckte mit den Schultern. Er wusste, dass sich seine Mutter und Paul manchmal zofften. Und immer ging es dabei um ihn, was ihm in gewisser Weise das Gefühl von Einfluss verlieh. Sie waren sich so furchtbar einig in allem, und wollte er sie für ein paar Stunden entzweien, brauchte er nur etwas anzustellen. Nicht, dass sich dann jemand auf seine Seite geschlagen hätte, aber wenigstens hielten sie kurzzeitig nicht mehr zusammen wie Pech und Schwefel. Es war wie ein roter Knopf, das Zentrum seiner Macht, mit dem er die Routine durchbrechen konnte. »Ich habe meist Kopfhörer auf«, sagte er zu Noah. »Liege auf dem Bett und höre Musik.« Manchmal verschwand er auch hinter seiner zuschlagenden Tür, und dann saß er allein im Dunkeln und hielt sich die Ohren zu, die ganze Nacht.

»Das klingt nicht gerade nach trautem Familienleben.«

»Braucht man das?«

»Ich habe nie eines gehabt. Irgendwann holt es dich ein.«

»Wieso?«

Noah lachte leise auf, verbittert. »Mein Vater war der typische Loser. Vermutlich legen Väter den Grundstein, sind ausschlaggebend. Stiefväter hingegen haben kein Recht dazu.«

»Hm, wenn du meinst.«

»Du sprichst nicht gern über ihn.«

»Es gibt nicht viel zu erzählen. Er ist der Mann meiner Mutter. Er war immer gut zu mir. Manchmal rede ich mit ihm über Belanglosigkeiten, oft ist er wochenlang in Fernost. Er schreibt dann Postkarten und bringt Geschenke mit. Was er sagt, ist meist ganz okay. Nur dass es mich nicht interessiert. Er hat einen anderen Humor als ich, eine andere Einstellung eben. Außer dass er gern segeln geht, hat er mit Sport nicht viel am Hut. Es wird ihm nicht gefallen, dass ich Berufssportler werde. Das ist viel zu einfach. Nicht gesellschaftsfähig.«

»Dann stellst du ihn also vor vollendete Tatsachen.«

»So wie damals halt.«

»Wie damals?«

Toby nickte und realisierte gleichzeitig, dass Noah jetzt schneller fuhr. »Wir waren in den Winterferien auf den Bahamas. Ich war vielleicht acht oder neun. Am Abendtisch versprach mir Paul, mir am nächsten Morgen das Schwimmen beizubringen, aber das war nicht mehr nötig, denn als er aufstand, zog ich schon ein paar Showbahnen im Pool, extra für ihn. Paul war baff, und als ich später auch noch das Schnorcheln und Surfen lernte, blieb ihm die Spucke weg. Ich glaube, seitdem weiß er irgendwie, wohin ich will.«

Noah trieb es fast in den Wahnsinn. Vor seinem inneren Auge tanzten Bilder von paradiesischen Stränden und glitzernd blauem Wasser, in dem sich Paul, der Stiefvater, mit Toby, dem geklauten Sohn, tummelte, während sich die reuelose Mutter, die eigentlich zu ihm, Noah, gehört hätte, im Sand rekelte. Abends waren sie sicher Arm in Arm über die Promenade geschlendert, den Jungen an ihrer Seite, und Paul hatte seiner Frau beim hoteleigenen Juwelier vor dem Zubettgehen noch ein Schmuckstück besorgt.

Adrenalin schoss wie Feuer durch Noahs Adern, während er das Gaspedal bis zum Anschlag durchdrückte. Er fühlte sich berauscht – nicht von der Geschwindigkeit, sondern von seinem Sohn, der ihm nun ganz allein gehörte. Aus dem Augenwinkel sah er, wie ein Ruck durch dessen jungen Körper ging, wie er in den Beifahrersitz gepresst wurde. Sah, wie sich seine Finger verkrampften. Hörte die Luft, die er durch seine Zähne zog. Durch schneeweiße, breite Zähne, die er von ihm geerbt hatte. Weshalb zum Teufel sah Toby die Ähnlichkeit nicht? Spürte er denn nicht, was sie verband?

Spätestens in ein paar Stunden, wenn der Junge nicht nach Hause kam, würde sie sein Verschwinden bemerken. Seine selbstgerechte Mutter, die glaubte, diese Runde gewonnen zu haben.

Noahs Blick war starr auf die Fahrbahn gerichtet, auf der sich das Licht der Scheinwerfer im Regenwasser spiegelte. Ansonsten war es stockdunkel.

Toby wurde von einem irren Verdacht erfasst. Sein Herz schlug bis zum Hals. In seinem Kopf schrillten sämtliche Alarmglocken. Plötzlich war er sich sicher: Er war in eine Falle gegangen. Wie gelähmt ertrug er die Bilder, die ihm durch den Kopf schossen. Bilder und Nachrichten von verstümmelten Leichen, von Misshandlungen und Schändungen durch perfide Mörder, denen ihre ahnungslosen Opfer vertraut hatten. Sein Instinkt riet ihm, ruhig zu bleiben, mit dem Amerikaner zu sprechen, ihn zu manipulieren. *Los,* drängte er sich. *Rede!* Aber kein Wort drang ihm über die Lippen.

Inzwischen hatten sie die Autobahn verlassen. Wann waren sie abgefahren? Toby hatte es nicht einmal bemerkt und stellte mit Entsetzen fest, dass sie jetzt durch bewaldetes Gebiet fuhren. Eine dunkle Schnellstraße, ringsum nur Schwärze, die in den noch schwärzeren Himmel emporragte. Der Tacho zeigte an, dass sie viel zu schnell fuhren und der Tank bald leer war. Und was dann? In halsbrecherischem Tempo rasten sie die Serpentinen hinunter. Wollte der Amerikaner sie beide umbringen? Irgendwann erschienen vor ihnen die roten Schlusslichter eines Autos, doch wie sollte er auf sich aufmerksam machen? Tränen der Ohnmacht rannen über Tobys Wangen. Tränen einer überwältigenden Angst, die stärker war als alles, was er bislang erlebt hatte.

Da wurde der Wagen plötzlich langsamer, bog auf einen dunklen Feldweg ab. Der Lichtkegel verlosch. Das war seine Chance! Tobys Hand glitt rasch nach rechts und tastete nach dem Türgriff. *Ein Stückchen und noch ein Stückchen.* Da! Er hatte ihn, spürte, wie das Metall unter seinem Finger zu vibrieren begann. Er musste ihn nur noch nach vorn ziehen, ein kleines bisschen nur. Sein Gehirn arbeitete auf Hochtouren, gab der linken Hand den Befehl, den Gurtlöseknopf zu betätigen, sobald die Tür auf war, und die rechte flehte er an, nicht mehr zu zittern und den Griff zu betätigen. *Jetzt! Nun mach schon!* Sein Finger bewegte sich. Und es tat sich nichts. Noch einmal. Wieder nichts. Die Zentralverriegelung … Es gab keinen Ausweg.

Seine letzte Hoffnung schwand, während sie durch Schlaglöcher rumpelten und er sich in den Sitz krallte, um nicht mit dem Kopf gegen das Dach zu stoßen. Seine Panik verwandelte sich in blanke Todesangst, die ihm auf einmal Bärenkräfte verlieh. Mit einem Satz griff Toby dem Amerikaner ins Lenkrad, riss es herum, spürte einen harten Schlag auf die Brust. Er war stark, aber der andere war stärker. Er hörte Noah brüllen, sich selbst schreien. Er schmeckte Blut.

KAPITEL 7

Toby kam nicht nach Hause. Nicht am Abend, nicht in der Nacht, nicht am nächsten Morgen. Als er um zehn immer noch nicht da war und sich nicht mal seine Handymailbox meldete, wusste Anne, dass etwas passiert war. Die Angst schnürte ihr die Kehle zu. Noah war schon immer kompromisslos gewesen und stets ein Stück zu weit gegangen. Aber ihrem Sohn etwas anzutun, nein – dazu wäre er nicht imstande. Oder täuschte sie sich?

Vor lauter Sorge tat sie die ganze Nacht kein Auge zu und kontaktierte noch vor dem Morgengrauen vergeblich die umliegenden Krankenhäuser. Um halb sieben rief sie seine Freunde an. Alle waren noch schlaftrunken, niemand hatte von Toby gehört oder einen Unbekannten bemerkt. Ja, er sei in letzter Zeit schweigsam geworden, hörte sie einen sagen, und habe sich abgesondert.

Abgesondert, grübelte sie. *Ein merkwürdiges Wort.*

Bei heruntergelassenen Jalousien kochte sie sich einen starken Kaffee und fügte einen Schuss Cognac hinzu. Mit der Tasse in der Hand lief sie durchs Haus und überlegte, was sie tun sollte. Was sie tun *konnte.* Die Polizei würde eine Vermisstenmeldung aufnehmen und Fragen stellen. Es bliebe ihr dann nichts anderes übrig, als die vollständige Noah-Geschichte darzulegen. Kriminalisten besaßen feine Fühler. Sie würden Spuren finden und diesen bis nach

Amerika folgen, um dann die Puzzleteile zusammenzusetzen, so lange, bis ein Bild entstand.

Anne versuchte sich damit zu beruhigen, dass fünfundneunzig Prozent aller verschwundenen Kinder binnen vierundzwanzig Stunden wieder auftauchten. Nur ausgebüxt waren und in irgendeinem Zug saßen, auf irgendeiner Bahnhofsbank. Wie durch einen Nebel beobachtete sie, dass der Zeiger der Küchenuhr vorrückte, während die Angst um Toby sie zu überwältigen drohte und sie sich in Selbstanklagen erging. Sie nahm sich vor, nie wieder an ihm herumzumäkeln. Vielleicht hatte sie zu heftig reagiert bei dieser unrühmlichen Sache mit der kleinen Italienerin. Sie hätte mehr wie eine Freundin sein sollen, nicht die fordernde Mutter, die Entscheidungen für ihn traf.

Ihre Lider brannten, aber sie weinte nicht, stellte sich vor, wie es wäre, wenn die Tür aufgehen und Toby zur Tür hereinspazieren würde. Gut gelaunt und mit einem »Sorry, Mama« auf den Lippen. Die Vorstellung, dass es vielleicht nie wieder so sein würde, nahm ihr fast die Luft. Die Zeit verrann nutzlos. Verzweifelt irrte ihr Blick durch den Raum, streifte die exotischen Ölgemälde, die Paul aus Fernost mitgebracht hatte, die cremeweiße Ledergarnitur, den offenen Kamin, vor dem sie gerade mal eine Handvoll Abende gemeinsam verbracht hatten. Wenn das hier durchgestanden war, würde sie ihr Leben ändern, ein besserer Mensch werden. Oft war sie nahe daran gewesen, Paul alles zu gestehen. Jetzt war der Zeitpunkt gekommen, darüber noch einmal nachzudenken. Er befand sich auf dem Rückweg von Asien und las wahrscheinlich gerade bei einem Lufthansalunch die Frankfurter Allgemeine, in der alles stand, nur nicht das, was wirklich von Belang war. Anne merkte erst jetzt, wie sehr sie ihn brauchte. Und wie schwer ihr Vergehen wog.

Als Paul schließlich aus Malaysia zurückkehrte, war Toby seit vierundzwanzig Stunden verschwunden, und Anne hatte noch immer nicht die Polizei informiert.

KAPITEL 8

Toby erwachte von einem scharfen Ruck, und als er die Augen aufschlug, umfing ihn vollkommene Schwärze. Er zitterte, ihm war kalt, und er wusste nicht, ob Minuten, Stunden oder gar Tage vergangen waren. Hatten sie einen Unfall gehabt? War er verletzt? Und wenn ja, wie schwer? Die Schmerzen erinnerten ihn im Bruchteil eines Augenblicks an die Irrfahrt und das Gerangel ums Lenkrad. Wenigstens sein Gedächtnis funktionierte. Er wusste, wie er hieß und wo er wohnte, aber nicht, wo er sich befand.

Ganz vorsichtig versuchte Toby, sich aufzurappeln, doch ein Gewicht drückte ihn nieder. Er lag auf der Seite, auf einem mürben, kühlen Untergrund, mit angewinkelten Beinen und gekrümmtem Rücken. War eingepfercht in eine Art Hohlraum, so viel stand fest. Er konnte den Kopf heben, aber nur ein wenig. Toby verspürte ein Kribbeln in den Gliedmaßen, offensichtlich durch Fesseln, die ihm tief ins Fleisch schnitten. Es gelang ihm schließlich, die steif gewordenen Finger zu bewegen und die Zehen.

Die quälenden Stiche hinter seiner Stirn raubten ihm fast den Verstand. Aber schlimmer noch waren Finsternis und Ungewissheit. Wo war der Amerikaner? Wo war er selbst? Er war gefesselt, aber nicht geknebelt. Doch wenn er schrie, wer würde ihn hören? Er schloss die Augen, öffnete sie wieder, in der Hoffnung, einen Lichtstrahl zu erhaschen, einen

Anhaltspunkt. Noch nie zuvor war er von solch einer gänzlichen Dunkelheit und Stille umfangen gewesen. Da war nichts, außer seinem eigenen Atem. Und ein Geruch nach verschmorter Haut und Motorenöl. Etwas Klebriges rann aus seiner Nase. Seine Zunge schmeckte Blut. Und er hatte entsetzlichen Durst.

Toby spähte in die undurchdringliche Finsternis und fragte sich, wie lange er wohl bewusstlos gewesen war. Leise hörte er die Stimme seiner Mutter: *Ich möchte nicht, dass du in schlechte Gesellschaft gerätst.* Hätte er bloß auf sie gehört. Aber weshalb die prophetische, subtile Warnung? Kannte sie den Mann etwa? Wenn ja, woher? Im Geiste ging er noch einmal die Gespräche mit dem Amerikaner durch. Es waren nicht viele gewesen. Zu schnell hatte er Vertrauen gefasst und sich von dem Honig, den der andere ihm um den Bart schmierte, einfangen lassen. Doch mit welcher Absicht hatte der Mann das getan? Wollte er ihn töten? Irgendwelche krankhaften Fantasien an ihm ausleben?

Toby fror entsetzlich, und seine Angst wuchs mit jeder Sekunde. Sein Verstand arbeitete wie wild. Er versuchte, ruhig zu atmen, die Nerven zu behalten. Es musste eine Erklärung geben, vielleicht eine Verwechslung, von Beginn an.

In einer wirren Bildfolge ließ er die vergangenen Wochen Revue passieren: all die scheinbar belanglosen Small Talks, die allzu persönlichen Fragen, die ihm erst jetzt wieder in den Sinn kamen. Und Noahs undeutbarer Blick, aus dem nicht Neugier sprach, sondern ein weit über das übliche Maß hinausgehendes Interesse. Im Geiste studierte er die Mimik des Amerikaners, das leise Zittern der Mundwinkel und Hände, das er stets mit dem Anzünden einer Zigarette zu vertuschen versuchte. Irgendwie war Noah ihm von Anfang an bekannt vorgekommen. Er musste ihm schon einmal begegnet sein. Aber wo bloß? *Wo, wo, wo?* Tobys Gehirn arbeitete auf Hochtouren, und noch während er sich jeden einzelnen Tag, jede einzelne Minute der letzten Wochen ins Gedächtnis zu rufen versuchte, hörte er plötzlich Schritte. Sie kamen näher, entfernten sich wieder. Es knirschte. Alles klang fern und hölzern, irgendwie dumpf. Wie gelähmt lauschte der Junge den Geräuschen. Ein Huschen, ein Klopfen und Schaben. Undefinierbar und bedrohlich. Kam nun das Ende?

Das Grauen packte ihn mit einer derartigen Wucht, dass er zu würgen begann. Eine Urangst vor dem Tod umklammerte ihn, bis sich seine geschwollene Zunge löste und er endlich schrie und schrie.

Er schrie immer noch, als sich eine Öffnung auftat und ein frischer Luftstrom in seine Lungen drang. Toby schnappte nach Luft wie ein Ertrinkender, blinzelte. Seine Augen brauchten ein paar Sekunden, bis sie sich an das schwache Licht gewöhnt hatten. Ein tanzendes Licht, so hell wie der Mond.

Das Gesicht des Amerikaners schwebte über ihm.

KAPITEL 9

In dem Augenblick, als Paul das Haus betrat, fiel die Entscheidung. Am liebsten hätte sich Anne an seine Brust geworfen, um den ganzen Schmerz und all die zu spät kommende Reue hinauszuschreien, doch sie stand nur da und sagte: »Toby ist weg.«

»Wie meinst du das?«, fragte er verdutzt.

»Er ist wie vom Erdboden verschluckt. Seit gestern Abend hat ihn niemand mehr gesehen. Wir hatten wieder mal Streit, ein Wort ergab das andere.«

»Du meinst, er ist weggelaufen?«

Anne sah Paul lange und fest an. »Nein«, sagte sie schließlich. »Das meine ich nicht.«

Lichtsplitter tanzten vor ihren Augen, als sie auf Paul zuwankte, ihm die Aktentasche, die sein einziges Gepäckstück war, aus der Hand nahm und ihn kurz umarmte. Sein Hemd war feucht und zerknittert.

»Wir müssen reden«, erklärte sie schlicht und nahm ihn bei der Hand. Er nickte und folgte ihr wortlos ins Wohnzimmer.

Seit einiger Zeit hatte Paul bereits den Verdacht gehegt, nur vage, aber beständig, dass seine Frau etwas von Bedeutung vor ihm verbarg. Als sie sich setzten, versuchte er, in ihrem Gesicht zu lesen. Leise erkundigte er sich, ob sie die Polizei verständigt habe. Sie verneinte.

»Wir müssen eine Vermisstenanzeige aufgeben, und dann wird man uns helfen, ihn zu finden. Vielleicht steht er aber auch gleich vor der Tür.«

»Das glaube ich nicht.«

»Aber du kennst ihn doch. Er ist impulsiv, insbesondere im Streit. Hat er irgendetwas mitgenommen? Geld, Kleider, Pass?«

»Seinen Rucksack hat er dabei, ein bisschen Geld wohl auch. Der Personalausweis liegt in seiner Schreibtischschublade.«

»Hast du seine Freunde angerufen?«

Sie nickte.

»Alle?«

»Alle, von denen ich weiß.«

»Er wird wiederkommen.«

»Wenn ihm nichts zugestoßen ist.«

»Nach eurer Auseinandersetzung ... Er ist vielleicht irgendwohin getrampt, wo er seine Wut verpuffen lässt. Das wäre doch möglich.«

»Ich bin der festen Überzeugung, dass es nicht so ist.«

»Was macht dich so sicher?«

»Der Grund der Auseinandersetzung.«

Paul verstummte. Er fasste nach Annes Hand, die sich kalt und klamm anfühlte. Wie die einer Toten. »Ist es etwas Schlimmes?«

»Ja«, flüsterte sie.

»Dann sag es mir.«

»Sein Vater hat ihn geholt«, presste sie atemlos hervor, und es klang so absurd, dass sie beinahe gelacht hätte. Es hörte sich an, als ob der Teufel ihn geholt hätte.

Paul saß dort wie zur Salzsäule erstarrt. Ihre Hand hielt er immer noch, und sie spürte, wie sich seine Finger verkrampften. Über dieses Szenario hatten sie nie gesprochen. Sie hatten überhaupt nie wirklich über Tobys Erzeuger geredet, und nach den wenigen Malen, die sie es versuchten, waren sie übereingekommen, fortan über ihn zu schweigen, als hätte es ihn nie gegeben. Und nun war er in ihr Leben eingefallen und hatte Tobias – den er, Paul, liebevoll Toby nannte, den er adoptiert und großgezogen hatte, als sei er sein eigenes, sein leibliches Kind – einfach mitgenommen? Oder war Toby mitgegangen? Freiwillig?

»Wie kommt das?«, flüsterte er, die blauen Augen von Verzweiflung umnebelt. »Ich meine, wie …«

Paul war bleich, und auf seiner Stirn hatten sich winzige Schweißperlen gebildet. Zutiefst erschüttert sah er seine Frau an. Sie konnte ihn nicht länger auf die Folter spannen. Seit der leidenschaftlichen Begegnung mit Noah im Hotelzimmer hatte sich Anne wie gelähmt gefühlt, ihr graute vor sich selbst, und ihr Verrat würde Pauls Vertrauen in sie unwiderruflich zerstören. Ihr wurde schwindelig. Mit gesenktem Kopf saß sie vor ihm. Ihre Lippen bebten, als sie ihm unter Tränen beichtete, wie sie damals zu dritt in die Wüste aufgebrochen waren, um einen verrückten Plan in die Tat umzusetzen, von dem sie, Anne, zunächst nicht einmal etwas geahnt hatte. Ohne ins Detail zu gehen, schilderte Anne, wie sie sich gefühlt hatte, von Eifersucht zerfressen, voller Hass auf Amber, die ihren Platz einnehmen wollte und es schließlich auch getan hatte, bevor sie starb und von ihnen begraben wurde. Sie erzählte, wie die Tat Noah Jahre hinter Gitter eingebracht und sie wieder in die Heimat getrieben hatte. In eine Heimat, in der sie verfolgt wurde von den Ereignissen und der Schuld. Schließlich gab sie sich einen Ruck und servierte Paul auch noch den Rest, nämlich den Abend im Hotel, der schließlich in eine gemeinsame Nacht mit Noah gemündet war, in der absurden Hoffnung, die Jugend wiederzuerlangen und mit ihr vielleicht die Unschuld, und sei es auch nur für ein paar Stunden.

Dass es mehr als das gewesen war, musste sie ihm nicht sagen. Er wusste es ohnehin, denn in seinem Gesicht zeigte sich ein bodenloser Schmerz. Zusammengesunken saß Paul da, wie ein gebrochener Mann, dessen Leben gerade zunichtegemacht worden war. Es hatte ihn wohl nie zuvor jemand so enttäuscht wie sie. Zwar war er niemand, der vorwurfsvoll Standpauken hielt, aber er war konsequent. Jeden Moment würde er aufstehen und gehen.

Doch er blieb erstaunlich ruhig, nickte mit ernstem Gesicht. Anne sah, dass ihre Worte ihn schockierten. Dass sein Bild von der integren, liebenswerten Anne in tausend Splitter zerschellt war. Im fahlen Licht schien er um Jahre gealtert. Es zerbrach ihr das Herz, und dennoch: Die Karten lagen nun endlich offen – beinahe zumindest –, und sie war überrascht, wie erleichtert und befreit sie sich fühlte. Sie hob den Blick. »Es tut mir leid«, flüsterte sie mit belegter Stimme.

»Gut«, sagte Paul leise, aber gefasst.

Er stand mit steifen Gliedern auf und fuhr fort: »Ich werde jetzt die Polizei verständigen.«

KAPITEL 10

Tobys Herz pumpte wie wahnsinnig. Nachdem sich seine Augen an das schwache Licht gewöhnt hatten, begriff er, dass es tiefe Nacht war. Die tänzelnde Klinge glänzte silbern im Mondschein dicht über ihm. Er wollte vor Entsetzen schreien, aber aus seiner Kehle drang nur ein klägliches Wimmern, wie es sterbende Tiere in der Sekunde ihres Todes ausstoßen. Ein grausamer Laut, verzerrt und unwirklich.

Da erkannte er einen Anflug von Empfindsamkeit in der harten Miene. Die Schneide war scharf und glitt lautlos durch die Fesseln, die ihn in die unbequeme Position gezwungen hatten. Toby ahnte, dass der Amerikaner nicht zum ersten Mal eine Klinge führte, denn er ließ das Messer gewandt wie ein Trickzauberer verschwinden, bevor er dem Jungen aufhalf. Tobys Gliedmaßen fühlten sich taub an. Erst allmählich kehrte das Gefühl zurück, erst ein Kribbeln, dann ein Stechen, ausgelöst durch den pulsierenden Blutstrom, der durch seine abgeschnürten Venen schoss.

Wenn er jetzt losrannte, würde er es nicht durchstehen. Bis zum nächsten Baum mochte er kommen, aber kaum weiter. Wenn er dort allerdings einen schweren Ast fand, den er als Waffe nutzen konnte … In Gedanken ließ er ihn bereits durch die Luft sausen und gegen den Hinterkopf des Amerikaners prallen. Sein Herz klopfte bis zum Hals. Sein Hals brannte. Er stellte sich vor, was passieren würde, wenn er nicht präzise traf. Der andere war größer. Stärker. Brauchte kein Hilfsmittel, um ihn totzuschlagen. Das würde er mit der blanken Hand erledigen.

Die Flasche Wasser, die Toby gereicht bekam, leerte er fast in einem Zug. Er erbrach sich und trank auch noch den Rest. Nie zuvor hatte er einen solch brennenden Durst verspürt. Wie lange hatte er nichts mehr getrunken? Wie spät war es überhaupt? Als der Amerikaner seinen Rucksack schulterte und sich wortlos in Bewegung setzte, trabte Toby wie ferngesteuert neben ihm her. Seine Beine waren schwer wie Blei, seine Kleider klamm vom Angstschweiß. Er hatte nicht die leiseste Vermutung, in welche Richtung sie liefen. Seine Gedanken waren ein unentwirrbarer Knoten. Einmal verhedderten sich auch seine Beine, und er fiel der Länge nach ins Laub. Benommen versuchte er, sich wieder hochzurappeln. Die Hand, die ihm aufhalf, war warm und stark. Konnte solch eine Hand töten? Konnte er doch noch entkommen? Und wenn ja, wohin?

Es nieselte unaufhörlich. Die Luft war diesig und schwer, sich zu orientieren ganz und gar unmöglich. Der Wald war nachts wie ein pechschwarzes Labyrinth, mutete gespenstisch an. Äste peitschten ihm ins Gesicht, Unterholz streifte seine Schenkel. Irgendwann blieb er stehen. Er hörte den Amerikaner knurren wie einen Hund. Toby hatte jegliches Zeitgefühl verloren. Als eine Hand vorschnellte und ihn fest packte, stieß er einen Schrei aus. Ein zorniger Stoß war die Antwort. Er prallte gegen einen Widerstand. Sein Instinkt ließ ihn zurückweichen, aber der Griff des Hünen war zu kräftig, als dass der Junge hätte entkommen können. Der kleine Lichtkegel der Taschenlampe hüpfte auf und ab. Toby sah etwas Holziges. Roch Moder. Wurde hineingedrängt in die absolute Finsternis einer alten Schutzhütte. Sein Blick folgte dem huschenden Lampenschein, der ihn Holzbretter und Spinnweben ausmachen ließ. Eine Hand legte sich auf seine Schulter und drückte ihn auf etwas Hartes, Feuchtes. Sein Gesicht geriet in ein Spinnennetz, der Geruch von morastiger Erde stieg ihm in die Nase, der Gestank von Fäulnis und Tod.

Toby spürte seinen Hintern nass werden, fühlte, wie ihm die Feuchtigkeit in die Glieder kroch. Ein Feuerzeug schnappte auf, und ein roter Glutpunkt tänzelte durch die Dunkelheit. Auf dem Boden sah er auch die Taschenlampe liegen, ihr dünner Strahl fiel auf seine Beine. Der Amerikaner beobachtete also jede seiner Bewegungen. Toby versuchte einen Blick auf die Leuchtzeiger seiner Armbanduhr zu werfen, aber sie war fort.

Die Stimme, die aus der Finsternis zu ihm sprach, klang düster. »Wir hatten einen Unfall. Der Wagen liegt irgendwo auf dem Feld. Ich habe dich stundenlang auf den Schultern durchs Gehölz getragen, du warst ohnmächtig und hast praktisch den ganzen Tag verschlafen.«

Die Alkoholfahne vom Vorabend umwehte den Amerikaner noch immer, und es gesellte sich frischer Schweißgeruch dazu. Noah griff nach Tobys Arm, ließ seine rauen Finger beinahe zärtlich über die von den Fesseln verursachte Schürfwunde und das geschwollene Handgelenk des Jungen gleiten. »Man wird nach dir suchen«, flüsterte er. »Und nach mir. Der Wagen hat sich überschlagen, früher oder später findet man ihn.«

»Wenn du mich gehen lässt, werde ich niemandem davon erzählen.«

»Von unserer Spritztour? Das kannst du aber ruhig. Du

bist aus freien Stücken mitgekommen. Ich hätte dich heil zurückgebracht, ganz gewiss.«

»Und jetzt?«

»Tja, jetzt sitzen wir erst einmal hier. Wenn es hell wird, sehen wir weiter. Hast du Kopfschmerzen?«

»Mir ist schwindelig.«

»Schlaftabletten machen so etwas – die habe ich dir nämlich nach dem Crash gegeben, damit du dich in Ruhe erholst. Aber du könntest auch eine Gehirnerschütterung haben.« Besorgnis klang aus Noahs Stimme. »Tut dir sonst noch etwas weh?«

»Nein«, log Toby.

Noah kramte in seiner Tasche und reichte ihm einen Kaugummi. »Mehr habe ich nicht. Der stillt auch den Hunger.«

Tobys Magen rebellierte, und er erbrach sich erneut. »Ich will nach Hause«, jammerte er.

»Du fürchtest dich vor mir.«

Tobys Schweigen war Antwort genug.

»Verfluchte Scheiße!«, brauste Noah ohne Vorwarnung auf. »Jedes Mal, wenn mein Vater zuschlug, kam ich wieder hoch und kämpfte. Es hat sich nicht rentiert. Ich war froh, als er tot war. Verstehst du?«

Toby, dem der jähe Gefühlsausbruch einen Heidenschrecken einjagte, verstand gar nichts, aber ein wahnwitziger Gedanke schoss ihm durch den Kopf, viel zu irreal, als dass er ihn zu Ende bringen konnte.

»Das Schlimmste ist die verlorene Zeit. Jahrelang habe ich nach dir gesucht, ohne von dir zu wissen. Und jetzt hast du Angst vor mir.«

»Mich gesucht?«, fragte Toby atemlos.

»Ja«, sagte Noah bedeutsam, griff nach der Taschenlampe und leuchtete sich direkt ins Gesicht. Im grellen Licht erschien es gespenstisch blass, die Pupillen zogen sich zusammen, gaben die Iris frei, und Toby sah zum ersten Mal, dass Noahs Augen meergrün und mit braunen Tupfen übersät waren, das eine ein bisschen mehr als das andere – eine Färbung mit Seltenheitswert.

»Du bist doch 1984 geboren, oder?«

»Ja, im März.«

»Im Sommer zuvor war ich mit deiner Mutter zusammen.«

Zuerst begriff Toby es nicht, er hörte nur die Worte. Aber als er deren Tragweite zu erfassen begann, schien der Boden zu schwanken. Lange war es vollkommen still, während der trübe Taschenlampenschein bizarre Schatten auf ihre Gesichter warf.

»Du musst mich nicht Vater nennen«, sagte Noah leise. »Aber es wäre schön.«

Jäher Schwindel erfasste Toby. Die Welt stand still.

Weshalb hatte er es nie ernsthaft in Erwägung gezogen? Es hatte nur eine vage Ahnung gegeben. Er rieb sich mit der flachen Hand über die umnebelte Stirn. Da saß er nun, Jahre, nachdem er seine Mutter zum ersten Mal nach seinem Vater gefragt hatte. Jahre, nachdem sie behauptet hatte, er sei tot.

Er brauchte Zeit, um das zu verarbeiten. Zeit, um Fragen zu stellen.

Toby bekam eine lange, verworrene Erklärung zu hören, gedämpft, wie aus weiter Ferne, und ein traumverlorenes Gefühl bemächtigte sich seiner, eine Empfindung, die mit einer erstaunlichen Klarheit einherging, auch was ihn selbst betraf. Wo komme ich her? Wer bin ich überhaupt? Dieses Streben nach allem und nichts, diese Unangepasstheit –

jetzt wusste er, dass sie nicht nur ihn geißelte. Seine Mutter war mit Noah Berry zusammen gewesen. Sie waren zusammen durch die Staaten getingelt. Jemand war zu Tode gekommen. Seine Mutter war geflohen. Schwanger mit ihm. Und der Amerikaner war sein Vater.

Es drehte sich alles in seinem Kopf, während er sich vorzustellen versuchte, wie es gewesen sein mochte, als er entstanden war. Als diese fremde Frau im Sand starb. Er zweifelte nicht daran, dass Noah die Wahrheit sagte, über sich und seine Mutter, die dieses teuflische Geheimnis über all die Jahre bewahrt hatte. Eine Frau, die im Sand erstickt, eine Leiche, die man in der Wüste zurücklässt … Wie hatte sie bloß damit leben können? Er selbst hatte nie weiter zurückgedacht als bis zu seiner Geburt, und die wenigen Male, die er Fragen zu der Zeit davor gestellt hatte, waren gescheitert.

Jetzt war Toby froh, nie Antworten erhalten zu haben. Es kam ihm alles unwirklich vor, so perfide, und seine Angst paarte sich mit einer großen Betroffenheit. Mit Entsetzen, das vor allem seiner Mutter galt. Noah, der Amerikaner – sein Vater – beschrieb die Zeit mit ihr als etwas Reines, das schließlich besudelt worden war durch seine eigene Gier und die absurde Wut, die in ihm tobte.

Und eben diese Wut nahm mehr und mehr auch von Toby Besitz. Er scharrte mit dem Fuß im Laub – eine trotzige Bewegung, die Noah nicht entging.

»Was denkst du jetzt?«, fragte der Amerikaner.

Toby wusste nicht, was er sagen sollte. Er versuchte noch immer, den Betrug zu verarbeiten, und zwar jeden einzelnen.

»Du weißt nicht, was du davon halten sollst. Du glaubst mir nicht.«

»Doch«, sagte Toby und schluckte trocken. »Ich glaube dir. Aber was soll ich jetzt tun?«

»Du könntest mit mir gehen.«

»Wohin?«

»Keine Ahnung. Die Welt ist voller Herausforderungen. Wir könnten es miteinander versuchen – als Vater und Sohn. Wir brauchen niemanden sonst, sind uns selbst genug. Es gibt Dinge, die mir leicht von der Hand gehen: Boote schnitzen, Fische fangen, sie verkaufen und davon leben. Ich habe das getan, aber ich war immer allein. Ich würde wohl auch noch den letzten Rest des Weges schaffen, sollte man meinen. Aber ich habe Malaria und Angst vor einem namenlosen Ende. Ich will, dass man sich an mich erinnert. Dass mir jemand nachweint, und sei es nur für eine Weile. Vielleicht werden wir Freunde, vielleicht erlebe ich ja nicht einmal den nächsten Sommer, dann hättest du mich nicht lange am Hals.«

Der Morgen graute. Mattes Waldlicht fiel inzwischen durch die Bretterspalten der Schutzhütte. Da meinte Toby zu sehen, wie ein Schatten über Noahs Gesicht huschte. Bitterkeit umgab den Amerikaner. Grenzenlose Einsamkeit. Der Junge fühlte so etwas wie Mitleid, aber gleichzeitig wusste er, dass er nach wie vor in Gefahr schwebte. Ein falsches Wort würde die Situation eskalieren lassen. Der Mann, der ihm gegenübersaß, der sein Vater und doch ein Fremder war, war krank. Sein Körper war krank, sein Geist ebenso. Eine tickende Zeitbombe.

»Ich vergesse dich nicht«, wandte er vorsichtig ein. »Ich weiß jetzt, wer du bist. Du bist mein Vater. Vielleicht könntest du auch mein Freund sein.«

»Freunde haben keine Angst voreinander.«

»Nein, das stimmt. Ich will ja auch, dass sie verschwindet.«

»Dann vertrau mir.«

»Will ich ja, aber ich muss nachdenken.«

»Was gibt es da zu überlegen? Du hast ohnehin keine Wahl.«

KAPITEL 11

Der Junge gehörte ihm.

Er war sein Leben, sein Pfand.

Und er würde seine Bürde sein.

Als Noah das begriff, wurde es still in seinem Kopf. Lange hatte er in dieser Nacht auf Toby eingeredet. Plötzlich wusste er, dass es zwecklos war. Er sah in die vor Angst geweiteten Augen und erkannte darin seinen eigenen Starrsinn. Nicht den Jungen wollte er treffen, sondern dieses Weib, das ihn betrogen hatte. Noch immer kämpfte er mit seinem Hass und zugleich mit seinem Begehren, und dieser ständige Zwiespalt, diese gefühlte Unterlegenheit, schnürte ihm die Luft ab.

Es war zum zweiten Mal Tag geworden.

Noahs Gedanken waren verworren, schweiften ab. Vieles hatte jetzt seinen Schrecken verloren, aber er wunderte sich, dass man sie noch nicht gefunden hatte. Vage nahm er wahr, dass er Fieber bekam. Meist überfiel es ihn als blutrünstige Bestie, diesmal pirschte es sich heran wie ein arglistiger Jäger. Seine Eingeweide waren ein schmerzendes Chaos, seine Zunge staubtrocken. Wasser hatten sie noch, eine Handvoll Kippen und ein paar blöde Kaugummis. Dass er seinen Sohn darben lassen musste, erschreckte Noah dermaßen, dass ihm noch elender wurde. Kälte kroch ihm in die Glieder. Wenigstens an eine Decke hätte er denken müssen, aber wer hätte denn ahnen können, dass sie am Ende in einer Forstlaube kauerten? Er, der Rabenvater, und sein undankbarer Sohn. Ein Impuls ließ ihn näher an Toby rücken, doch der wich vor ihm zurück, als sei er ein Päderast. Noahs Bart spross, sein Körper juckte. Sicher stank er wie ein Obdachloser. Mit einem zornigen Brummen griff Noah nach einer Zigarette und ließ das Feuerzeug aufflackern, dessen Flamme die gespenstische Bleichheit seines Gesichtes erleuchtete, bevor es abrupt erlosch. Zitternd nestelte er an dem Ding, drehte das zackige Rädchen hektisch vor und zurück, nahm schließlich sein Taschenmesser zu Hilfe und schabte wild drauflos, bis er einsah, dass es zwecklos war.

Er hielt das Messer so fest umklammert, dass ihm die Finger schmerzten, hörte Toby neben sich atmen – ein, aus, ein, aus – und spürte ein unbändiges Verlangen, dem ein Ende zu bereiten. Das Paradoxe war, dass er gleichwohl eine nie gekannte Zufriedenheit verspürte. Sein Leben war vielleicht ungestüm und intensiv gewesen, aber nichts hatte gleichwertige Bedeutung erlangt, wie neben seinem Sohn zu sitzen, dessen Atem zu lauschen.

Die Zeit kroch dahin wie ein Schwarz-Weiß-Film in Zeitlupe. Noahs Fieber stieg und sank. Er schwitzte und fror zugleich. Alles verschwamm, seine Worte, sein Denken, während der Schlaf ihn immer wieder zu übermannen drohte. Wie erlösend das wäre! Nur zwei Minuten … zwei Sekunden … einen klitzekleinen Moment … Zwei Nächte ohne richtigen Schlaf waren es nun schon. Wie lange würde er in diesem übermüdeten Zustand durchhalten können? Wann wurde er verrückt, wenn er es nicht schon war? Und wann erwischte es den Jungen? Toby war so stark, so tapfer. Wer würde wohl zuerst den Kampf gegen die Müdigkeit verlieren?

Irgendetwas huschte durchs Laub. Noah fürchtete sich nicht, war er doch in seinem Leben genug darbenden Ratten begegnet. Damals in der Bronx war ihm eines Nachts im Schlaf das Gesicht zerbissen worden, als Erinnerung trug er noch immer eine zackige Narbe unter dem rechten Ohr. Das Rascheln kam und ging, im Gleichtakt mit dem Fieber. Plötzlich schoss etwas Dunkles an ihnen vorbei, verschwand zur Tür hinaus. Toby entfuhr ein Schrei. Der Junge war so empfindsam, so verwöhnt. Alles, was er gebraucht hätte, wäre ein Gegengewicht gewesen zu dem unsinnigen Luxus, in dem er herangewachsen war. Ein Gegenpol zu seiner Mutter, die sicher längst die Polizei herbeigezetert hatte. Noah rechnete damit, dass sie die Nerven verlor, so wie Toby, dem er das alles am liebsten erspart hätte. Aber nun war es zu spät.

Wie viel Uhr war es eigentlich? Im Dschungel hatte er zwar gelernt, die Zeit vom Stand der Sonne abzulesen, aber das war in den Tropen gewesen, nahe am Äquator, wo das Licht nicht so fahl war und es Tag für Tag um dieselbe Stunde dämmerte. Irgendwann würden sie kommen und ihn holen. Wie nahe mochten sie ihnen schon sein? Wann gab er auf?

Seine brennenden Lider waren schwer, so entsetzlich schwer … Jede Faser seines trägen Körpers sehnte sich nach Schlaf. Sein Kopf war so benommen, und eine falsche Bewegung, nur eine klitzekleine Vorwärtsbewegung … Er konnte nicht anders. Sein Kinn fiel ihm auf die Brust.

Mit einem Ruck fuhr Noah in die Höhe, schweißgebadet. Wie lange hatte er geschlafen? Wo war Toby? Mit den Händen tastete er blind um sich. Horchte. Und sprang mit hämmerndem Herzen auf. Die wenigen Lichtstrahlen, die durch das Gehölz fielen, drangen nicht in den Verschlag vor, aber er konnte schemenhafte Umrisse ausmachen, Schatten … Und da sah er den Jungen, auf der Seite zusammengerollt wie ein Fötus im Mutterleib. Zärtlichkeit überkam Noah, eine überwältigende Zuneigung, die ihn innehalten ließ. Toby schlief. Sein Atem ging schwer, aber regelmäßig. Die Gewissheit, dass es bald nicht mehr so sein würde, veranlasste Noah, um Vergebung zu beten.

Um seinen Sohn nicht zu wecken, verharrte er reglos. Plötzlich musste Noah an Anne denken, an ihre Küsse, daran, wie sie mit ihm verschmolzen war, und die Erinnerung war so stark, dass er sie fast schmeckte. Den Geschmack einer Hure. *Hure, Hure, Hure,* hallte es in seinem Kopf. *Hurensohn.* Wie der Vater, so der Sohn. Ein Spiegel der Generationen. So schmählich es war, so unausweichlich war es zugleich. So unerträglich.

Angewidert wandte sich Noah ab, entsetzt über sich selbst. Draußen heulte der Wind jäh auf, wie ein Protestschrei. Noah kroch lahm zum Ausgang, spähte hinaus. Es war kalt und still, und er spürte erst jetzt, wie schwach und durchgefroren er war. Seine Beine fühlten sich an wie abgestorben, seine Hände waren taub, so verkrampft hatte er sie gehalten, während er Toby betrachtete. Toby, das Hurenkind. Toby, sein einziges Kind.

Beißende Ohnmacht umfing ihn. Dabei war es nur eine Frage der Zeit, bis man sie aufspürte. Worauf wartete er also? Matt griff er sich an die glühend heiße Stirn. Alles verschwamm ihm vor den Augen. Die Stille ringsum empfand er als beklemmend. Im südamerikanischen Urwald war es nie totenstill gewesen, nicht einmal nachts. Ständig hatten sich irgendwelche Tiere bemerkbar gemacht, die Natur mit all ihrer Intensität. Irgendwann damals musste er ihn ereilt haben – dieser Stich, dieser einzige, fatale Stich, der ihn zu dem gemacht hatte, was er heute war – ein Wrack. Eines Morgens war er aufgewacht, von Schüttelfrost und grauenhaften Gliederschmerzen geplagt. Es folgte eine mehrwöchige Tortur. Noah wusste nicht mehr viel von dieser Zeit, er war erwacht und wieder ins Delirium entschwebt, immer abwechselnd. Das Fieber packte ihn von da an regelmäßig. Es kam und ging, oft schlief es lange Zeit, doch die Ruhephasen wurden kürzer. Belastungen, denen er sich früher problemlos ausgesetzt hatte, hielt er nicht mehr stand. Wem oder was hielt er überhaupt noch stand?

Noah dachte nach. Es war absurd hierzubleiben, aber ebenso absurd war es, sich auf den Weg zu machen, um mit Toby irgendwo ein neues Leben zu beginnen. An den Grenzübergängen – selbst wenn sie einen erreichten – würde man nach Toby Ausschau halten. Er allein hatte im Laufe seines Lebens genügend Grenzen überschritten, ohne je einen Pass vorgelegt zu haben, aber mit dem Jungen im Schlepptau sah die Sache anders aus. Wenn sie ihn suchten, suchten sie überall. Plötzlich ging ihm auf, dass der Junge wie ein Klotz am Bein war. Eine schwere Last, die er nun nicht mehr loswurde. Ein furchtbarer Gedanke durchfuhr ihn. Er konnte ihn nicht mitnehmen und auch nicht zurücklassen. Dazwischen lag nur eine schwindelerregende Option.

Reglos und starr saß Noah da. Kalter Schweiß strömte ihm den Rücken hinunter, während sich die Entscheidung ihren Weg bahnte. Schließlich knipste er die Taschenlampe an. Sie gab ein leises Flackern von sich – und dann nichts mehr. Die Batterie war leer, und er hatte keinen Ersatz.

Fluchend tastete er sich vor. Toby schlief noch, atmete noch. Lebte mit jeder Faser. In ihrem Unterschlupf waren sie ganz für sich. So hatte er es sich immer erträumt. Eine

Familie, ein Sohn. Ganz dicht bei ihm. Er war dem Jungen jetzt so nahe, dass er seinen Angstschweiß riechen konnte. Reue oder Bedauern empfand er nicht, er hatte alles richtig gemacht. Ihm kam gar nicht mehr zu Bewusstsein, dass es ein Unrecht sein könnte. Der Junge war schließlich sein Fleisch und Blut. Hatte er nicht alles Recht an ihm?

Plötzlich erstarrte Noah und horchte angestrengt. Was war das? Seine müden Muskeln spannten sich an, alles in ihm stand auf Alarm. Und da, in diesem Sekundenbruchteil, wusste er – wenn er sich jetzt nicht entschied, würde Gott es für ihn tun.

KAPITEL 12

Zuerst hörte er die Hunde.

Sie kamen mit lautem Gekläffe in seine Richtung.

Eine blutrünstige Hundertschaft auf der Jagd nach ihm.

Schließlich vernahm er auch Stimmen, zuerst leise, später so laut, dass er jedes Wort zu verstehen meinte. Irrte er sich? Nein. Nun nahte der Showdown. Die nutzlose Taschenlampe umklammernd, kauerte Noah da und lauschte. Im Gefängnis hatte er keine Wahl gehabt, da war er von Stacheldraht umzäunt gewesen und hatte nirgendwohin gekonnt. Nun war er zwar in die Enge getrieben, aber sie hatten ihn noch nicht, und dies war seine letzte Chance.

Immerhin wusste er, wie man sich leise und unentdeckt im Unterholz fortbewegte, im Schutz der Bäume konnte er dank seines Dschungeltrainings weit kommen. Aber was war mit Toby? Was, wenn er schlappmachte? Oder sich sträubte? Ein Mucks, und es war vorüber, bevor es begann.

Toby regte sich. Schwer atmend richtete er sich auf.

»Was ist?«, fragte er, und Noah stürzte auf ihn zu und presste ihm die Hand auf den Mund, so kräftig und rau, dass der Junge aufmuckte. Doch wer würde sie hier drinnen schon hören? Die Hunde witterten ihre Beute, aber noch waren sie nicht nahe genug. Noch hatten sie beide die Möglichkeit zur Flucht. Und gemeinsam waren sie stark. *Ja,* dachte Noah. *Wir zwei gegen den Rest der Welt.*

Er lugte hinaus, hörte das Knarren des Geästs, den Wind. Es war kalt. Und das Bellen in seinem Kopf wurde immer lauter.

Jetzt gab es nur noch eins: Den Jungen schnappen und rennen! Er packte Toby am Arm und zog ihn hoch. Dann band er ihn mit einem Stück Seil und einem schlampigen Seemannsknoten an sich fest. Es war erstaunlich, wie viel Kraft er noch hatte und wie wenig sich der Junge wehrte. Als er wie ein Besessener losrannte, trieb ihn nur eins: dieses Kind zu beschützen. Noah zerrte den Jungen, der ihm benommen folgte, hinter sich her. Und so hetzten sie in den Wald hinein, durch Buschwerk und niedriges Geäst. Noah meinte, aufgeregte Stimmen zu hören. Waren ihm seine Häscher dicht auf den Fersen? Er drängte sich, schneller zu laufen. Sein Atem ging keuchend, seine Luftröhre brannte wie Feuer. Zu allem Übel wurde der Regen stärker. Einen Augenblick lang erwog er, rasch auf einen Baum zu klettern und sich in seiner schützenden Krone zu verstecken, so wie er es im südamerikanischen Busch getan hatte, als er von einem Jaguar verfolgt worden war. Aber was dann?

Stolpernd drang er immer tiefer in den Wald ein, den Jungen dicht bei sich, während die Dornen der Sträucher ihm Haut und Lippen blutig rissen. Noah schmeckte Blut.

Die weiche Erde und die Dunkelheit waren Feind und Verbündeter zugleich, weil sie auch seinen Verfolgern die Hatz erschwerten. Aber sie hatten Taschenlampen und Spürhunde, er hatte nichts. Im Dickicht war es so düster, dass Noah nicht mal seine Hand vor den Augen erkennen konnte. Die Orientierung hatte er längst verloren, er verließ sich ausschließlich auf seinen Instinkt, der ihm befahl weiterzulaufen, während Toby immer wieder vergeblich an seinen Fesseln zerrte. Noah betete zu Gott, dass sie nicht im

Kreise und ihren Verfolgern geradewegs in die Arme rannten. Allein der Gedanke erfüllte ihn mit blankem Horror, ebenso wie die Gewissheit, dass sein geschwächter Körper ihn schon bald im Stich lassen würde. Inzwischen fühlten sich seine Beine an wie Blei, und er hörte Tobys verzweifeltes Keuchen. Wie lange konnte man eigentlich laufen, ohne zu pausieren? Wie lange hielt Toby durch?

Schwer atmend blieb Noah stehen. Starrte mit blutunterlaufenen Augen in die hereinbrechende Dämmerung. Das Seil, das Toby an ihn fesselte, schnitt tief in seinen inzwischen tauben Arm. Er vernahm ein Schnauben, wie das eines wilden Tiers. In seinem Kopf lief alles durcheinander. Vielleicht konnten sie eine kurze Pause machen. Nur ein klitzekleines Päuschen. Er horchte. Plötzlich war nichts mehr da außer Stille. Er horchte auf das Kläffen von vorhin, aber nichts. Und dann – es kam so unerwartet, dass er sich nicht hatte vorbereiten können – riss sich Toby los und stürzte davon.

KAPITEL 13

Toby schlug einen Haken und rannte los, blindlings, in heller Panik. Rannte, als sei der Teufel hinter ihm her. Und das war er ja auch. Er wusste, dass der Mann, der behauptete, sein Vater zu sein, ihm folgte. Dass er ihn töten würde.

Adrenalin schoss durch seine Venen. Panik wie Starkstrom. Schmerzen spürte er nicht, weder die in seinen Beinen noch die in seinem blutenden Arm. Er konnte noch immer nicht fassen, dass sich der Knoten gelöst hatte, genau in dem Moment, als er es am meisten herbeigesehnt hatte. Da nämlich, als sich der Amerikaner in falscher Sicherheit gewähnt und ihm erstmals vertraut hatte. Im richtigen Moment hatte er reagiert. Vielleicht war das seine Rettung. Wenn er schnell und geschickt genug war, konnte er ihm entkommen, sich verstecken. Toby stolperte weiter, fiel hin und rappelte sich wieder auf, um erneut der Länge nach in den Waldmatsch zu fallen. Es regnete Bindfäden, der Boden war glitschig. In seinem Mund war der Geschmack von Erde, seine Augen waren verklebt vom Schlamm. Immer wieder spähte der Junge ins Dunkel, voller Verzweiflung und in der Überzeugung, in die Falle gegangen zu sein. Keuchend suchte er nach einem Fluchtweg. Aber wo sollte er hin? Nach rechts, nach links? Alles sah gleich aus. Seine Gedanken rasten, er hörte sein Blut pulsieren, während er tiefer in den Wald hineinsprintete. Nur für Augenblicke blieb er stehen, um Atem zu schöpfen, dann hetzte er weiter. Tränen der Verzweiflung brannten in seinen Augen, während er über Hindernisse stolperte und gegen Bäume rannte, die ihm allesamt wie stumme Feinde erschienen. Er fragte sich, wie groß das Gebiet, durch das er irrte, wohl war. Irgendwo musste doch eine Landstraße sein, ein Pfad, irgendetwas. Aber da war nichts. Nur Dickicht und Dornen, die ihm Kleider und Haut zerrissen. Hätte er bloß ein Messer wie der Amerikaner, dann wäre er besser vorwärts gekommen. Er erwog, einen Baum zu erklimmen und dort oben auf den nächsten Morgen zu warten, verwarf die Idee aber schnell wieder. Was, wenn Noah ihn aufspürte? Er würde leichtes Spiel mit ihm haben, ihn erledigen wie einen räudigen Hund.

Er musste fort. Weiter, weiter.

Aber Toby konnte nicht mehr. Es hatte zwar aufgehört zu regnen, doch der Boden war durchweicht und trügerisch wie Treibsand. Er sank ein, jeder Schritt war beschwerlich. Er hielt inne. Tief atmend und triefend stand er da, blickte angstgelähmt in die Dunkelheit, beobachtete die Schatten, die um ihn herum einen grausigen Tanz vollführten. Er hörte ein leises Rascheln im Unterholz, schoss herum, hielt den Atem an. Eisige Furcht durchströmte ihn. Irgendein Tier floh ins Dickicht. Er atmete kurz auf, verharrte dann reglos. Seine Muskeln ließen ihn langsam im Stich, seine Beine machten nicht mehr mit. Er lauschte nach Verkehrsgeräuschen. Eine Straße hätte seine Rettung bedeutet, zumindest einen Hoffnungsschimmer. Dann, so plötzlich, dass es ihn selbst überraschte, knickten ihm die Knie ein. Er blieb liegen. Nur ein paar Minuten, beschwor er sich. Dann musste er weiter.

Da hörte er ein Geräusch.

Ein Stampfen, dann war es wieder weg.

Er hatte Angst. Und blieb liegen.

KAPITEL 14

Auf einem durchs Eifeler Tannengehölz führenden Wanderweg war ein junger Mann mit seinem Hund unterwegs, ein allmorgendliches Ritual. Er kam fast jeden Tag zur gleichen Zeit, immer vor dem Frühstück, stets im flotten Laufschritt.

Plötzlich blieb er abrupt stehen, denn etwas war anders als sonst. Der Wagen war vor zwei Tagen noch nicht da gewesen. Ein blauer Ford Cabriolet mit Verdeck. Er lag dort wie ein sterbender Käfer, die Räder gen Himmel gerichtet, ein beklemmender Anblick. Als Kind war der Mann einmal Zeuge eines Unfalls geworden. Ein tödlich Verunglückter, über den man ein Tuch gebreitet hatte – das hatte er nie vergessen. Zunächst traute er sich nicht, sich dem Wagen zu nähern, aber dann tat er es doch. Er hatte immerhin den Hund dabei.

Das Kläffen kam so unvermittelt, dass er zu Tode erschrak. Benno bellte so gut wie nie. Und wenn er bellte, fühlte er sich bedroht.

Der Mann dachte rasch nach. Am besten ging er einfach fort, tat so, als hätte er nichts gesehen, aber eine innere Stimme befahl ihm, sich zusammenzureißen und wenigstens einen Blick in den Wagen zu werfen. Vielleicht konnte er helfen. Zögernd näherte er sich. Es roch nach Motorenöl und Benzin. Im Geiste ermahnte er sich, nicht solch ein

Feigling zu sein. Was war schon dabei? Ein abgekühltes Kraftfahrzeug konnte nicht explodieren.

Benno zog kräftig an der Leine, knurrte und bellte. Sein Besitzer folgte ihm zaudernd, bis er ganz dicht vor dem Unglückswagen stand und hineinspähen konnte. Er war leer. Ihn beschlich ein ungutes Gefühl. Eine Ahnung, dass hier etwas nicht stimmte. Er fischte sein Handy aus der Jackentasche und wählte.

KAPITEL 15

Annes Gehirn wurde von Bildern überflutet, die sie fast um den Verstand brachten: Toby gefesselt und geknebelt, in einem dunklen Erdloch, weinend, hoffend, voller Furcht und Verzweiflung. Er war jetzt seit mehr als sechzig Stunden verschwunden.

Rastlose Polizeibeamte schwirrten um sie herum wie Aasgeier auf der Jagd nach Nahrung, auf der Suche nach Motiven. Es fühlte sich unwirklich und abscheulich an, den Ermittlern gegenüberzusitzen, unzählige Fragen zu beantworten und über ihr inzwischen zum Fahndungsobjekt gewordenes Kind zu sprechen. Alles, was sie preisgeben konnte, hatte sie ihnen offenbart. Ihre Version der amerikanischen Wahrheit, die genügen musste, um Toby aufzuspüren.

Eine Sonderkommission wurde zusammengestellt. Die Zeit drängte, wichtige Stunden waren bereits verstrichen. Es gab keine Anhaltspunkte, nichts Konkretes. Keinen Anruf, der einen Hinweis auf Tobys Aufenthaltsort gegeben hätte, keinen Erpresserbrief. An die Flughäfen wurde eine Suchmeldung gegeben. Die Grenzen wurden überwacht. Aber was nutzte das, wenn der Junge bereits seit zwei Tagen verschwunden war und der mutmaßliche Entführer seine Identität abzustreifen vermochte wie ein Chamäleon seine alte Haut?

Man fand heraus, dass Noah Berry wegen erpresserischer Freiheitsberaubung mit Todesfolge im kalifornischen Staatsgefängnis eingesessen hatte und anschließend untergetaucht war. Anne Lessing bestritt, es gewusst zu haben. Sechzehn Jahre war die Ursache jetzt her. Sechzehn Jahre, in denen es keine Fragen und keine Nachforschungen gegeben hatte. Inzwischen waren die Informationen auch an die Medien durchgesickert. Es war seit Langem bekannt, dass die Reporter in der Lage waren, den Polizeifunk abzuhören. Meist waren sie schon zur Stelle, bevor die Beamten eintrafen.

Gott, wenn doch nur etwas geschehen würde! Gleichzeitig fürchtete sich Anne davor. Solange sie nichts Gegenteiliges hörte, lebte Toby.

Man wusste nicht, ob es sich um eine Entführung handelte und ob Noah Berry überhaupt etwas mit Tobias' Verschwinden zu tun hatte. Die Polizei schloss auch nicht aus, dass der Junge abgehauen war, irgendwohin, womöglich Richtung Süden. Zur Jugend gehörten nun mal Rebellion und der Reiz des Verbotenen.

Doch Anne wusste ganz genau, dass ihr Sohn unfreiwillig dort draußen war und in höchster Gefahr schwebte. Sie wusste, dass Noah ihn sich geholt hatte. Sie hatte die ganze Zeit darauf gewartet. Seit sechzehn Jahren.

Es war acht Uhr siebenundfünfzig, als sich diese Gewissheit auch für die Ermittler zu konkretisieren begann. Ein verdächtiger Unfallwagen wurde gemeldet. Anhand des amtlichen Kennzeichens war rasch festgestellt, dass es sich um ein gestohlenes Fahrzeug handelte. Der Ford Cabriolet war von einem unbewachten Parkplatz in Flughafennähe verschwunden, vermutlich genau zu dem Zeitpunkt, als auch Tobias Lessing verschwunden war.

KAPITEL 16

Immer tiefer kroch Toby auf der Suche nach Schutz ins Dickicht und kauerte auf der kalten, morastigen Erde, umgeben von Ranken und Dornen, mit einem wuchtigen Ast in der Hand. Er fiel in einen Kurzschlaf, schreckte hoch und nickte wieder ein, von Kälte und bruchstückhaften Albträumen geschüttelt. Er wartete und hoffte.

Abgesehen von Kauzrufen und einem vereinzelten Rascheln im Unterholz umgab ihn Grabesstille. Die Zeit kroch dahin, jede Sekunde wie eine Ewigkeit. Wenn es dämmerte, musste er einen Ausweg finden. Schwäche und Hunger übermannten ihn. Seinen mörderischen Durst stillte er, indem er das Regenwasser vom Bodenlaub ableckte.

Stunden später drängte sich endlich ein erster Lichtstrahl durch die Baumkronen. Es wurde Morgen. Und damit wuchs die Gefahr, dass das Licht auch ihn sichtbar machte. Er musste so schnell wie möglich raus aus dem Wald. Panisch sprang Toby auf die Beine und stürzte blindlings los. Wenn er durchhielt, musste er früher oder später an eine Gabelung gelangen. Einen Spazierweg. Ihn überkam die Versuchung, um Hilfe zu rufen, vielleicht hörte ihn ja jemand. Womöglich hörte ihn dann aber auch der Amerikaner. Nein, er musste weiterkommen.

Keuchend blieb er stehen, hielt inne, um Atem zu schöpfen. Wie viel Zeit mochte inzwischen verstrichen sein? Es war jetzt taghell, der Wald lag still und ausgestorben vor ihm. Da war nichts, kein Laut, keine Regung.

Doch plötzlich – es ging so rasch, dass er keine Zeit hatte zu reagieren – sprang etwas von hinten auf ihn zu und riss ihn mit Gewalt nieder.

Noah stürzte der Länge nach ins Dickicht und zog den nach Luft schnappenden Jungen mit sich. Mit verdrehten Gliedern rangen sie miteinander, wälzten sich auf der sumpfigen Erde und rollten durchs Laub, beide völlig durchnässt und wild entschlossen, den Kampf zu gewinnen. In den Wäldern Guyanas hatte Noah Hunderte von Meilen zurückgelegt, sich durch Lianengewächs gekämpft. Aber jetzt – jetzt war sein Körper kraftlos und schwer. Eine innere Stimme gab ihm den Befehl, es zu tun. Seine Hände um Tobias' Hals zu legen, zuzudrücken. Er vernahm ein Röcheln, dann ein Knacken. Wie damals, bei Amber, sinnierte er, und fast gleichzeitig spürte er, wie ein Ruck durch den Jungen ging. Noah drohte die Gewalt zu verlieren, er spannte die Muskeln. Toby war willensstark. Sekunden vergingen. Dann löste Noah den Druck und sah zu, wie der Kopf des Jungen ins feuchte Laub sank.

KAPITEL 17

Das zu durchkämmende Waldgebiet erstreckte sich zwischen dem Hochmoor des Hohen Venn und dem Rurstausee. Es wurde von Tälern und Bächen durchzogen und von der Bundesstraße, die nach Monschau führte. Nachdem der Sektor eingegrenzt und ein Kreis gezogen worden war, in dem die Spurenfindung am wahrscheinlichsten schien, konnte endlich mit der systematischen Suche begonnen werden. Die Polizei stellte einen Suchtrupp zusammen – eine erfahrene Hundertschaft, die nun mit Spürhunden aufbrach, um Tobias zu finden, tot oder lebendig.

Anne hörte das Blut in ihren Ohren rauschen, als sie den ausrückenden Männern zusah. Sie hatte darauf bestanden, dabei zu sein, und Paul hatte sich ihrem Wunsch angeschlossen. Seite an Seite standen sie stumm am Forstrand und beobachteten, wie die Männer in Schwarz auf der Suche nach Spuren ausschwärmten und in den Nadelwald vorstießen. Anne vernahm das harsche Stapfen der Stiefel und in ihrer Vorstellung das Flehen ihres Kindes. Ihre gesamte Wahrnehmung war dumpf, wie im Nebel. Erst später wurde ihr bewusst, dass der Nebel real war. Eine feuchte Suppe schwamm vor ihnen, dicht und undurchdringlich. Wie sollte jemand darin ihren Jungen aufspüren? Was, wenn die Suchmannschaften ihn nicht fanden? Was, *wenn* sie ihn fanden?

Eine Polizeipsychologin blieb bei ihnen, außerdem zwei Beamte, die den Standort bewachten. Sie befanden sich just an der Stelle, an der man den Ford entdeckt hatte. Anne atmete nur flach, spürte, wie Gänsehaut sie überlief. Als der Polizeifunk knackte, zuckte sie zusammen. Dann bellte in der Ferne ein Hund, und ihr Puls schnellte in die Höhe. Was hatte das zu bedeuten? Die Beamten mahnten zur Ruhe, doch Annes Gedanken kreisten unaufhörlich um das handfeste, böse Indiz: die zerschmetterte Uhr, auf die man im Wagen gestoßen war. Eine taubenblaue G-Star, die bei jungen Leuten beliebt war und von der es natürlich Exemplare wie Sand am Meer gab. Vielleicht hatte der Fahrer des Wagens zufällig dieselbe Uhr getragen wie Tobias – eine rein spekulative Überlegung, wären da nicht die Blut- und Haarreste gewesen, die Spezialisten untersucht und eindeutig Tobias zugeordnet hatten. Er musste also in dem Wagen gesessen haben. Und somit wurde ein Gewaltverbrechen immer wahrscheinlicher.

Der Halter des Wagens war schnell aufgespürt. Es handelte sich um einen zweiundsechzigjährigen Mann, der eine geschäftliche Flugreise unternommen und sein Fahrzeug in der Nähe des Flughafens abgestellt hatte. Das Verschwinden des Fords war ihm erst aufgefallen, nachdem man ihn bereits gefunden hatte. Sein Alibi war wasserdicht, seine Haarproben mit denen identisch, die man auf dem Fahrersitz vorfand. Außerdem entdeckte man lange blonde Haare, die von seiner Gattin stammten, und dunkelbraune, gewellte. Braunes welliges Haar, wie Noah es besaß.

Eine Polizeibeamtin trat an Anne heran und reichte ihr Kaffee in einer Thermostasse. Paul, dessen Gesicht bleich und wächsern war und den die Angst in wenigen Stunden um Jahre hatte altern lassen, lehnte ab. Er war unrasiert und umklammerte sein Handy, immer in der Hoffnung, einen Anruf oder irgendein Lebenszeichen von Tobias zu erhalten. Doch das Telefon stand still. Das Schlimmste war überhaupt dieser unerträgliche Stillstand. Das Schweigen und das Warten … Während dort draußen der Irre herumlief, der ihren Sohn in seiner Gewalt hatte.

KAPITEL 18

Als über Funk die Meldung kam, dass man ihn gefunden hatte, wich alle Kraft aus Annes Körper. Sie sackte zusammen, und Paul musste sie auffangen. Um sie herum brach plötzlich hektische Betriebsamkeit aus, aber alles, was sie interessierte, war, ob ihr Kind noch am Leben war. Im nächsten Augenblick begriff sie, dass Toby offenbar lebte, sich aber in höchster Gefahr befand, da ihn jemand in der Gewalt hatte, dessen Beschreibung ziemlich genau auf Noah Berry zutraf und dass dieser ihren Sohn als Geisel hielt und nach ihr verlangte.

Alles musste rasend schnell gehen. Sie sah Paul an und wusste, dass er dasselbe fühlte und dachte wie sie. Sie wollten ihrem Kind helfen, beide. Und doch musste sie allein durch die Hölle, denn wenn der Teufel Paul zu Gesicht bekam, würde er gänzlich die Kontrolle verlieren. Es ging um viel mehr als nur um Tobias. Es ging um Eifersucht, um unbändigen Neid, und ein einziger, klitzekleiner Fehler konnte jetzt Tobys Leben kosten.

»Wo ist er?«, stieß sie hervor.

Aber man schob sie bereits in einen Wagen und fuhr wenig später mit ihr davon.

Sie erreichten die Lichtung, als das beständige Nieseln in strömenden Regen überging und ein Wolkenbruch mit Hagel und endlosen, an den Fenstern hinabflutenden Wassermassen über den Wald hereinbrach. Anne presste ihre Nase an die Scheibe, in der vergeblichen Hoffnung, etwas zu erkennen. Irgendwo hier musste ihr Kind sein. Irgendwo in dem gedämpften Licht, das sich durch den Wolkenbruch kämpfte. Die Lage war unübersichtlich. Die Scheibenwischer flogen hin und her. Annes Herz raste, als man ihr eine kugelsichere Weste reichte, die sie anlegen sollte, und sie, nur Sekunden später, gemeinsam mit der Polizistin aus dem Wagen stürzte.

Der Wald war grau. Alles war grau. Orientierungslos und panisch stolperte Anne neben der Frau her, die sie am Arm aufs Licht zu führte und sie ermahnte, nichts Unüberlegtes zu tun. In Sekundenschnelle war alles durchweicht: ihre Kleider, ihre Haare. Anne schlitterte, fing sich wieder.

Und dann sah sie ihn.

Sah auch die vielen bewaffneten Polizisten ringsum, im Schatten der Bäume, und inmitten dieses Kreises ihren Jungen, von hinten umklammert. In Todesangst hielt er still. Sein Blick ging ins Leere. Grelles Flutlicht und der Platzregen gaben der Szene etwas Gespenstisches. Anne wurden die Knie weich. Jeder Schritt fiel ihr schwer. Jedes durch die Sintflut rauschende Wort. Ihr Flehen war eindringlich und verzweifelt. Schreiend gab sie Noah zu verstehen, dass sie ihm keine Schuld zuschrieb. Dass sie reden und die Dinge in aller Ruhe ausdiskutieren würden. Und wenn es Geld sei, das er brauche, dann lasse sich auch das regeln.

Er sah seltsam aus, wie er da im gleißenden Flutlicht stand, beinahe weggetreten. Sie hatten sich ein paar Monate nicht gesehen. Monate, in denen er durch die Stadt geirrt sein musste und sie beschattet hatte. Er sah kränker aus. Dunkle Stoppeln überzogen sein verlebtes Gesicht, die

Haare klebten ihm strähnig an den Wangen. Er mutete an wie ein Zombie, gespenstisch bleich und überfordert.

»Du musst aufgeben«, beschwor sie ihn. »Damit kommst du nicht durch!«

»Sag denen, sie sollen verschwinden!«, brüllte er durch den Regen. »Sie sollen sich alle zum Teufel scheren!«

»Das kann ich nicht. Sie sind hier, um Toby zu schützen. Sie werden dich erschießen, wenn du ihn nicht freigibst.« Sie zuckte unter ihren eigenen Worten zusammen, während ihr Blick immer wieder zu Toby wanderte, der wie eine schlaffe Puppe in Noahs Armen hing. Er hatte angedroht, dem Jungen den Hals zu brechen, falls seine Forderung nicht erfüllt wurde. Was er wirklich wollte, wusste niemand genau. Mal war es ein Fluchtwagen sowie eine halbe Stunde Vorsprung, dann wiederum verlangte er Anne als zweite Geisel. Er sei bewaffnet und würde jeden umlegen, der sich ihm näherte.

Irgendwie musste sie ihn zum Aufgeben bewegen, und dafür blieb ihr nur eine reelle Chance. Obgleich man sie gewarnt hatte, bewegte sie sich langsam auf ihn zu, jeder Schritt ein Risiko. Noah rührte sich nicht vom Fleck. Langsam drang sie in den umstellten Kreis vor und somit in die potenzielle Schusslinie. Die Flutlichter blendeten sie, es gab nur noch Noah, Toby und sie selbst. Es war, als stünden sie auf einer Bühne. Drei Protagonisten, umgeben von bewaffnetem Publikum. Schweigend sahen sie sich an. Anne stand jetzt dicht bei ihnen.

»Noah«, begann sie zaghaft und streckte vorsichtig ihre Hände nach ihm aus. Sie waren etwa drei, vier Schritte voneinander entfernt, zu weit, um sich zu berühren. Noahs Hände zitterten, sein Kiefer bebte. Seine rechte Hand lag um Tobys Hals, sein Griff war fest und unnachgiebig. Eine falsche Bewegung, eine unüberlegte Bemerkung … Anne fragte sich, was sie tun, wie sie vorgehen sollte. Die Gedanken rasten ihr durch den Kopf. Sorgsam wägte sie ihre Worte ab, überlegte, was ihn erschüttern würde und was nicht.

»Lass mich etwas sagen.«

Noah gab einen verächtlichen Laut von sich. »Was solltest du schon zu sagen haben?«

»Ich wusste ja nicht, wo du geblieben warst. Und als du plötzlich wieder auftauchtest, da … nun, ich …«

»Was denn?«, schrie er heiser.

»Lass uns von vorn beginnen, Noah. Nur du und ich und der Junge. Weißt du noch, wo wir hinwollten?«

Noah antwortete nicht. Er fixierte sie, starrte und starrte. Anne merkte, dass ihre Hände zu zittern begannen.

»Was hast du vor?«

»Ich hole mir nur, was mir zusteht. Ich will meinen Sohn!«

»Aber ich sagte doch – wir können von vorn beginnen. Wir drei. Sie geben uns einen Fluchtwagen und Vorsprung. Wir fahren über die Grenze und fangen neu an.«

Er las in ihren Augen, dass sie leere Versprechungen machte, nur um Zeit zu gewinnen. Dass sie mit den auf der Lauer liegenden Beamten kooperierte, ihn an der Nase herumführte, so, wie sie es immer getan hatte.

»Und dann?«, brüllte er. »Spätestens in Belgien kriegen sie uns, und du kehrst zu deinem Architektenarschloch zurück, der meinen Sohn adoptiert hat! Ich will Toby für mich allein.«

»Damit kommst du nicht durch. Du musst aufgeben, Noah.«

»Ich habe nichts zu verlieren. Also setze ich alles auf eine Karte. Wie wackelig doch deine heile Welt ist, nicht wahr?«

»Ja, jetzt weiß ich es.«

»Weshalb mischst du dich also in Dinge ein, die dich nichts angehen? Schick die Bullen weg, sie stören mich.«

»Sie werden von allein gehen, sobald Toby nicht mehr in Gefahr ist.«

Erstaunen blitzte plötzlich in seinem vom Regen überströmten Gesicht auf. »Wieso Gefahr?«, fragte er ehrlich verwundert. »Ich tue ihm doch nichts.«

Augenscheinlich hatte Noah den Bezug zur Realität mittlerweile vollständig verloren. Toby hing wie paralysiert in seinem Zwingergriff, bleich wie der Tod. Kraft und Luft wurden ihm durch den Druck abgeschnürt, er machte keine Anstalten zur Flucht. Noah hingegen schon. Er trat zurück, einen Schritt, noch einen, und entfernte sich immer weiter von Anne, wohl wissend, dass sich hinter ihm rechts und links schussbereite Polizisten befanden.

Sekunden vergingen, Minuten. Der Regen verebbte, die Sonne zwängte sich kurz durch die Wolken.

Und plötzlich war da das Messer.

Ein langes, blinkendes Buschmesser an Tobys Kehle.

KAPITEL 19

Er war umzingelt. Und Toby war sein Schutzschild. Wenn sie ihn töteten, tötete er Toby. So elementar war das, und so zwingend zugleich.

Um ihn herum herrschte fieberhafte Aktivität. Polizeibeamte, Streifenwagen, Rettungswagen. Megafone. Vermutlich auch die sich für eine Attraktion bereit machende Presse und ein Fernsehsender, der mit seinem Übertragungswagen im Verborgenen agierte und ihn zum Thema der Abendnachrichten machte. Alle waren da, um dem Familiendrama beizuwohnen und ihn zum Gespött der Leute zu degradieren.

Noahs Augen brannten vor Übermüdung. Anne sah er nicht mehr. Sie war verschwunden hinter dem Flutlicht, das einer undurchdringlichen Nebelwand glich. Sie waren in der Überzahl, er war allein. Allein mit Tobias.

Ein Helikopter ratterte über ihnen, während sich längst verblasste Erinnerungen an die Oberfläche drängten. Seine Hure von Mutter, die sein Gemüt seit Jahrzehnten verdunkelte … Sein Säufervater …

Er hatte ein besseres Vorbild sein wollen, eine untadelige Vaterfigur, die den Namen auch verdiente. Aber vergebens, alles war vergebens. Die Vergangenheit holte Noah in diesen Sekunden mit aller Macht ein: die Schläge, das Unglück, sein ganzes verwirktes Dasein. Auf ihn warteten nichts und niemand. Er war frei. Und wahrhaftig war das die einzige, wirkliche Freiheit, die man erst dann besaß, wenn man nichts mehr zu verlieren hatte und an nichts mehr hing. Er hatte lange genug Schulden getilgt, jetzt holte er sich, was ihm zustand. Endlich. Und war es auch nur für Sekunden. Dabei empfand er Genugtuung.

»Ich würde dir nie etwas zuleide tun«, flüsterte er dicht an Tobys Ohr. Er spürte, wie der Junge bebte. Wie es in seiner Kehle gluckste. Er drückte die Klinge tiefer in sein Fleisch. Sein eigen Fleisch und Blut.

Aufgestaute Wut und Schmach, all die Bitterkeit, die er in sich hineingefressen hatte, brachen binnen Sekunden in Noah auf wie ein Geschwür, und Wut flammte auf, solch eine immense Wut, dass er sich vergaß. Er riss Tobys Kopf in den Nacken, so fest, dass der Junge aufschrie.

Aber Noah hörte es nicht.

Er spürte auch nicht, dass er einen Schnitt vollzog.

KAPITEL 20

»Tooooby!«

Von rasender Angst erfüllt, von einer glühenden, alles umfassenden Panik, stürzte Anne auf Noah zu. Es waren nur Bruchteile einer Sekunde, in denen das Entsetzen wie eine Schockwelle durch ihren Körper fuhr. Die Klinge blitzte im Flutlicht und blendete sie. Da hörte sie jemanden eine Warnung rufen, die sie innehalten ließ. Ungläubig starrte sie auf den feinen Schnitt, der sich über Tobys Hals zog. Der Junge blutete. Röchelte. Und Noah benutzte ihn noch immer als Schutzschild. Würden die Beamten schießen? Und wenn ja, was geschah dann mit Toby? Noahs Hand zitterte jetzt so stark, dass er das Messer kaum noch halten konnte. Es lag immer noch auf der klaffenden Wunde. Wie tief war die Verletzung? Es war entsetzlich, zusehen zu müssen, nichts tun zu können.

In einiger Entfernung nahm Anne eine Bewegung wahr, dort hinter den Bäumen. Sie zuckte zusammen. Noah sah es, fuhr herum. Drehte sich wie ein Käfigtiger im Kreise, keuchend, das Messer nach wie vor dicht an Tobias' Kehle.

Aus dem Augenwinkel sah Anne, dass sich die Männer bereit machten. Sich heranpirschten. Eine perfekte Umzingelung, was Noah offenbar bewusst war. Er sah kein Zurück mehr, keinen Ausweg. Und womöglich wünschte er sich auch keinen.

In dem Augenblick, als Noah Toby von sich stieß und sich das Messer an den Bauch setzte, verstand Anne noch nicht. Sie begriff nicht einmal, dass die größte Gefahr für Toby vorüber war. Der Junge lag im Laub, robbte instinktiv von seinem Peiniger fort, hin zu den Bäumen, hinter denen die Beamten positioniert waren. Anne hingegen blieb wie angewurzelt stehen. Nein, dachte sie. Das würde er nicht tun. Niemand tat so etwas. Oder irrte sie sich?

Aus dem Augenwinkel sah Noah, dass sich die Sanitäter bereit machten. In seiner Vorstellung flüsterten und tuschelten sie. Sicher hielten sie ihn für verrückt, und gewissermaßen war er das ja auch. Er nahm einen tiefen Atemzug. Die Luft war feucht und kühl, ein Tag für einen reinigenden Spaziergang im Regen. Oder, dachte er, während er kurz die Augen schloss, für einen spektakulären Abgang.

Er starrte Anne an, starrte geradewegs in die hübschen blauen Augen, aus denen die Feigheit loderte. Wie schön sie doch war. Und wie durchtrieben. Sie hatte seinen Sohn gestohlen. Den einzigen Blutsverwandten, den er besaß, und während er sich durch den Kopf gehen ließ, was sie ihm damit angetan hatte, wurde sein Zorn auf sie immer mächtiger. Seine Gedanken rasten, er stellte sich die Sekunde vor, in der er sich selbst zerfetzte, stellte sich vor, wie er, kurz bevor er das Bewusstsein verlor, schrie: »Sie hat's getan!« Natürlich würde er noch hinzufügen, *was* sie gemeinsam getan hatten. Was für ein Skandal das wäre! Die Presse würde Anne, die fremdgehende Mörderin, zerreißen. Sie würde nie wieder Fuß fassen, nirgendwo und zu keiner Zeit.

Und sein Sohn? Ein scharfer Schmerz durchzuckte Noah. Nein, er durfte nicht an ihn denken, nicht jetzt! Er hatte mehr als fünfzehn Jahre keinen Gedanken an ihn verschwenden dürfen und würde es auch in seinen letzten fünfzehn Sekunden nicht tun. Fünfzehn Jahre oder fünfzehn Sekunden, beides eine Unendlichkeit.

Die ewige Verdammnis. Weil auch Selbstmord Mord war.

Und dann stach er zu.

KAPITEL 21

Er rammte sich das Messer tief in den Leib, durch Haut, Fettgewebe, Muskel, bis nur noch der Griff zu sehen war und die endlos lange Schneide vollständig in seine Eingeweide tauchte. Zunächst glaubte niemand, dass er sich selbst gerichtet hatte, am wenigsten Noah selbst. Verblüfft sah er an sich hinab. Ein gefallener Soldat im Kampf gegen sich selbst.

Ein Scherzartikel, schoss es Anne durch den Kopf. Ein Messer, bei dem die Klinge im Griff verschwand und beim Zuschauer ein gruseliges Schaudern hervorrief. Er wollte sie zum Narren halten, erwartete Aufmerksamkeit und Nachsicht. Vielleicht erwartete er auch, dass sie vor ihm auf die Knie sank und ihm ihr einziges Kind darreichte wie ein lange vorenthaltenes Präsent.

Wo war Toby überhaupt? Befand er sich in Sicherheit?

Noahs Gesicht blieb ausdruckslos, starr. Niemand stand so reglos da, wenn er sich gerade einen lebensgefährlichen Dolchstoß verpasst hatte. Kein Mensch konnte sich vor aller Augen umbringen und dabei so gelassen bleiben. Dann sah sie das Blut. Beobachtete mit Schrecken, wie es zwischen Noahs Fingern hindurchquoll und seine Jacke tränkte. Der Fleck wurde rasch größer. Jetzt stand in seinen Augen etwas wie Ungläubigkeit. Und sie las auch Verwunderung darin.

Mit der Gewissheit zu sterben setzte er sich in Bewegung,

geradewegs auf sie zu, die Arme nach ihr ausgestreckt. Instinktiv wich sie einen Schritt zurück, und dann ging alles rasend schnell. Gequält sah er ihr in die Augen und murmelte etwas Unverständliches, just in der letzten Sekunde, bevor ihm das Blut aus dem Mund zu sprudeln begann. Dann griff er nach ihr und riss sie mit zu Boden.

Beim Aufprall schoss Anne ein jäher Schmerz durch die rechte Seite, heiß und stechend. Entsetzt bemerkte sie, dass ihre Beine ineinander verhakt waren und sie sie nicht bewegen konnte. Gleichzeitig fühlte sie, wie irgendwo in ihrem Körper ein Knochen brach, was ihr für Sekunden den Atem nahm. Sie beschwor sich, nicht das Bewusstsein zu verlieren, und noch während sie es tat, roch sie es: das frische, warme Blut, das jetzt aus Noahs Mund quoll. Das Leben sprudelte förmlich aus ihm heraus. Er musste eine Hauptarterie getroffen haben, verblutete direkt vor ihren Augen, und sie dachte plötzlich an Amber, wie sie am Sand erstickt war und jetzt post mortem dafür sorgte, dass Noah ihr auf solch grausige Weise folgte.

Es war nur eine Frage der Zeit, bis die inneren Organe ihre Funktion einstellten und er starb. Aber noch lebte Noah, und sie wusste nicht, was er vorhatte. Anne spürte den Druck des Messerknaufs an ihrem Bauch, den Druck seiner Arme, die sie trotz der Todesnähe fest umklammert hielten. Sein blutverschmiertes Gesicht war nur wenige Zentimeter von ihrem entfernt, seine Pupillen starr vor Schock. Er versuchte zu sprechen, doch es kamen nur erstickte, gurgelnde Geräusche heraus. Warmes, strömendes Blut, in dem er ertrank.

Aber er besaß erstaunliche Kraft. Und er würde – plötzlich war sie sich dessen sicher – diesen letzten Funken Kraft nutzen, um sich das Messer aus dem Leib zu reißen und auch sie zu richten, weil er es für richtig hielt und nicht allein sterben wollte. Sie würden gemeinsam zugrunde gehen, Seite an Seite, vereint durch ihr gemeinsames Blut, den unteilbaren Sohn, der dem Schauspiel hilflos zusehen musste.

Wo war Toby? Wo zur Hölle war er? Und warum half ihr denn niemand?

Aus den Augenwinkeln sah Anne, dass sich die Beamten mit vorgehaltenen Waffen auf sie zu bewegten. Langsam, viel zu langsam … Die Schmerzen nahmen ihr den Atem, sie bekam kaum Luft. Versuchte sich zu befreien, entkam Noahs Klammergriff aber nicht. Irgendwo war sie festgeklemmt. Ihre Beine – sie spürte sie nicht mehr. Es fühlte sich an, als hielte ein Bleigewicht sie am Boden. Ihr rechter Arm musste gebrochen sein, die Schulter schien ausgekugelt. Ein höllischer Schmerz tobte darin, während Noah sie immer näher an sich heranzog. Der Messerkolben stieß gegen ihre Bauchdecke und wölbte sich in ihre Eingeweide vor wie ein zur Penetration bereiter Penis. Unaufhaltsam strömte das Blut aus seinem Rachen, benetzte ihr Gesicht, ihre Augen. Halb blind und reglos lag Anne da und wartete auf das Ende, voller Angst und Ekel.

Plötzlich weiteten sich Noahs Augen. Sein Blick wurde starr, während ein Ruck durch seinen Körper ging. Jetzt starb er sicher. Aber sie hatte nicht bedacht, dass man sich bei Noah nie in Sicherheit wiegen konnte. Dass er stets eine Überraschung auf Lager hatte, etwas Unerwartetes.

Und da knallte es.

KAPITEL 22

Woher der Schuss gekommen war und wer ihn abgefeuert hatte, konnte Anne zunächst nicht ausmachen. Hatte die Kugel sie getroffen? Lebte sie noch? Alles zog wie in Zeitlupe an ihr vorbei. Sie kämpfte gegen eine drohende Ohnmacht. Blut, überall Blut. Sie ertrank darin, zitterte am ganzen Körper und spürte, wie Noah schlaff wurde. Die Arme, die sie soeben noch umklammert hatten, ließen von ihr ab. Durch verklebte Augen sah sie, dass sein Kopf aufs Laub gebettet und sein Blick jetzt leer und leblos war. Dann sah sie auch die kreisrunde Wunde an seiner Schläfe und kämpfte gegen die aufkommende Übelkeit.

Polizisten näherten sich mit vorgehaltenen Waffen, kreisten sie ein. Gedämpft hörte Anne Stimmen um sich herum. Wirre Stimmen, die zur Vorsicht mahnten. Sie blinzelte, sah einen Notarzt heraneilen, der den Puls fühlte, sowohl ihren als auch Noahs. Sanitäter bemühten sich, eine Bahre wurde herbeigetragen. Aber für Noah war es zu spät. Sein lebloser Körper lag in einer riesigen Blutlache. Der Scharfschütze hatte geschossen, gerade als es von selbst zu Ende ging – ein Missverständnis. Fassungslos realisierte Anne die eigentlich befreiende Tatsache, dass es Noah Berry nun nicht mehr gab.

Und wo war Toby?

Tränen strömten ihr über die Wangen. Sie wandte den Kopf und entdeckte ihren Sohn. Er wurde versorgt, ruhte auf einer Bahre an einem Infusionsschlauch, über seinem Hals ein Kompressionspflaster. Immer noch blass, aber bei Bewusstsein. Wie ein Bündel Elend lag er dort und starrte auf den Toten, der für ein paar Stunden sein Vater gewesen war. Anne sah, dass er weinte.

Und sie sah auch Paul, der Toby über den wuscheligen Haarschopf strich – eine Geste, für die sie ihm ewig dankbar sein würde. Er war da, war die ganze Zeit da gewesen. Vielleicht konnte er ihr verzeihen.

»Toby«, flüsterte sie lautlos. »Es ist vorbei.«

Aber das war nur die halbe Wahrheit.

Sie sah Noahs Gesicht in den Sekunden vor seinem Entschluss. Und das Bild sollte sie nie wieder verlassen.

Denn er war gestorben, ohne die Wahrheit zu kennen.

EPILOG

Sie erwachte von einem Schrei, mitten in der Nacht. Und sie hörte seinen Atem nicht. Ihre Hand wanderte nach rechts, dorthin, wo er gelegen hatte, doch er war nicht da. Alles war dunkel und still, aber sie wusste sofort, dass etwas nicht stimmte. Ihr Herz pochte wild, während der Schrei noch in ihrem Kopf widerhallte.

Sie setzte sich auf und knipste das Licht an. Das Bett war auf seiner Seite zerwühlt, und die Laken waren zurückgeschlagen, im Kopfkissen zeichnete sich eine Delle ab. Mit der flachen Hand fuhr sie über das Betttuch. Es war kalt, was darauf schließen ließ, dass er bereits seit Längerem nicht mehr darauf gelegen hatte. Sie sah zur Uhr. Es war zwei Uhr in der Nacht. Der Sturm schien sich gelegt zu haben.

Geistesabwesend starrte sie auf den Lichtstrahl, der unter der Tür hereinfiel. Dahinter absolute Stille. Sie stand auf und klopfte an die Verbindungstür. Nichts rührte sich. Die Tür war seltsamerweise nicht abgeschlossen. Erst später ging ihr auf, dass Amber es so gewollt hatte. Sie schlüpfte hinein und sah, dass Ambers Bett nahezu unberührt war. Das Nachttischlicht brannte, und auf der Tagesdecke befand sich eine kleine Einbuchtung, nichts weiter. Noah war fort, und Amber war ebenfalls fort. Die Entdeckung legte sich wie eine Faust um ihr Herz. Es war nicht schwer zu erahnen, was die beiden dazu bewogen hatte, gemeinsam ihre Zimmer zu verlassen. Sie malte sich aus, wie sie es irgendwo dort draußen miteinander trieben, sie betrogen. Der Mann, den sie liebte, mit der Frau, die sie hasste. Amber hatte ein Ziel verfolgt, von Beginn an, und nun hatte sie es erreicht. Diese Hexe, die Noahs Kind unter dem Herzen trug. Der Schmerz war wie ein Stich ins Herz. Leere und Ungläubigkeit schlugen über ihr zusammen. Eine lähmende Verbitterung, auch darüber, dass sie so leichtgläubig gewesen war. Sie überlegte, wie lange das schon so gehen mochte. Wie viele Tage, wie viele Nächte.

Ihr Herz schlug schneller. Sie sah sich um. Die schweren Vorhänge waren vorgezogen, niemand konnte hereinsehen, was ihr Sicherheit verlieh. Im Badezimmer standen Ambers Toilettenartikel. Die Texanerin benutzte allerlei Parfüms, Spezialseifen und Pflegecremes, die ein Heidengeld gekostet hatten. Daneben ein kleines, braunes Glasfläschchen. Sie ging hin, nahm es in die Hand. Las das Schild. Narcosam.

Sie glaubte sich erinnern zu können, dass Amber es vor Prüfungen genommen hatte. Dass auch sie selbst es unfreiwillig eingenommen und einen trockenen Mund davon bekommen hatte. Dass es bitter schmeckte. So bitter wie die Milch aus dem Kühlschrank, die Amber vergiftet hatte.

Vorsichtig stellte sie das Fläschchen wieder auf die Ablage. Ihr Blick wanderte durchs Bad. Ein Slip hing achtlos über der Badewanne, daneben ein winziger Büstenhalter, gerade mal groß genug, um Ambers festen Minibusen halbwegs zu bedecken. Anscheinend brauchte sie den BH heute Nacht nicht. In der von Wassertropfen durchzogenen Wanne lagen ein paar schwarze Schamhaare.

Anne stürzte zum Bett, neben dem Ambers verschlossene Reisetasche stand. Sie öffnete sie und sah, dass Ambers vulgäres Nachthemdchen zuoberst lag, fein gefaltet und ganz bestimmt nicht benutzt.

Gewissheit und Eifersucht wallten in ihr auf, so stark wie nie zuvor. Sie wusste plötzlich, dass die Dinge ihren Lauf nehmen würden. So oder so. Amber würde Noah rumkriegen. Im Bett hatte sie ihn bereits gehabt, und nun würde sie den Rest erledigen. Noah würde sich winden und schließlich nachgeben. Ein Baby war ein Motiv. Der Schlüssel zu seiner Lebensversicherung.

Was sollte sie, Anne, da noch ausrichten?

Wie versteinert stand sie da, sank schließlich gegen die Wand. Die Klimaanlage lief auf Hochtouren. Sie ratterte. Wenn jemand hereinkam, würde sie es nicht hören. Aber das war ihr gleichgültig. Sollten sie sie doch erwischen, wie sie hier stand und in Ambers persönlichen Habseligkeiten wühlte. Es gab nichts, wofür man sie bestrafen konnte. Noch nicht. Abgründe taten sich in jenen Momenten in ihr auf. Sie fantasierte, überlegte, was wäre, wenn. Langsam stand sie wieder auf. Ihre Knie knackten, in ihrem Kopf rauschte es. Wie betäubt wankte sie erneut ins Bad. Slip und Büstenhalter sprangen ihr ins Auge. Und das kleine, braune Fläschchen.

Narcosam. Ihre Glückstropfen, hatte die überdrehte Amber immer zweideutig gesagt. Sie fühle unter deren Wirkung keinen Stress, keine Aufregung – ein Zustand, in dem sie sich nur befand, wenn sie ihre Glücksmedizin nahm. Häufig trank Amber dann noch ein Bier hinterher und entschwebte der Welt für ein paar Stunden. Wie dieses Luder dann immer auf dem Bett gelegen hatte! Wie lasziv und erwartungsvoll! Oft genug hatte sie vor ihr gestanden und sie angestarrt und ihrem tiefen Atem gelauscht. Mehr als einmal hatte sie überlegt, wie es wohl wäre, wenn sie ihr ein Kissen aufs Gesicht drückte und die Hexe im Schlaf stürbe.

Annes Hand wanderte zur Ablage, befingerte die Medizin, nahm sie an sich. Sie fühlte sich wie ferngesteuert. Las die Warnungen und ging die Ingredienzien durch. Medizinisches Fachlatein, von dem sie nichts verstand. Ein Haltbarkeitsdatum. Und die Bemerkung, dass das Medikament verschreibungspflichtig *war. Aber wer verschrieb einer jungen Studentin wie Amber solches Zeug? Oder war es schlicht so, dass diese sich Zugang zu Verbotenem verschafft hatte? Immerhin war das Weib darin besonders gut. Stehlen war ihr Hobby. Und Noah stand ganz oben auf ihrer Wunschliste.*

Mit dem Sedativum in der Hand begab sich Anne zum Nachttisch, auf dem sich mehrere Flaschen Limonade verschiedener Marken befanden. Drei angebrochen, zwei verschlossen. So war Amber eben. Konnte sich selbst bei Kleinigkeiten nicht entscheiden, musste stets alles haben, die Auswahl genießen. Ein süßes Schlückchen hier und ein herbes dort. Von allem einmal kosten und nichts zu Ende bringen.

Die Wahl vollzog sich wie von selbst, und irgendwie fanden die Tropfen ihren Weg in die Flaschen. Zu Beginn zählte sie noch. Acht, neun, zehn … achtzehn, neunzehn, zwanzig. Dann vergaß sie es. Und es tröpfelte weiter. Endlos. Ein befreiender Racheakt, bei dem sie lediglich Genugtuung empfand, keinerlei Skrupel. Eine Dosis von zehn Tropfen wurde zur Beruhigung empfohlen, das Doppelte, um tief zu schlafen. Sie wollte Amber ja nicht töten, nur das Baby, aber womöglich nicht einmal das.

Schließlich kostete sie von ihrem Spezialgemisch. Die Süße des Getränks übertünchte die Bitterkeit des Medikaments in gewisser Weise. Amber würde bestimmt nichts merken, während sie trank. Plötzlich freute sich Anne darauf wie ein kleines Kind. Sie freute sich auf das törichte Gesicht der Hexe, wenn ihr übel wurde. Wenn sie schwankte und sich würde setzen müssen. Eine Dosierung, die selbst für einen Mann als Überdosierung galt, müsste ein Püppchen wie Amber fraglos außer Gefecht setzen. Bei den Nebenwirkungen stand etwas von gestörter Grobmotorik und gedrosselter Reaktionsfähigkeit. Anne stellte sich ihre gestörte Grobmotorik und gedrosselte Reaktionsfähigkeit vor, stellte sich vor, wie die elende Diebin hin und her wankte und torkelte und sich selbst zum Gespött machte. Eine beinahe sadistische Freude erfüllte sie. Auch darüber, dass die Einnahme des Medikaments in der Schwangerschaft verboten war. Es passierte die Plazenta, schädigte die verbotene Frucht. Nun, ihr war es nur recht. Nein, mehr als das. Anne malte sich genüsslich aus, wie Amber das Kind verlor, draußen im Staub, wie sie zu bluten begann und diese Frucht der Sünde unter Krämpfen aus ihr hinausglitt.

Zitternd ob dieser boshaften Vorstellung stellte sie die beiden verseuchten Flaschen wieder an ihre Plätze und betrachtete sie mit Befriedigung. Alles war an Ort und Stelle, so, als wäre nie jemand da gewesen. Fünf Flaschen. Zwei davon vergiftet. Russisch Roulette. Gewinnen oder Verlieren.

Erst jetzt bemerkte Anne, dass sie nur ihr kurzes Schlafshirt trug. Sie bemerkte auch, dass sie barfuß war und fror. Die Klimaanlage lief auf Hochtouren, übertönte ihren Herzschlag, der sich merkwürdigerweise verlangsamt hatte. Aufregung und Anspannung waren von ihr abgefallen wie schuppige Haut, eine innere Zufriedenheit erfüllte sie. Sie spürte, wie Müdigkeit sie ergriff und sie schläfrig wurde. Noch ein paar Schritte.

Zehn, neun, acht …

Langsam zählte sie rückwärts, während sie lautlos durch den Raum glitt. Zählte, bis sie die Tür erreichte. Sie hörte Geräusche. Stimmen. Das Surren der Klimaanlage. Ihre Hand legte sich auf die Klinke, drückte sie hinunter. Die Nachttischleuchte brannte nach wie vor. Anne sah sich um und nahm zur Kenntnis, dass alles so war wie vorher. Sie hatte nichts verändert, nur eine Kleinigkeit, die eigentlich kaum von Belang war.

Leise fiel die Tür ins Schloss.

Es war, als sei sie nie bei Amber gewesen.

Niemand würde es je erfahren.